AF388040

Alexa Foxx wurde 1984 in Rheinland-Pfalz geboren und lebt mit ihrem Mann im wunderschönen Bayern. Sie studierte einige Semester Germanistik und Geschichte auf Lehramt und absolvierte anschließend erfolgreich eine Ausbildung zur Mediengestalterin in der Werbebranche. Im Juni 2016 belegte sie mit *Der Künstler* beim Stephen-King-Kurzgeschichten-Wettbewerb des Heyne-Verlags auf Facebook den zweiten Platz.

EXFREUNDE *küsst* MAN NICHT

ALEXA FOXX

Überarbeitete Neuausgabe Januar 2024

Copyright © 2024 dp Verlag, ein Imprint der
dp DIGITAL PUBLISHERS GmbH
Made in Stuttgart with ♥
Alle Rechte vorbehalten

EXFREUNDE KÜSST MAN NICHT

ISBN 978-3-98778-940-3
E-Book-ISBN 978-3-98778-937-3
Audiobook-ISBN 978-3-98778-952-6

Copyright © 2020, dp Verlag, ein Imprint der
dp DIGITAL PUBLISHERS GmbH
Dies ist eine überarbeitete Neuausgabe des bereits 2020 bei dp Verlag, ein Imprint der dp DIGITAL PUBLISHERS GmbH erschienenen Titels Rache süß serviert. (ISBN: 978-3-96817-025-1).

Covergestaltung: Anne Gebhardt
Umschlaggestaltung: ARTC.ore Desgin
Unter Verwendung von Abbildungen von
© stock.adobe.com: © tomertu, depositphotos.com: © tomert,
© antb shutterstock.com: © Viorel Sima
Lektorat: Marie Weißdorn
Satz: dp DIGITAL PUBLISHERS GmbH
Druck und Bindung: Books on Demand GmbH, Norderstedt

VORWORT

Man sagt, das Leben sei wie eine Schachtel Pralinen, man wisse nie, was man bekommt. Aber in Sams Fall ist das Leben gerade eher wie eine Schachtel mit verkohlten Muffins, gefüllt mit ranzigen Trockenfrüchten, garniert mit krisseliger Sahne, die schon komisch roch, als sie aus dem Kühlschrank kam. Und zu allem Überfluss muss Sam mit der Schachtel durch den strömenden Regen, rutscht aus und fällt hin, während die Schachtel im hohen Bogen in eine schlammige Pfütze fliegt, ehe ein 40 Tonner mit der Aufschrift: „Wesley James Harlington" darüberfährt. Und das muss Sam erst einmal verdauen.
Aber ehe ich im Nachwort noch näher darauf eingehe, was ich mit dem letzten Satz meine, wünsche ich euch viel Spaß mit Sam und Wes.

Eure Alexa Foxx

1 DREISSIG VOR DREISSIG

„Wir springen in zehn Sekunden!"

Stoßweise atmend starrte Samantha Cochrane auf den nach oben gereckten Daumen, der sich in ihr Gesichtsfeld geschoben hatte. Im Normalfall war das ein Symbol des Vertrauens, der Zustimmung und der Sicherheit. Jetzt jagte die knappe Geste ihr nichts als Todesangst durch die Adern.

„Zehn!"

Worauf habe ich mich nur eingelassen?

Unvermittelt spürte Sam, wie jeder Muskel in ihrem Körper erschlaffte. Gleichzeitig zündeten ihre Synapsen Feuerwerke in alle Emotionsrichtungen. Ihre Gedanken sprangen umher wie unkontrollierbare Flummis, die godzillagleich halb Tokio zerlegen wollten.

„Neun!"

Wie ferngesteuert ließ Sam sich in Richtung Ausstiegsluke schieben. Viel Widerstand konnten ihre Muskeln im Moment ohnehin nicht leisten.

„Acht!"

Mit flatternden Nerven verfolgte sie, wie einer des Teams die Tür öffnete. Sofort blies ihr der kräftige Wind die roten Locken um die Ohren und brachte zugleich die Motorengeräusche noch lauter an ihr Ohr.

„Sieben!"

Sam hörte deutlich, wie der Pilot den Schub der Maschine drosselte und lachend das Stichwort *Exit* aus dem Cockpit brüllte.

Wieso bin ich heute Morgen nicht im Bett geblieben, wie ich es mir vorgenommen hatte?

Es hätte ein so wundervoller Tag werden können. Ausschlafen, gemütlich frühstücken, ein wenig faulenzen. Nach einem selbstgekochten Mittagessen hätte sie drei bis vier Stunden für Buchhaltung und Einkaufslisten abgezweigt und anschließend ein paar Sonnenstrahlen auf dem Balkon genossen, mit ihrer aktuellen Lektüre und einer Tasse frisch aufgebrühtem Tee.

Stattdessen hing sie festgegurtet an einem Kerl, der sich mit ‚Hi, mein Name ist Oliver und ich bin dein Tandemsprung-Partner‘ vorgestellt hatte, in einem Flugzeug irgendwo über den schottischen Lowlands.

Und warum?

Weil ihre beste – vielleicht auch ehemals beste – Freundin Diana sie nicht eher in Ruhe lassen würde, bis sie ihre *Dreißig-Dinge-die-ich-vor-Dreißig-tun-will*-Bucket-List abgearbeitet hatte. Dummerweise würde sie die magische Grenze von dreißig Jahren in genau drei Wochen überschreiten. Die magische Grenze, die alles verändern sollte; von heute auf morgen. Die magische Grenze, die Sam für kompletten Blödsinn hielt und vor der sie sich doch fürchtete.

Stimmte es, was man sich erzählte? Was Frauen in Waschsalons, an Supermarktkassen oder in Lesekreisen berichteten? Würde sie Schlag Mitternacht in einen Zustand rapiden Alterns verfallen? Würde sie plötzlich die eine Hälfte ihres Jahreseinkommens für Zaubertinkturen aus den Hexenkesseln der Pharmaindustrie und die andere für ‚das erste Grau verschleiernde‘ Wundermittel beim Friseur ausgeben? Würde dieser Zustand sie am Ende womöglich sogar dazu bringen, über jüngere, hübschere Frauen verärgert die Stirn zu runzeln? Was schlussendlich zu noch höheren Kosten in puncto Jugendwahn und zu noch größerem Frust über jüngere, hübschere Frauen führen würde?

Würde auch sie diesem unbarmherzigen Teufelskreis erliegen?

Seit einem halben Jahr blieb Sam in manchen Nächten stundenlang wach und versuchte, vernünftige Antworten auf diese Fragen zu finden. Bis jetzt erfolglos. Denn jede halbwegs akzeptable Antwort hatte letztendlich nur neue Fragen aufgeworfen, von denen einige perfekte Kandidaten für die Kategorie ‚Ich-will-es-lieber-nicht-wissen‘ waren.

Was Sam allerdings von Anfang an am meisten zu schaffen gemacht hatte, war eine andere Kehrseite der magischen Dreißig.

Der Anfang des Alte-Zeiten-Dilemmas.

Würde sie um Mitternacht an ihrem Geburtstag urplötzlich anfangen, über alte Zeiten zu sinnieren? Würde sie von Albträumen über verpasste Gelegenheiten heimgesucht werden oder von Jahr zu Jahr größere Berge von vertanen Chancen anhäufen, bis sie in einer nicht allzu fernen Zukunft jede Gegenwart verteufelte, weil die Erinnerung an die Vergangenheit ihr jeden unerfüllten Wunsch dreifach unter die Nase rieb?

Nacht um Nacht um Nacht hatte Sam sich mit diesen Fragen herumgeplagt und je näher ihr dreißigster Geburtstag rückte, desto unvermeidlicher war ihr Grübeln auf eine finale Frage zugesteuert.

Was, um Himmels willen, wünschte sie sich überhaupt? Abgesehen davon, dass ihr Café endlich wieder lief?

Schlussendlich hatte Sam dem Listen-Fetischisten in sich nachgegeben und eine Bucket-List geschrieben, die sie seither verfluchte. Seit nämlich Diana die Liste in der untersten Schublade ihres Schreibtisches gefunden und beschlossen hatte, ihr zu helfen, jeden einzelnen Punkt abzuhaken.

Auch Punkt neunundzwanzig. Und der beinhaltete eben dummerweise einen Tandem...

„Drei!"

Drei? Was ist mit sechs, fünf und vier passiert? Hat eine Konferenz der Mathematiker die etwa verbannt? Für welchen Preis werde ich in dem Fall meinen Apfelkuchen in Zukunft anbieten? Und wieso denke ich über einen solchen Unsinn nach, wenn ich in drei Sekunden aus einem Flugzeug springen muss, obwohl ich das gar nicht mehr will?

Mithilfe der wenigen Gehirnzellen, die gerade nicht mit gepackten Koffern das Weite suchten oder kreischend durcheinanderliefen, versuchte sie ein klares ‚Ich habe es mir anders überlegt' zu formulieren.

„Ich ... schab... michan... glegt...", kam stattdessen, begleitet von einer Reihe weiterer unverständlicher Brabbellaute, heraus.

„Zwei!"

Wie in Zeitlupe beobachtete Sam, wie Oliver nach den Seiten des Ausstiegs griff und spürte, wie sich sein Oberkörper einige Millimeter von ihrem Rücken entfernte. Ihr Herz schlug in einem Takt, der jeden Hardcore-Techno-Fan überfordert hätte. Ihre Glieder zitterten, ihr Magen wurde mit jeder Millisekunde flauer und flauer.

„Eins!"

Sam krallte sich an ihrem Tandemgurt fest und versuchte sich gegen Olivers Brust zu stemmen, während sie weiterhin keinen zusammenhängenden Satz zustande brachte. Dabei bemerkte sie, dass ihre Füße bereits über den Rand des Trittbretts rutschten.

Unter ihnen Felder, weit verteilte, winzig aussehende Dörfer und grob erkennbare Straßen oder Flüsse, die Muster in die Landschaft zeichneten; außerdem der Tod. Es gab keinen Zweifel, dass etwa 5000 Meter unter ihnen der Tod auf sie wartete.

„Ich ... ich habe es ...“

„Sprung!“

Instinktiv legte Sam den Kopf in den Nacken, wie sie es während der Einführung gelernt hatte.

„... mir aaanders überleeegt!“, brüllte sie, endlich wieder Herr über ihre Stimme.

Zu spät. Eindeutig zu spät.

Olivers Schwung riss sie vollends über den Rand des Trittbretts und ehe sie blinzeln konnte, rasten sie gemeinsam der Erde entgegen. Wild flatterten ihre Sprungkombi und ihre Wangen im Wind. In Gedanken ging sie panisch die Anweisungen aus dem Einweisungsvideo durch, die Oliver vor und während des Steigfluges mit ihr zusammen wiederholt hatte. Dazwischen blitzten Passagen aus Hunderten von Papieren auf, die sie hatte lesen und unterschreiben müssen. In viel zu vielen davon war es beunruhigenderweise um Dinge gegangen, die schiefgehen konnten.

Ich hätte im Bett bleiben sollen. Hier ist es windig, kalt und außerdem falle ich mit zweihundert Stundenkilometern in Richtung Boden, wo ich aufschlagen und sterben werde. Zerschmettert und aufgeplatzt. Abge-lichtet von einem schmierigen Reporter und morgen auf der Titelseite des Daily Mirror. Mit der wenig schmeichelhaften Headline: ‚Neunundzwanzigjährige Närrin stirbt beim Versuch, neunundzwanzigsten Punkt ihrer alterskrisenartigen Bucket-List abzuhaken, jammerte Sam innerlich und erschrak, als Oliver ihr die Hände von der Sprungbrille zog.

„Du musst die Arme ausbreiten, sonst verpasst du die herrliche Aussicht!", schrie er ihr über den rauschenden Wind und die Flattergeräusche zu und erst jetzt bemerkte Sam überhaupt, dass sie sich die Augen zugehalten hatte.

Entgegen ihrem ersten Impuls, die Hände zurück vor die Augen zu schlagen, tat Sam wie geheißen.

Den Anweisungen deines Tandem-Partners – also meinen – ist ohne Widerrede Folge zu leisten, hatte sie Olivers Ansage allzu deutlich im Ohr.

Unter sich sah Sam die Felder, Dörfer, Bauernhöfe und Straßen näher kommen, während sie versuchte, im starken Gegenwind nicht ins Rudern zu geraten. Und langsam, sehr langsam stellte sich bei ihr das Gefühl ein, das Oliver ihr zu beschreiben versucht hatte.

Das Gefühl, man würde fliegen und nicht länger fallen. Das Gefühl, für das sich der lebensmüde Sprung aus einem Flugzeug lohnte. Das Gefühl, das einen die Unbeschwertheit erleben ließ, einem Freiheit, Lebenslust und Freude bescherte, das den Alltagsstress vergessen machte.

Das Gefühl, über dem Sams Angstschrei verebbte und ein ergriffenes ‚Wow' ihr Innerstes überflutete, während der Adrenalinschub nachließ, der Herzschlag sich verlangsamte und Felder, Dörfer und Bauernhöfe nicht länger Horrorszenarien in ihr auslösten, sondern sich in ihrer ganzen Schönheit offenbarten.

Das Gefühl, das in dem Moment vorbei war, in dem Oliver an der Reißleine zog und sich der Fallschirm öffnete.

Mit einem sanften Ruck verlangsamte sich ihr gemeinsamer Fall und ging in ein Gleiten über, das zwischen fünf und sieben Minuten dauern würde. Fünf bis sieben Minuten, in denen Sam zumindest noch die Landschaft genießen konnte, auch wenn der Höhepunkt des Tandemsprungs vorbei war.

Halblinks unter sich erkannte Sam einen winzigen Traktor, der ein Getreidefeld zur besten Zeit im Juli aberntete. Ein Drittel des Feldes noch goldgelb, zog das Gefährt eine dunkle Spur hinter sich her. Auf der rechten Seite entdeckte sie ein abgelegenes Haus, um welches sich kleine weiße Wölkchen auf vier Beinen tummelten. In der Ferne sah sie den Kirchturm eines Dorfes und unweit ihrer Landeposition die Windungen und Mäander eines Flusses.

Sam konnte sich kaum sattsehen an den grünen, gelben und bunten Feldern, den kleinen Wäldchen und dem sommerlichen Glanz der Umgebung.

Als Oliver den Schirm leicht mit dem Wind drehte, fiel ihr Blick auf einen Bauernhof, dessen Dach ein fröhlicher Smiley zierte. Vermutlich keine Seltenheit in der Nähe von Sportflugplätzen, die Fallschirmsprünge anboten. Ein kleiner Scherz oder Gruß des Besitzers.

Sam brachte der Smiley jedenfalls das gute Gefühl des Fliegen-Moments zurück und zum ersten Mal, seit sie den Sportflugplatz betreten hatte, wünschte sie sich nicht, heute Morgen im Bett geblieben zu sein. Im Gegenteil. Sie war derart berauscht von den positiven

Eindrücken – na ja, vermutlich auch von den Unmengen an freigesetztem Adrenalin –, dass sie sich fest vornahm, noch in diesem Jahr einen weiteren Sprung zu absolvieren.

Für den Bruchteil einer Sekunde war sie sogar froh, endlich den neunundzwanzigsten Punkt auf ihrer Bucket-List abgearbeitet zu haben. Dann aber fiel ihr ein, dass nach dem neunundzwanzigsten, dank der Gnadenlosigkeit der natürlichen Zahlen, der dreißigste Punkt folgte, folgen würde ... sie *verfolgen* würde. In Form einer niemals lockerlassenden Diana, welche sie zur Not auch zum letzten Punkt ihrer Liste peitschen oder sie an den Haaren hin schleifen würde, wie sie es unermüdlich bereits bei den ersten neunundzwanzig getan hatte. Selbst bei Punkt vierzehn: Sich ein Tattoo stechen lassen.

Es sei denn ...

„Wir landen in vierzig Sekunden, Sam, also mach dich bereit!", unterbrach Oliver ihre Überlegungen.

... es sei denn, sie findet Punkt dreißig nicht.

Sam schickte ein Stoßgebet zu den Göttern des Schicksals und betete zugleich für eine sichere Landung und eine Vereitelung von Dianas Plänen, während sie in Richtung Boden schwebten.

Da jedoch ihr erstes Gebet erhört worden war, hatten die Götter vermutlich nicht eingesehen, ihr gleich noch einen Wunsch zu erfüllen.

„Heiliger Kuhmist, Sam! Ich habe mir fast in die Hose gemacht, als ich durchs Fernglas beobachtet habe, wie ihr auf die Erde zurast!"

Sam musste sich wohl verhört haben. Sie war gerade aus 5000 Metern Höhe vom Himmel gefallen und

Diana hatte sich fast in die Hosen gemacht? Doch ehe sie etwas dazu sagen konnte, plapperte Diana aufgeregt: „Hast du nicht gesehen, dass ich dir wie eine Verrückte zugewinkt habe? Egal! Du hast Punkt neunundzwanzig abgehakt und damit steht dem dreißigsten und letzten nichts mehr im Wege!"

Noch ehe Oliver Sam aus dem Gewusel an Gurten und Leinen befreit hatte, fiel Diana ihr überschwänglich um den Hals und riss sie beinahe samt ihres Tandempartners um.

„Immer langsam mit den aufgeregten Hühnern", rief Oliver lachend und löste den letzten Gurt, der sie noch verband.

„Und, wie war es?", fuhr Diana unbeirrt fort. „Schlimm oder megamäßig geil? Was hast du gespürt und wie sieht die Welt von da oben aus? Bist du mit den Vögeln um die Wette geflogen? Bist du auf den Schwingen eines Adlers geritten? Sind die Stimmen der Berge wirklich so wunderschön? Hattest du genügend Zeit, das Farbenspiel des Windes zu malen?", bestürmte ihre Freundin sie ohne Punkt und Komma. Hoffentlich meinte sie die Fragen nicht ernst. Allen voran die, die mit Adlern und Pocahontas zu tun hatten.

„Was das Farbenspiel des Windes angeht, das ist ein Geheimnis, das nur diejenigen erfahren, die sich trauen aus einem Flugzeug zu springen." Grinsend zückte Oliver eine Visitenkarte aus seinem Overall und drückte sie Diana in die Hand. „Frag am besten nach Oliver. Ich habe gehört, der ist ein echter Teufelskerl. Aber Haustiere sind beim Fallschirmsprung nicht erlaubt, also müssen Reiher und Otter brav zu Hause bleiben", fügte er hinzu und nahm Sam die Gurte aus der Hand.

Jetzt war es Sam, die lachen musste, als sie Dianas verdutztes Gesicht sah.

„Ich denke darüber nach. Auch wenn mein übliches Geleit wenig begeistert sein dürfte." Diana zwinkerte Oliver zu und hakte sich bei Sam unter, die sich mit einer Umarmung und einem Dankeschön von ihrem Tandemsprungpartner verabschiedete.

„Vielleicht sollten wir den nächsten Sprung gemeinsam machen", schlug Sam auf dem Weg zu den Umkleidekabinen vor und hoffte auf ein Gespräch fern ab von Bucket-Lists und einem letzten unerledigten Punkt. Doch sie hatte die Rechnung ohne Diana gemacht, deren Foto im Wörterbuch unter dem Stichwort ‚hartnäckig' zu finden sein müsste.

„Das können wir auch nach deinem runden Geburtstag in drei Wochen besprechen." Diana legte beim Laufen den Kopf auf Sams Schulter und den Arm um ihre Taille. „Was wir aber keinesfalls aufschieben dürfen, sind die Vorbereitungen für den legendären Punkt dreißig. Den Punkt, der in die Geschichte deines Lebens eingehen wird. Ach, was sage ich, der in die Geschichte aller Frauen eingehen wird, als der größte Triumph über die Männerwelt!"

Dianas ungebremster Euphorie konnte Sam sich nicht im Geringsten anschließen. Stattdessen hätte sie am liebsten entweder ihre Freundin oder sich selbst für die nächsten drei Wochen in einem Bunker eingeschlossen. Ihre Freundin vielleicht sogar länger. *Für immer* klang doch ganz gut.

2 SCHNÜFFLERIN PAR EXCELLENCE

„Ich habe ihn gefunden!"

Freudestrahlend stürmte Diana drei Tage später zu Sams Büro und vergaß wie üblich anzuklopfen.

„Hast du nicht eine Kleinigkeit ausgelassen?", erkundigte Sam sich beiläufig und sah von den Papierstapeln auf ihrem Schreibtisch auf, um Diana augenverdrehend abwinken zu sehen.

„Ich habe ihn gefunden", wiederholte ihre Freundin und knallte einen Ausdruck auf die Abrechnungsbelege.

„Wen hast du gefunden?", fragte Sam, obwohl sie eine schreckliche, apokalyptische Ahnung hatte.

„W-E-S-L-E-Y!"

Jeder Buchstabe traf Sam wie der Peitschenschlag einer neunschwänzigen Katze.

„Du dachtest wohl, dank deiner fabelhaften ‚Mitarbeit' finde ich ihn nicht." Diana hätte das letzte Wort kaum sarkastischer betonen können, hatte doch Sams einzige Hilfe in Bezug auf Wesley darin bestanden, nichts zu tun. Rein gar nichts.

Und auch wenn Sam klar gewesen war, dass Diana sie dafür würde bluten lassen, hatte sie nicht vor dem nächsten Jahr mit einer Revanche gerechnet.

Schließlich wusste jeder, dass Diana ihre Opfer so lange schmoren ließ, bis sie von allein zerfielen.

„Wieso hast du mir eigentlich verheimlicht, dass dieser Mann heißer ist als der Vesuv?", schnurrte Diana und leckte sich anzüglich über die Lippen.

„Er ist nicht hei…", begann Sam, brach allerdings schlagartig ab, als sie nach dem Ausdruck griff. „Ach du … meine Güte."

Die nächste Minute verbrachte Sam damit, zu starren, zu grübeln, zu verneinen, gar zu verleugnen. Der Mann auf dem Foto konnte, er durfte einfach nicht Wesley sein.

Nie im Leben durfte dieses Bild von einem wahrgewordenen feuchten Traum der Mann sein, der ihr das Herz herausgerissen und es vor ihren Augen genüsslich verspeist hatte – okay, an der Stelle übertrieb Sam gern ein bisschen.

Seine ungewöhnlich hellbraunen Augen und sein Lächeln erkannte sie sofort. Aber dieser gepflegte Dreitagebart und der akkurate, geschäftsmäßige Haarschnitt, das maskuline Kinn, die breiten Schultern …

„Wusstest du, dass man vom Schmachten schwanger werden kann?"

„Ja, davon habe ich gehört", murmelte Sam abwesend, während sie weiterhin das Bild von Wesley aus ihren Erinnerungen mit dem verglich, das sie in der Hand hielt. Bis auf seinen neuen Haarschnitt – die halblangen Wuschelhaare von früher hatten ihm besser gestanden –, konnte sie nicht umhin zuzugeben, dass er sich rigoros zu seinem Vorteil entwickelt hatte.

Verfluchter Scheibenkleister, dachte Sam. Insgeheim hatte sie gehofft, Wesley wäre mit der Zeit ein unansehnlicher, gruseliger Kerl geworden. Mit enormer Plauze, überdimensionalem Doppelkinn, fauligen Zähnen und einer Halbglatze, die er mit fettigen, von rechts nach links gekämmten Haarsträhnen zu kaschieren versuchte.

„Dann solltest du schleunigst einen Termin beim Gynäkologen machen."

„Um wie viel Uhr?", fragte Sam, die nur das Wort ‚Termin' gehört hatte.

„Wow." Diana machte einen entschlossenen Schritt auf den Schreibtisch zu und riss Sam den Ausdruck aus der Hand. „Ich glaube, *das hier* nehme ich lieber an mich." Sie faltete das Stück Papier zusammen und steckte es in die Hosentasche ihrer Jeans.

„Wenn du meinst", grummelte Sam. Erst jetzt wurde ihr bewusst, dass sie ein klitzekleines bisschen zu fasziniert auf den heutigen Wesley reagiert hatte.

„Pscht." Als Sam den Kopf hob und ihre Freundin ansah, kam es ihr vor, als stünde sie in der Museumsabteilung mit den griechischen oder römischen Marmorstatuen. ‚Grinsende Lippen des Scharlatans hinter ermahnendem Finger' wäre vermutlich der adäquate Titel dieser skurrilen Skulptur gewesen. „Spar dir deine Ausreden für das Jüngste Gericht auf." Wider Erwarten konnte Dianas Grinsen noch breiter werden. „Dann kannst du Jesus einen vom Pferd erzählen."

„Du vergisst hoffentlich nicht, wer dir jeden Monat deinen Lohn zahlt und damit für dein Überleben sorgt", versuchte Sam die unangenehme Situation zu überspielen, doch Diana ließ sich nicht beirren. Der Witz zwischen ihnen war nicht nur alt, sondern im Grunde genommen auch Mumpitz. Schließlich arbeitete Diana nebenher bei Sam und nicht in Vollzeit.

„Sehr plump, junge Dame, äußerst plump." Diana umrundete den alten Eichenschreibtisch und zog einen der beiden Stühle, die für Besucher in der Ecke neben dem mannshohen, überquellenden Aktenschrank standen, hinter sich her. „Apropos plump." Sie drehte den Laptop ihrer Freundin mit dem Bildschirm zu sich, öffnete den Browser und tippte die Webadresse eines Londoner Unternehmens für Finanzlösungen ein, das Sam gänzlich unbekannt war. „Ich habe deinen Wesley ..."

„Nenn ihn bitte nicht so!", fuhr Sam ihre Freundin an und schnaubte, als diese ihr zuzwinkerte.

„Ich habe Wesley einfacher aufgespürt, als du gehofft hast." Während sie Sam ihre Genialität unter die Nase rieb, klickte sich Diana durch die Seiten des Unternehmens. „Dafür musste ich nur einen Gefallen bei Tommy einfordern."

„*Der* Tommy?" Sam stöhnte und verfluchte ihre Freundin. Einfach jeder in ganz Paisley schien ihr etwas zu schulden. Selbst ein Vertreter der örtlichen Polizei.

„Genau, *der* Tommy, der mit dir und somit auch mit Wesley zur Schule gegangen ist. Was ich dank meiner detektivischen Fähigkeiten vor zwei Tagen herausgefunden habe."

Detektivische Fähigkeiten, klar, dachte Sam. Sich nach der gemeinsamen Arbeit liebreizend zu verabschieden, statt nach Hause zu gehen die Treppe nach oben zu schleichen und das Schlafzimmer der besten Freundin auf der Suche nach Informationen über Wesley zu durchwühlen, fiel wohl eher unter die Kategorie ‚verbrecherische Ambitionen‘.

„Und weil du ihm am Wochenende geholfen hast einen Mord zu vertuschen, hat Tommy leichthin seine Befugnisse überschritten und dir geholfen, einem harmlosen Zivilisten nachzuspionieren?“

„Nein, du Dummerchen. Er hat mir gesagt, wo ich Wesley finden kann. Die beiden haben nämlich noch Kontakt.“ In Sams Kopf formte sich erneut das Bild einer Diana-Statue. Dieses Mal stand auf dem Schild davor ‚Triumph‘. „Ab da war alles ganz einfach.“

Diana deutete auf den Bildschirm und auf das Foto von Wesley, das Sam bereits von dem Ausdruck kannte. Über dem Foto stand: *Wesley James Harlington. Leiter der Abteilung Europäische Großkunden.*

Na toll, dachte Sam, zog die mittlere Schreibtischschublade auf und holte einen Frust-Schokoriegel heraus. *Wesley sieht verflucht gut aus und hat die Karriere gemacht, von der er damals so besessen war.* Angefressen schob sie den Riegel in den Mund. *Ich hasse dich, elendes Schicksal.*

„So schlimm?“, erkundigte sich Diana und sah ihre Freundin besorgt an.

Plötzlich schmeckte der Schokoriegel wie Pappmaché. Ohne eine Antwort stand Sam, die spürte, wie ihr Tränen in die Augen traten, auf und verließ das Büro, um in Richtung der Angestelltentoilette zu verschwinden.

Dort angekommen, schloss sie die Tür hinter sich ab und setzte sich auf den Klodeckel. Je länger sie über ihre Wunschvorstellung von einem heutigen Wesley und die bittere Realität nachdachte, desto näher kam sie einem Tränenausbruch.

Fett, hässlich und arbeitslos, mit diesem Bild von Wesley hatte sich Sam die letzten zwölf Jahre über seinen Verrat hinweggetröstet. Sich emotional damit über Wasser gehalten, dass all seine Träume platzen würden, genauso wie er ihre Beziehung, ihre Liebe, ihre Zukunftspläne hatte platzen lassen. Nur weil er plötzlich ‚Karriere‘ hatte machen wollen, weil er ‚mehr‘ wollte als den Rest seines Lebens ‚lediglich‘ Besitzer eines mäßig laufenden Cafés zu sein.

Als wäre es gestern gewesen, sah Sam mit einem Mal vor sich, wie die Rücklichter seines schrottreifen Seats in ihrem verschwommenen Sichtfeld in der Ferne kleiner und kleiner wurden. Sie spürte, wie sich ihr Magen umdrehte, ihre Beine weich wurden, ihre Brust schmerzhaft verkrampfte und ganze Brocken ihres Herzens wie eine Lawine ins Tal der dunklen Seite der Liebe krachten.

„Sam?“

Dianas Stimme und das Klopfen an der Toilettentür ließen die Bilder verblassen.

„Sam, geht es dir gut?“

Als Sam ihr keine Antwort gab, schlug Diana fester gegen das Holz, von dem bereits die Farbe abblätterte.

„Wenn du nicht augenblicklich rauskommst, hole ich unseren Zwei-Meter-Koloss Tommy und lasse ihn die Tür eintreten!“

„Ist ja schon gut.“ Sam seufzte und trat ans Waschbecken. Aus dem klappernden Papierspender zog sie die letzten zwei Tücher heraus, wischte sich die Tränen aus den Augenwinkeln und schnäuzte sich die Nase.

Um wenigstens den letzten Rest ihrer Würde zu retten, straffte Sam die Schultern, legte ihren geschäftsmäßigsten Gesichtsausdruck auf und schloss die Tür auf, während sie sich maßgeschneiderte Worte für Diana zurechtlegte. Doch sie hatte gerade erst die Klinke nach unten gedrückt, da riss Diana die Tür schon auf und fiel ihr um den Hals. Erneut füllten sich Sams Augen mit Tränen.

„Hätte ich gewusst, dass dich das derart mitnimmt, hätte ich vorher ein paar Pickel und Warzen auf das Foto gemalt", flüsterte Diana zaghaft, nachdem sie Sam eine Weile festgehalten und das Schluchzen nachgelassen hatte.

„Und kahle Stellen, eine Hakennase und hundert Extrakilos", murmelte Sam.

„Okay, ich setze mich heute Abend noch an den Rechner und bearbeite das Bild dieses Widerlings nach deinen Vorstellungen. Wie wäre das?"

„Das wäre das Mindeste." Sam witterte einen Hauch schlechtes Gewissen bei Diana und schaltete blitzschnell. Vielleicht könnte sie ihre Freundin doch noch von der verrückten Idee abzubringen, Punkt dreißig auf ihrer Bucket-List abhaken zu müssen.

Der Punkt mit dem unrühmlichen Titel: ,Rache an Wesley, diesem Arsch'.

„Viel mehr wäre mir allerdings geholfen ..." Sam schniefte absichtlich theatralisch. „... wenn du aufhören könntest, die fixe Idee ..."

„Vergiss es, du hinterlistige Ratte." Diana drückte Sam noch fester, ehe sie ihre Freundin losließ und sie tadelnd ansah. „Ganz schön gerissener Versuch für jemanden, der eben noch beinahe im Gefühlschaos ertrunken wäre."

„Jetzt übertreibst du maßlos." Sam ging an ihr vorbei und stapfte zurück zum Büro. Sie verstand nicht, wieso ihre Freundin so hartnäckig hinsichtlich ihrer Bucket-List war. „Außerdem solltest du mit dem Arbeiten anfangen, sonst überlege ich mir das mit dem Lohn doch noch."

Ohne auf Diana zu warten, zog Sam die Bürotür hinter sich zu und setzte sich zurück an den Schreibtisch. Sie musste unbedingt ihre Einkaufsliste zu Ende schreiben, sonst würden sie nächste Woche mit nichts mehr backen können außer Wasser und Mehl.

„Vergiss es, Fräuleinchen! Ich war noch nicht fertig." Diana stürmte erneut ohne anzuklopfen in Sams Büro und übernahm die Herrschaft über den Laptop, um sich in ihr Facebook-Profil einzuloggen.

„Du weißt, was ich von privatem Surfen am Arbeitsplatz halte, oder?" Selbst Sam war klar, dass dieser Versuch auf einer Skala von Eins bis Fadenscheinig die obere Grenze um drei Zähler überschritt. Deswegen wunderte es sie auch nicht, dass Diana unbeirrt weiter tippte und klickte, bis sie gefunden hatte, wonach sie suchte.

„Das hier." Diana zeigte auf einen Post. „Das ist unsere Eintrittskarte in den Rachehimmel."

Sam besah sich den Post genauer und runzelte die Stirn. „Was hat eine ‚sommerliche Gartenparty zum fünfzigsten Jubiläum' für Angestellte des Unternehmens, in dem Wes... dieser Arsch arbeitet, mit mir zu tun? Und wie zur Hölle hast du es geschafft, in dieser private Angestelltengruppe auf Facebook aufgenommen zu werden? Überprüft das denn niemand?"

„Ich habe eine Anfrage gestellt und geschrieben, ich sei Diana aus der Buchhaltung." Diana strahlte, als habe sie gerade jedes Rätsel der Menschheit gelöst. „Wer kennt schon die Mitarbeiter aus der Buchhaltung?"

„Du willst mir sagen, du hast dir auf gut Glück einen beliebigen Job in dem Unternehmen zugewiesen und das hat ernsthaft funktioniert?"

„Na ja, bevor ich die Anfrage gestellt habe, musste ich noch meine Arbeit in deinem Café, mein Studium und einige andere Angaben aus meinem Profil löschen. Aber ja, dann hat es geklappt. Ich bin seit zwei Tagen Mitglied in der Gruppe und habe mich schon mit elf anderen Angestellten angefreundet."

Sam sah Diana entgeistert an. „Wer bist du und was hast du mit meiner Freundin gemacht?"

„Jetzt hör endlich auf, vom Thema abzulenken." Diana winkte ab und deutete auf das Datum der Veranstaltung. „Die Sommerfeier findet am Samstag auf einem Anwesen in der Nähe von Edinburgh statt." Sie öffnete Google-Maps und tippte die Adresse ein, während in Sam immer stärker der Verdacht aufkeimte, neben ihr säße der Agent Ethan Hunt mit einer lebensechten Diana-Maske und Afro-Perücke.

„Und weil es leichter war, in die Facebookgruppe des Unternehmens zu kommen, als einem Säugling den Schnuller zu klauen, willst du am Samstag einfach auf die Party spazieren, die ein oder andere oberflächliche Konversation über das Wetter führen und dann ..." Sam sah Diana fragend an. „Und dann machen wir was?

Suchen wir die engsten Kollegen dieses Arschs und erzählen ihnen erfundene dunkle Geheimnisse? Machen ihnen weis, er hätte einen perversen Stinkefuß-Fetisch oder den kleinsten Mikropenis der Welt? Lassen wir beiläufig fallen, er stünde in Wirklichkeit auf Schafe oder könne nur eine Erektion bekommen, wenn die Frau einen Strap-on-Dildo wie ein Einhorn auf der Stirn trägt und während des Aktes wiehert?"

Entgeistert starrte Diana Sam an. „Ich wusste gar nicht, dass du dich in deiner Freizeit mit Schweinkram beschäftigst."

Sam verdrehte die Augen. „Der Punkt ist doch, dass wir keinesfalls auf diese Veranstaltung kommen, ohne von den Security-Mitarbeitern geschnappt zu werden und die Nacht in einer dreckigen Zelle zu verbringen."

„Wo wir unsere Unschuld an Jo verlieren, die wegen schweren Raubüberfalls sitzt, ihr Leben lang auf zwei süße Mädels wie uns gewartet hat und sich unsere Gesichter auf den Arm tätowieren wird?", fragte Diana ironisch. „Du hast eindeutig zu viele Filme gesehen."

„Nein, *du* hast eindeutig zu viele Filme gesehen." Sam lehnte sich zurück und verschränkte die Arme vor der Brust. „Ich möchte einfach keinen Ärger bekommen."

„Jetzt sieh dir doch erst einmal das Anwesen und das Grundstück genauer an." Diana zoomte das Satellitenbild näher heran und deutete auf die drei Eingänge des Geländes. „Hier, hier und dort werden, wenn überhaupt, Security-Mitarbeiter postiert sein und vielleicht IDs kontrollieren." Sie deutete auf ein Heckenlabyrinth am unteren Bildschirmrand. „Aber hier kommen wir rein."

„Bist du noch ganz bei Trost?“ Sam schüttelte energisch den Kopf. „Wir können doch nicht am helllichten Tag über eine meterhohe Hecke klettern, ohne dass uns jemand erwischt.“

„Sam, das ist eine Jubiläumsfeier, keine Politveranstaltung höchsten Ranges. Es werden schon keine Wachleute um das Grundstück laufen oder Drohnen darüber fliegen. Ich bin mir nicht einmal sicher, ob überhaupt Securityleute dort sein werden. Also vielleicht kommen wir sogar durch das Haupttor rein.“

„Dein Wort in Gottes Ohr“, murrte Sam. Sie glaubte nicht mehr daran, dass Diana Ruhe geben würde, ehe sie Punkt dreißig erledigt hatte. Und sollte sie sich bis zu ihrem Geburtstag weigern, würde ihre Freundin vermutlich eine neue Liste mit dem Titel ‚Vierzig vor vierzig‘ erstellen und nicht aufhören sie zu nerven, bis Sam die ersten neununddreißig Punkte darauf abgearbeitet hatte. Punkt vierzig wäre – selbstredend – identisch mit Punkt dreißig der jetzigen Liste, und wieder würde sie sich weigern ihn abzuhaken und Diana würde eine neue Liste erstellen.

Sam sah den Teufelskreis beinahe bildlich vor sich.

Hat es nicht ausgereicht, dass ich Curling gelernt habe, drei Kinderlieder auf der Gitarre spielen kann, im angesagtesten Club der Stadt die Nacht durchgemacht habe, aus einem Flugzeug gesprungen bin oder jetzt weiß, dass Zumba absolut nichts für mich ist? Ganz zu schweigen von dem blödsinnigen herzförmigen Tattoo am Knöchel, das ich mir habe stechen lassen und das ich schon jetzt bereue?

Mit den Fingerspitzen massierte Sam sich die Schläfen. „Okay. Nehmen wir an, der unwahrscheinlichste Fall tritt ein und wir schaffen es durchs Haupttor oder eben über diese riesige Hecke in das Labyrinth und somit auf die Party. Bleibt die Frage: Was sollen wir dort tun?"

Statt zu antworten, sprang Diana auf und rannte aus dem Büro. Sam hörte, wie sie im Flur den abschließbaren Holzschrank öffnete und irgendetwas Klapperndes und Klimperndes herausholte.

„Wir werden diese beiden Gegenstände ...", begann Diana und holte zuerst ein paar Handschellen und anschließend etwas, das aussah wie der Kopf eines Kuschelhasen, aus der Tüte. „... geschickt einsetzen."

„Was soll das sein? Und was kann man damit machen?" Sam nahm den grauen, buntgepunkteten Stoffhasen in die Hand und betrachtete ihn verwirrt von allen Seiten.

„Das, meine Liebe, ist ein Bunny-String, den ich in mühevoller Kleinarbeit und einzig und allein für deinen großen Triumph über die Schatten der Vergangenheit angefertigt habe." Diana nahm Sam den Stoffhasen aus der Hand und löste zwei dünne Gummischnüre von seinem Rücken. Anschließend stand sie auf und zog das Ding über ihre Jeans. „Tada!"

Während Sam das Gefühl hatte, jemand hätte ihr die Schädeldecke geöffnet und würde in diesem Moment ihr Gehirn mit Hammer und Meißel bearbeiten, konnte sie den Blick nicht von dem grotesken Etwas lösen. Diesem schlappohrigen, buntgepunkteten Stoffhasen, der über der Scham ihrer Freundin lag und Sam mit traurigen, großen, pinken Knopfaugen ansah.

„Jetzt schau nicht so skeptisch." Diana zog den Hasen nach vorne und steckte ihre geballte Faust dahinter. „Ausgefüllt sieht er viel besser aus."

„Okay.“ Sam seufzte und versuchte das Bild eines ‚ausgefüllten‘ Bunny-Strings aus dem Kopf zu bekommen. „Dein Plan lautet demnach, sich auf die Feier zu schleichen und Wes… den Arsch bewusstlos zu schlagen, um ihm diese frei interpretierbare Unterhose anzuziehen?“

„Fast richtig.“ Zum Glück zog Diana den Bunny-String wieder aus und stopfte ihn samt Handschellen in die Plastiktüte zurück. „Tommy hat mir erzählt, dass Wesley kaum Alkohol verträgt. Das stimmt doch, oder?“

Sam nickte vorsichtig und versuchte zu ergründen, worauf ihre Freundin hinauswollte und wie viele Informationen über Wesley sie Tommy aus der Nase gezogen hatte.

„Perfekt. Der Plan ist also folgender: Wir fahren in die Nähe des Anwesens. Nehmen Tüten mit Klamotten und allem, was wir sonst noch brauchen, mit und klettern über die Hecke. Im Labyrinth putzen wir uns richtig hammermäßig heiß heraus und du wirst eine Perücke und eine Brille anziehen, damit Wesley dich nicht erkennt.“

„Als würde dieser Arsch mich nach all den Jahren noch erkennen.“

Eher finde ich durch Zufall die versunkene Stadt Atlantis in einem Nichtschwimmerbecken im örtlichen Spaßbad.

„Nenn es eine Vorsichtsmaßnahme, wenn du willst“, fuhr Diana unbeeindruckt fort. „Jedenfalls mischen wir uns unter die Gäste. Wenn wir Wesley gefunden haben, locken wir ihn mit unseren weiblichen Reizen in eine ruhige Ecke und füllen ihn ordentlich ab.“

„Moment", unterbrach Sam Dianas Redeschwall erneut. „Dein Plan geht nur auf, wenn der Arsch allein auf die Feier geht und nicht mit seiner … Freundin oder Frau." Sam hätte sich am liebsten geohrfeigt für die offensichtliche Kunstpause vor dem Wort Freundin.

„Glaubst du im Ernst, ich hätte mich nicht vorher informiert, ob Wesley vergeben ist?" Diana zwinkerte Sam zu. „Keine Sorge, er ist Single. Das heißt, er wird allerhöchstens mit einer Bekanntschaft dort auftauchen."

Sam gab sich Mühe, unbeeindruckt zu wirken. „Und was machen wir dann?"

„Wir lotsen ihn abgefüllt in irgendeinen privaten Raum. Dann warten wir, bis er – wie Tommy sagte – müde genug vom Alkohol ist, dass er einschläft, und zu guter Letzt fesseln wir ihn an eine Heizung, ziehen ihn aus und lassen ihn mit nichts als dem Bunny-String zurück."

„Und machen uns strafbar wegen Freiheitsberaubung oder Schlimmerem?", fragte Sam mit einem letzten Funken Hoffnung, ihre Freundin würde die Sache auf sich beruhen lassen.

„Stimmt!", rief Diana aus, schlug sich die Hand vor die Stirn und drückte ihren üppigen Afro so platt es ging an den Kopf. „Ich sollte besser auch eine Perücke und eine Brille tragen."

3 JUBILÄUMSFEIERN UND HAND-SCHELLEN

Als Wesley am frühen Abend den Fuß über die Schwelle von Cunningham Hall setzte, atmete er tief ein. In weniger als drei Stunden würde er die Sache überstanden haben und könnte den Rest seines Samstags in Ruhe und Frieden verbringen.

Der Gedanke brachte ihn zwar in diesem Moment nicht näher an die Gemütlichkeit seines Hotelzimmers, konnte ihn aber zumindest über die Smalltalk-Strapazen der nächsten Stunden hinwegtrösten.

Über das Wetter, die Location – historische Fakten und Anekdoten über Cunningham Hall inbegriffen –, oberflächlichen Bürotratsch, Sportergebnisse, sogar über die Royals hatte Wesley sich im Vorfeld wie üblich ausgiebig informiert. Und seinem hervorragenden Gedächtnis sei Dank, würde er auf jedem Gebiet wahre Glanzleistungen in puncto Konversation abliefern, wie es die meisten seiner engsten Kollegen und sein Chef voraussetzten.

Er würde es mit einem Lächeln tun, und er würde es hassen.

„Wesley, Darling!", hörte er plötzlich hinter sich eine ihm wohlbekannte Stimme und unterdrückte mit Mühe den spontan aufwallenden Fluchtinstinkt. Für den Bruchteil eines Flügelschlages glaubte der fantasievolle Part seiner Persönlichkeit gar, er könnte mit genügend Anlauf über die zweieinhalb Meter hohe Hecke springen, welche die Auffahrt von dem kleinen Garten des Anwesens trennte. Stattdessen fixierte Wesley Mrs. Mansfield und schenkte ihr einen freundlich-kecken Gesichtsausdruck, der das Herz jeder Eiskönigin zum Schmelzen gebracht hätte.

„Mrs. Mansfield", sagte er, ging einen Schritt auf sie zu und gab der Schwester seines Chefs einen huldvollen Handkuss. „Wie schön, dass Sie Zeit gefunden haben, den Feierlichkeiten zum Jubiläum beizuwohnen."

Sich über ihre Anwesenheit freuen – check.

Ihren vollen Terminkalender lobend einbauen – check.

Nicht erwähnen, dass das Unternehmen ihrem Bruder und nicht ihr gehört – check.

Fehlen noch ein Kompliment über ihr Aussehen, nicht zu dick aufgetragen und mit einem Funken Wahrheit, und eine beliebige Frage zur Bekundung meines Interesses an ihrer Person.

„Hat Ihnen übrigens schon einmal jemand gesagt, dass Fuchsia genau Ihre Farbe ist?" Wesley ließ die Hand der älteren Dame los und richtete sich wieder zu voller Größe auf. Ihre leuchtenden Augen sprachen Bände über den Erfolg seiner Schmeichelei. „Ich hoffe, Sie hatten eine angenehme Anreise bei dieser brütenden Hitze."

„Mr. Harlington, sparen Sie sich Ihre Komplimente lieber für die jungen Damen auf, die sterben würden für ein Wort des Lobes aus Ihrem Mund."

Eine Gegenschmeichelei, ebenfalls mit einem wahren Kern.

Einem extra großen wahren Kern.

„Und was die Hitze betrifft: Ich kann Ihnen gar nicht sagen, wie froh ich bin, dass die Klimaanlage meines schrottreifen Maibachs ausnahmsweise einmal nicht den Dienst versagt hat. Die Heizung im Winter, die Klimaanlage im Sommer. Es ist ein Graus.“

Und die direkte Beantwortung der gestellten Frage. Gespickt mit Statushinweisen, einem nicht zu aufdringlichen Jammern und völlig belanglosen First-World-Problems.

Wenn jemand Wesley noch etwas in Sachen höfliche, standesgemäße Konversation beibringen konnte, dann war es sicherlich Mrs. Mansfield.

„Aber sagen Sie, Mr. Harlington, warum sehen wir Sie bei Feierlichkeiten eigentlich nie in Begleitung?“ Ehe Wesley sich eine ausweichende Antwort zurechtgelegt hatte, um Mrs. Mansfield nicht gestehen zu müssen, dass er die geistlosen Weiber der höheren Gesellschaftsschicht schlichtweg satthatte, fuhr die ältere Dame fort: „Sie wissen hoffentlich, dass Sie sich in unserem Unternehmen nicht verstecken müssen, wenn Sie dem eigenen Geschlecht zugeneigt sind.“

„Nun, ich …“, begann Wesley und versuchte vergeblich, auf sein zurechtgelegtes Geflecht aus Worten und Sätzen zurückzugreifen. Dabei brachte ihn nicht einmal der abrupte Themenwechsel, sondern die Ehrlichkeit der älteren Dame aus dem Konzept. Mrs. Mansfield meinte ganz offensichtlich, was sie über die Philosophie des Unternehmens zu gleichgeschlechtlichen Beziehungen gesagt hatte. Und zu seiner Schande musste Wesley sich eingestehen, sich als heterosexueller Mann nie Gedanken darüber gemacht zu haben, wie das Unternehmen, in dem er arbeitete, zum Thema Homosexualität stand.

„Ich hoffe, ich habe Sie nicht in Verlegenheit gebracht, Mr. Harlington."

„Ganz und gar nicht, Mrs. Mansfield. Der Einzige, der
mich in Verlegenheit gebracht hat, bin ich. Aber um
Ihre Frage zu beantworten: Ich bringe keine Begleitun-
gen zu Feierlichkeiten mit, weil ich in meinen Verabre-
dungen keine falschen Erwartungen schüren möchte."
Wesley zuckte entschuldigend mit den Achseln und lächelte verschmitzt. „Außerdem hatte ich die vage Vorstellung, dass Sie mich vielleicht eines wunderbaren
Tages erhören würden."

„Mr. Harlington", sagte Mrs. Mansfield in einem gespielt tadelnden Tonfall und hakte sich bei Wesley unter. „Ich hätte Sie nicht für einen solchen Schwerenöter
gehalten."

Gemeinsam gingen sie an den präzise geschnittenen
Hecken, dem perfekten englischen Rasen und den akkurat angelegten Blumenbeeten vorbei auf den Ein-
gang des Hauptgebäudes zu.

Höchstens drei Stunden, sagte Wesley sich, als sie Cunningham Hall durch die zweiflügelige Holztür betraten. Obwohl er nicht umhinkam zuzugeben, dass man
mit Mrs. Mansfield in Sachen Konversation anscheinend auch ganz anderes – interessantes und tiefgrün-
diges – Terrain betreten konnte, sofern die ältere Dame
es zuließ.

***

„Als Kellnerinnen?" Sam sah Diana verwirrt an. „Und
das sagst du mir jetzt?"

„Hätte ich dir vor eineinhalb Stunden gesagt, dass ich niemanden gefunden habe, der uns passende Kleider für eine ‚sommerliche Party auf einem Herrenhaus mit historischer Geschichte‘ ausleihen konnte, außer mein Freund Geoffrey vom Theaterfundus, wärst du dann überhaupt in dieses Auto gestiegen?“

„Ganz sicher nicht.“

„Und beantwortet das deine Frage, warum ich dir erst jetzt sage, dass wir dort als Kellnerinnen erwartet werden?“

Sam sah ihre Freundin am Steuer noch verwirrter als zuvor an. „Was bitte meinst du mit ‚erwartet werden‘?“

„Nun ja, ich kenne jemanden, der ...“

Sam stieß entnervt die Luft aus und verschränkte die Arme vor der Brust. „Verschon mich mit deinen komplizierten Machenschaften.“

„Machenschaften?“, fragte Diana, folgte den Anweisungen des Navis und lenkte ihren Wagen auf eine von Bäumen gesäumte Nebenstraße.

„Du weißt, was ich meine. Die vielen Leute, die dir einen Gefallen schulden und Hinz und Kunz kennen, die wiederum ihnen einen Gefallen schulden.“ Sam schüttelte den Kopf. „Nehmen wir zum Beispiel Tommy. Tommy ist verdammt noch mal ein Polizist und trotzdem plaudert er freimütig jedes Detail über Wes... das Privatleben dieses Ar...“

„Könntest du bitte seinen Namen benutzen, Sam?“, unterbrach Diana ihre Freundin und bog erneut ab. „Wir sind nämlich erstens nicht mehr im Kindergarten und zweitens habe ich schon verstanden, dass du ihn nicht leiden kannst.“

„Und wieso darf ich ihn dann nicht nennen, wie ich will?"

„Weil wir nicht im Kindergarten sind, Herr Gott verdammt! Hörst du nicht zu?"

Sam sah schmollend aus dem Fenster. Sie war es nicht gewohnt, dass Diana sie so anfuhr. „Diana und Wesley sitzen auf dem Baum ... B-E-SCH-L-eimen sich."

Die Wucht von Dianas Vollbremsung mitten auf der Straße schleuderte Sam unsanft nach vorn und anschließend zurück in ihren Sitz.

„Samantha Cochrane", begann Diana und sah ihrer verdutzten Freundin fest in die grünen Augen. „Das Wort ‚beschleimen' gibt es überhaupt nicht." Sie legte den ersten Gang ein. „Und keine Sorge, ich werde dir deinen heißgeliebten Wesley schon nicht ausspannen." Damit trat Diana aufs Gaspedal und folgte weiter den Anweisungen des Navis, ohne sich darum zu scheren, dass Sam die gesamte restliche Fahrt stumm blieb und schmollte.

Stattdessen plauderte Diana munter darüber, was Tommy ihr alles über Wesleys Arbeit, seine Lebenssituation, seine Hobbys und sogar seinen Beziehungsstatus erzählt hatte.

Als Diana den Wagen nach weiteren zehn Minuten endlich auf einen kleinen Schotterweg fuhr und anhielt, saß Sam wie versteinert auf dem Beifahrersitz.

„Du hast Tommy erzählt, was wir vorhaben?", brachte sie mühsam raus. „Warum? Und meinst du nicht ..."

„Papperlapapp. Ich habe ihm eindringlich klargemacht, was ihm blüht, wenn er Wesley vorwarnt."

„Wieso hast du ihn nicht einfach angelogen?"

„Er ist bei der Polizei, Sam.“ Diana sah sie an, als wäre sie die Begriffsstutzige hier. „Man kann doch die Polizei nicht anlügen.“

„Du kannst die Polizei nicht anlügen, aber ihr drohen?“

„Prioritäten, Sam, man muss Prioritäten setzen.“ Diana zog den Zündschlüssel aus dem Schloss und stieg aus. Sam blieb sitzen und zählte innerlich bis Dreißig.

Diese vermaledeite Dreißig, dachte sie. *Sie allein hat mir diesen Schwachsinn eingebrockt.*

„Kommst du?“, fragte Diana ungeduldig. „Wir werden in fünfzehn Minuten erwartet und ich möchte ungern zu spät kommen.“

„Natürlich“, hauchte Sam kurz vor einem Nervenzusammenbruch. „Nicht, dass wir am Ende gefeuert werden.“

„Siehst du“, frohlockte Diana und schloss den Kofferraumdeckel. „Das ist die richtige Einstellung.“

***

„Ich habe ihn gefunden“, flüsterte Diana Sam zu und blieb dicht bei ihr stehen. Das volle Tablett Champagnergläser hielt sie in einer Position, die zwischen Anmut und Vollkatastrophe schwankte. „Er unterhält sich mit den beiden älteren Herren dort vorne über irgendwelchen Finanzkram.“

Sam folgte Dianas Fingerzeig und entdeckte die beiden älteren Herren, die einen hochgewachsenen Mann im maßgeschneiderten Anzug regelrecht umzingelt hatten und abwechselnd auf ihn einredeten.

„Bist du sicher?", fragte Sam. Sie sah Wesley lediglich von hinten und hatte in der Schule das Fach ‚Exfreunde von vor Jahrzenten von hinten erkennen' zu häufig geschwänzt.

„Ja", war Dianas knappe Antwort. „Und weißt du, was das Beste ist?"

„Er geht gleich nach Hause und wir können die Sache hier endlich vergessen?"

„Nein, du Dummerchen." Diana stellte das Tablett mit den Champagnergläsern ab und füllte drei Gläser randvoll mit Whisky. „Wir können mit Phase zwei unseres Plans beginnen."

„Wesley trinkt keinen Whisky. Zumindest hat er das früher nicht", schob Sam nach und versuchte die hochschwappende Flut an tosend gegen das standhafte Kliff in ihrem Inneren brandende Fragen zum heutigen Wesley zu verdrängen.

„Aber Tommy sagte, er würde grundsätzlich trinken, wenn man ihn lange genug dazu animiert oder er sich genötigt fühlt dazuzugehören."

„Kann sein", sagte Sam ausweichend.

„Perfekt." Diana strahlte über das ganze Gesicht und hielt Sam das Tablett mit den drei Whiskygläsern hin. „Ich habe gerade mitbekommen, wie die beiden Älteren Wesley zu einer Runde überreden wollten. Also bin ich auf sie zugegangen und habe gefragt, ob ich den Herren etwas bringen kann." Sie übergab Sam das Tablett.

„Vergiss es!", zischte Sam. „Ich werde keinesfalls da rübergehen." Sie stellte das Tablett energisch auf dem Beistelltisch ab und rückte die barbieblonde, glattgebügelte Echthaarperücke zurecht, unter der sie schwitzte wie die Wachsflügel des Ikarus.

„Spielverderberin", monierte Diana, zwinkerte ihr
frech zu und machte sich auf den Weg zu den drei Herren. Als der Mann im maßgeschneiderten Anzug sich
zu ihrer Freundin umdrehte, um die Drinks entgegen-
zunehmen, stockte Sam für einen Augenblick der
Atem.

Ja, dachte sie, *das ist wirklich Wesley. Älter, reifer,
männlicher, aber trotzdem Wesley.*

Mit einem Knoten im Hals, der nicht aufhören wollte
sich auszudehnen, schnappte sie sich das Tablett mit
den Champagnergläsern und machte sich auf den Weg
in einen der äußeren Bereiche. So weit wie möglich weg
von ihrer irren Freundin und ihrem vermaledeiten Ex.

Im hinteren Gartenbereich drückte sie sich herum,
bis auch das letzte Glas von ihrem Tablett verschwunden war. Von hier aus hatte sie einen fantastischen
Blick auf das Labyrinth, über dessen Hecken sie und Diana nicht in diesem Leben hätten klettern können.

Wäre sie nicht aus dem absurdesten Grund der Welt
in Cunningham Hall gelandet, hätte sie das Anwesen
geliebt. Die verschlungenen Pfade, der imposante
Brunnen, die mit Efeu überwucherten Mauern und die
modernen Lichtinstallationen, die dem Gebäude nicht
im Geringsten den Charme seines Alters nahmen; Sam
verstand, wieso der Unternehmensinhaber die Feierlichkeiten von London nach Edinburgh verlegt hatte.
Zumal sie aus ein paar Unterhaltungen herausgehört
hatte, dass das Anwesen seit einigen Jahren im Besitz
der Mansfields war, und sie es entweder selbst nutzten
oder für Feierlichkeiten aller Arten vermieteten.

Als Sam ihre Rückkehr zum provisorisch aufgestell-
ten Tresen schließlich nicht länger hinauszögern

konnte, ging sie wieder ins Innere des Gebäudes und schlenderte über einen Umweg durch die Küche in den großen Tanzsaal, um nach Diana Ausschau zu halten.

„Entschuuuldignuck?"

Erschrocken drehte Sam sich zu der säuselnden Stimme und dem Besitzer der Hand auf ihrer Schulter um. Nur unter höchster Konzentration schaffte sie es, den Fieps-Laut, der ihr in der Kehle steckte, nicht bis nach oben vordringen zu lassen.

Aus hellbraunen, glasigen Augen schaute ihr Gegenüber sie hilfesuchend an. Hellbraune Augen, die sie geglaubt hatte niemals wiederzusehen.

„Ja?", begann Sam und entschied panisch, ihre Stimme zu verstellen. „Was ... ähm, was kann ich für Sie tun?"

Gott, ich klinge gerade wie eine Bodybuilderin auf Anabolika und Steroiden, schoss es Sam durch den Kopf, während ihre Hirnzellen verzweifelt versuchten, ihrem Körper das Schwitzen zu verbieten.

„Kö... könnten Sie misch vielleischt zu einer ... piss... piss... privaten Tritz... Sitzmöglischgeit bringen?"

Sam starrte Wesley fassungslos an. *Scheiße. Was hat Diana mit ihm angestellt, dass er innerhalb einer halben Stunde voll wie eine Haubitze ist?*

Als wolle Wesley Sams Gedanken untermauern, wankte er wie ein Grashalm im Wind und krallte sich an ihrer Schulter fest.

Zu ihrem Glück, denn Sam war an allen Fronten überfordert, kam Diana mit zwei nach oben gereckten Daumen auf sie zu und griff Wesley um die Taille.

„Sie möchten sich bestimmt in etwas privaterer Atmosphäre ausruhen, nicht wahr?" Als versuche sie mit ihren Augenbrauen eine La-Ola-Welle zu machen, schnitt Diana Grimassen zwischen Glückseligkeit, Eigenlob und Vorfreude.

„Ja, wilsch", murmelte Wesley und ließ sich ohne Widerstand von Diana aus dem Tanzsaal schieben. Ihn über die hintere Treppe nahe der Küche in den zweiten Stock zu lotsen, gestaltete sich schon schwieriger und verlangte Sam und Diana körperliche Höchstleistungen ab.

„Und hiermit ist das Riesenbaby ganz allein dein Problem", sagte Sam keuchend, rückte die potthässliche Glasbrille mit dem Leopardenmuster zurecht, die Diana ihr aus dem Theaterfundus mitgebracht hatte, und wandte sich zum Gehen. Wesley hatten sie gegenüber der Treppe an die Wand gelehnt. Damit er nicht einfach schnurgerade nach vorne fiel und sich beim Sturz von der Treppe das Genick brach, hielt Diana ihn fest, indem sie ihm gegen die Brust drückte.

„Wir geben also fünf Schritte vor dem Ziel auf, weil wir uns plötzlich ins Höschen machen?"

Dianas sarkastischer Tonfall veranlasste Sam, innezuhalten und ihrer Freundin einen bösen Blick über die Schulter zuzuwerfen.

„Du vergisst, dass einer aus deinem imaginären Wir-Kollektiv von Anfang an gar nicht hier sein wollte." Sie nahm eine weitere Treppenstufe nach unten.

„Jetzt komm schon, Sam. Willst du dich denn den Rest deines Lebens fragen, wie befreiend und genial es gewesen wäre, wenn du es bis zum Ende durchgezogen hättest, anstatt feige aufzugeben? Ich meine, wann, wenn nicht jetzt?"

Sam hielt erneut inne und biss sich auf die Lippe. Auf der einen Seite wollte sie so viel Abstand wie möglich zwischen sich und ihre unverständlich vor sich hin brabbelnde Vergangenheit bringen. Andererseits hatte Diana es wieder mal auf den Punkt gebracht: Wann, wenn nicht jetzt, da ihre Vergangenheit sternhagelvoll war und sich sowieso an nichts erinnern würde?

Seufzend machte sie kehrt. „Weißt du überhaupt, wo wir hinmüssen?"

„Nicht genau", gab Diana zu und sah sich in beide Richtungen des Ganges um. „Aber wir werden sicherlich ein Plätzchen für unseren Trunkenbold finden."

Gemeinsam halfen sie Wesley, von der Wand wegzukommen, indem jede von ihnen sich einen seiner Arme um die Schultern legte und Diana ihn zusätzlich an der Hüfte stützte. Als sie den Eindruck hatten, er habe einen sicheren Stand, steuerten sie nach links.

„Kannst du mir übrigens verraten, wie du es geschafft hast, ihn derart heftig abzufüllen?", fragte Sam vorbei an Wesley Brust.

„Ich habe den Gentlemen suggeriert, dass ein Wetttrinken mit einem vollen Whiskyglas eine famose Idee ist."

„Du hast das Wort ‚famos' benutzt?"

„Nun, Mylady, ich passte mich den Gepflogenheiten der gehobenen Gesellschaft an."

„Wow." Sam war ehrlich beeindruckt.

„Und hab die drei Schwachmaten schneller an den Eiern gehabt, als du ‚God save the Queen' sagen kannst."

Trotz ihrer Situation und der Tatsache, dass es Wesley James Harlington war, dessen Arm um ihre

Schulter lag, musste Sam lachen. *Das* klang schon eher nach ihrer Freundin.

„Warte", sagte Diana, als sie die erste der Türen auf ihrer Seite erreichten, und warf einen Blick hinein. „Nein, weiter. Das ist ein Gästezimmer und zu einfach."

„Wilsch!", quäkte Wesley unversehens los und versuchte die Tür, die Diana geschlossen hatte, wieder zu öffnen.

„Nein, das Zimmer gehört jemand anderem, aber wir finden bestimmt ein freies." Sanft drückte Diana Wesleys Hand von der Klinke weg.

„Das ist es", hörte Sam ihre Freundin nach der vierten Tür endlich sagen und atmete erleichtert auf. Wesley war mit seinen knapp eins fünfundachtzig schließlich kein Leichtgewicht.

„Das ist ein Büro", kommentierte Sam Dianas Wahl trocken, als sie es geschafft hatten, Wesley ins Zimmer zu schieben.

„Viel besser." Diana schloss die Tür hinter ihnen. „Es ist das private Büro seines Chefs."

„Was?", fragte Sam erschrocken und rechnete plötzlich jeden Moment damit, dass der Herr des Hauses seinen Lieblingskugelschreiber holen wollte. „Meinst du nicht, das geht zu ..." Weiter kam sie nicht, als Wesley sich von ihr losmachte und auf das mit gelbem Stoff bezogene, antik wirkende Sofa zusteuerte. Als wäre er daheim, ließ er sich auf die weiche Sitzfläche fallen, zog die Schuhe aus und legte die Füße hoch.

Na prima, dachte Sam. *Den bekommen wir heute hier nicht mehr raus.*

„Woher weißt du überhaupt, dass wir im Büro seines Chefs sind?", flüsterte sie Diana zu.

„Gelbes Sofa und ein Bild von einem Windhund", erklärte Diana kurz angebunden und fügte auf Sams Stirnrunzeln hin wie selbstverständlich hinzu: „Ich habe unten im Tanzsaal so viele Gespräche wie möglich belauscht."

Natürlich, wie dumm von mir, dachte Sam sarkastisch und sah zu Wesley rüber. Gerade wählte er eines der Zierkissen aus, als würde er eine lebensverändernde Entscheidung treffen, ehe er es unter seinen Kopf legte.

„Und was jetzt?" Sam löste ihren Blick von Wesley und sah Diana an.

„*Du* wartest hier. *Ich* gehe runter und hole die Handschellen und den String."

„Kann ich die Sachen nicht holen?", fragte Sam hastig. Sie wollte nicht mehr Zeit mit Wesley in einem Raum verbringen als unbedingt notwendig.

„Um dich heimlich davonzustehlen?" Diana schüttelte grinsend den Kopf und griff nach der Türklinke. „Das kannst du vergessen."

Und während Sam sich noch eingestand, dass sie tatsächlich überlegt hatte sich wegzuschleichen, war Diana auch schon aus der Tür getreten und ließ sie und Wesley zurück. Allein.

Wenigstens ist Wesley schon eingeschlafen, dachte Sam und bereute keine Sekunde später ihre Naivität bitter, als er sich abrupt aufrichtete und lauthals schimpfte: „Wilsch nisch!"

O mein Gott, wie konnte ich die berühmt-berüchtigte wesley'sche Nörgelphase vergessen? Am liebsten hätte Sam sich einen der Aktenordner vom Schreibtisch genommen und ihn gehen die Stirn geschlagen. Die wesley'sche Nörgelphase war das Highlight jeder Party gewesen, auf der jemand es geschafft hatte, ihn betrunken zu machen. Die Phase, in welcher Wesley unruhig umherlief, entweder verquere philosophische oder babyartige Anfälle hatte und Ansprüche stellte wie die Prinzessin auf der Erbse. Die Phase, in welcher er sich nicht entscheiden konnte, ob er hellwach war oder schlafen, sich hinsetzen oder -legen wollte.

Hier und heute wollte er offensichtlich weder sitzen noch liegen bleiben. Stattdessen stand er auf und kam, vermutlich auf dem Weg zur Tür, taumelnd direkt auf Sam zu.

„Isch musch ins Bett. Das Sofa ischt der frühe Tod meiner Wirbschelsäule."

Über die Jahre mussten philosophische und babyartige Anfälle miteinander verschmolzen sein.

„Warten wir doch auf die andere Kellnerin", versuchte Sam ihn zu beschwichtigen und stellte sich ihm resolut in den Weg. Mit aller Kraft stemmte sie die Hände gegen seine Brust und schaffte es zumindest, ihn zum Stehenbleiben zu bringen.

„Bett!", beharrte Wesley lautstark. Sam zuckte zusammen, als sie undeutliche Stimmen auf dem Flur hörte.

„Pscht!"

Doch anstatt ihrer auffordernden Geste nachzukommen, äffte Wesley sie glucksend nach, indem er den Finger ebenfalls auf die Lippen legte und so laut es einem Menschen möglich war ‚Pscht' machte.

„Du sollst still sein, verdammt", wisperte Sam und lauschte panisch den Schritten und Stimmen, die auf dem Flur lauter wurden.

Verfluchter Mist, schimpfte sie innerlich. *Wie, um Himmels willen, soll ich dem Besitzer des Hauses – und wie ich mein Glück kenne, steht niemand Geringeres gleich hier im Raum – erklären, was ...*

„Pscht!"

Ehe Sam klar wurde, was er vorhatte, hatte Wesley seinen Daumen auch schon auf ihre Lippen gedrückt. „Was zum Teu..."

„Pscht", wiederholte Wesley, dieses Mal sanfter, beinahe vertraut – und kaum hatte er den Daumen weggenommen, nahmen seine Lippen den Platz an ihren ein.

Nach Hause kommen, schoss es Sam unwillkürlich durch den Kopf. *Das ist wie nach Hause kommen.*

Bevor sie wusste wie ihr geschah, intensivierte Wesley den Kuss und ließ Sam in einem Strudel aus widerstrebenden Gefühlen versinken. *Ja! Nein. Aufhören! Weitermachen. Was tue ich hier bloß? Und wieso ist es so verdammt gut? Das darf es einfach nicht sein! Das alles darf einfach nicht sein!*

Als Wesley sie in Richtung Sofa drängte, entspann sich ein leidenschaftlicher Tanz zwischen den beiden. Er legte den Arm um ihre Taille, Sam versuchte sich mit einer halben Drehung zu befreien. Er nahm den zweiten Arm hinzu und hielt sie im daraus entstehenden Kreis gefangen. Sie stemmte die Hände gegen seine Brust, er drückte sie noch fester an sich. Er stöhnte voller Begierde, sie voller Widerspruch. Bis sie das Sofa erreicht hatten und Wesley sie mit einem Ruck auf seinen Schoß zog.

Das ist falsch, so verdammt falsch, schaffte Sam sich einen Augenblick auf die einzig richtige Reaktion zu konzentrieren, doch ihr Körper wollte nicht auf sie hören. Stattdessen krallte sie die Hand in Wesleys Haar, als wäre sie niemals für etwas anderes geschaffen worden, während sie seiner Zunge Einlasse gewährte und ein Kieksen von sich gab, das ihr seit Ewigkeiten nicht mehr entschlüpft war.

Und dann geschah, was Sam am meisten gefürchtet hatte.

Wesley löste die Lippen von ihren, legte eine Hand an ihre Wange und sah sie direkt an. Doch statt der reinen und puren Lust auf eine schnelle Nummer von eben, sah Sam nun etwas anderes in seinen Augen. Erkennen … Wiedererkennen.

„Was geht denn hier bitte ab?"

Dianas erstaunte Frage war zu viel für Sam.

„Nichts", sagte sie unwirsch, entriss sich Wesleys Hand und sprang auf die Beine. „Gar nichts."

„Warte doch!", rief Diana ihrer Freundin hinterher, doch Sam verließ wortlos den Raum und knallte die Tür hinter sich zu. Tränen verschleierten ihre Sicht, während sie zur hinteren Treppe lief und zwei Stufen auf einmal nahm.

***

„Können wir jetzt fahren?", schnauzte Sam Diana geschlagene dreißig Minuten später an, als ihre Freundin endlich ebenfalls den Weg zum Auto gefunden und ihre hundert Tüten im Kofferraum verstaut hatte.

„Erst wenn du mir erklärt hast, was gerade passiert ist", antwortete Diana und machte keine Anstalten, überhaupt den Zündschlüssel ins Schloss zu stecken.

Kurzentschlossen schnallte Sam sich ab und öffnete die Beifahrertür. „Ich nehme den Zug", presste sie hervor, doch ehe sie den Fuß aus dem Auto setzen konnte,

47

griff Diana über sie hinweg nach der Tür und schlug sie wieder zu.

„Sam, hier ist weit und breit kein Bahnhof."

„Dann nehme ich den Bus."

„Sam, rede mit mir. Sag mir, was los..."

„*Du!*", brüllte Sam ihr wutentbrannt dazwischen. „Du bist los! Das alles hier ist deine blödsinnige Idee gewesen und allein deine Schuld!"

Diana kramte ein Taschentuch aus ihrem Handschuhfach und reichte es Sam.

„Deine Schuld", schluchzte Sam zwischen zwei Schnäuzern.

Unsicher sah Diana sie an. „Zu meiner Verteidigung: Ich konnte nicht ahnen, dass ... na ja, dass ..."

„Dass dieser Arsch ein Aufreißer ist, mit dem man keine Frau der Welt drei Sekunden allein in einem Zimmer lassen kann?", schlug Sam schniefend vor. „Dass er mich hinterlistig überfallen wird? Mir ungefragt die Zunge in den Hals schiebt? Dass ich wie ein Schwächling nicht widerste..." Sie brach ab, schnäuzte sich abermals die Nase und presste die Lippen aufeinander.

Den Teufel würde sie tun und sich vor Diana die Blöße geben, indem sie sich eingestand, dass sie trotz all der jahrelangen Wut auf Wesley und der Tatsache, dass sie ihn dafür hasste, wie leichtfertig er sie damals verlassen hatte, auf seinen Kuss angesprungen war wie eine vermaledeite läufige Hündin.

„Ich konnte nicht ahnen ...", setzte Diana erneut an, doch Sam ließ keine Vermutungen ihrerseits mehr zu.

„Ich will nach Hause, sofort! Und ich will die gesamte Fahrt keinen Ton mehr hören!"

Diana tat Sam auf der Fahrt nach Paisley den Gefallen und sagte nichts mehr. Was allerdings eher daran lag, dass sie mit ihren eigenen Gedanken beschäftigt war.

Zum einen versuchte sie die leidenschaftliche Szene zwischen Wesley und ihrer Freundin einzuordnen. Schließlich hätte sie mit vielem gerechnet, aber ihre Freundin und deren Ex bei ihrer Rückkehr beim Beinahe-Beischlaf anzutreffen? Damit nicht.

Auf der anderen Seite hatte Sam, als sie sie über Punkt dreißig der Bucket-List ausgequetscht hatte, äußerst komisch reagiert. Wie ein Aal hatte sie sich gewunden, war zuerst völlig kryptisch geblieben und nur unter Androhung einer Freundschaftsaufkündigung mit der Sprache herausgerückt.

Trotzdem wusste Diana nicht viel mehr, als dass Wesley und Sam zusammen zur Schule gegangen und ein Paar gewesen waren, bis er sich ‚vom Acker‘ gemacht hatte, wie Sam es ausgedrückt hatte. Aber sie war sich sicher, dass mehr dahintersteckte. Das hatte sie an Sams Reaktionen, ihrer zitternden Stimme und der Wehmut in ihren Augen erkannt.

Als Diana das Schild für die Auffahrt auf die M8 entdeckte, wechselte sie die Spur und fuhr auf die Autobahn auf. Ab jetzt würden sie noch fünfzig Minuten bis nach Hause brauchen. Fünfzig lange Minuten, wenn man kein Wort mehr mit der schmollenden besten Freundin wechseln durfte, weil man Angst haben musste, dass diese sonst aus dem Auto sprang.

Dabei hatte Diana eine Menge Fragen über das, was sie gesehen hatte. Und sie hatte in den dreißig

Sekunden, die sie wie angewurzelt im Türrahmen gestanden hatte, eine Menge gesehen. Wilde Leidenschaft auf beiden Seiten und dann plötzlich dieser intime, gefühlvolle Moment, in dem die beiden sich in die Augen gesehen hatten. Das war romantische Stimmung par excellence und eine Anziehungskraft zwischen den beiden gewesen, die ihresgleichen suchte.

Allerdings befürchtete sie, von Sam zu Meat Pies à la Mrs. Lovett verarbeitet zu werden, sobald sie es wagte, das Thema anzusprechen. Egal, wie sehr es ihr gerade unter den Fingernägeln brannte.

Und dann war da noch Wesley gewesen. Was er gesagt hatte, nachdem Sam aus dem Zimmer gestürmt war, lag ihr wie eine tickende Bombe auf der Zunge. Früher oder später, das war klarer als Kloßbrühe, würde sie Sam davon erzählen müssen oder den Rest ihres Lebens in einem T-Shirt mit der Aufschrift ‚schlechteste Freundin der Welt‘ herumlaufen.

4 KATERFRÜHSTÜCK

„... die Verträge im Laufe der Woche zukommen, Mr. O'Sullivan." Eine kurze Pause entstand, dann hörte Wesley, an dem der Schleier des Schlafes haftete wie ein Stück doppelseitiges Klebeband: „Ich freue mich ebenfalls auf eine ertragreiche Zusammenarbeit."

Blinzelnd schlug Wesley die Augen auf. Im ersten Moment glaubte er, er sei auf dem Sofa in seinem Büro eingeschlafen – es wäre bei Weitem nicht das erste Mal. Doch sein Sofa war nicht gelb und der glupschäugige Windhund, der ihn aus dem Bild über ihm anstarrte, war ebenfalls neu.

„Das wünsche ich Ihnen auch. Wiederhören."

Hinter sich hörte Wesley, wie ein Telefonhörer aufgelegt und eine Schublade aufgezogen wurde.

„Oh, Shit!", stöhnte Wesley, als er sich an der Rückenlehne des Sofas hochzog und seinen Kopf ein Schmerz durchzuckte, als würde eine stumpfe Axt seine Schädeldecke spalten.

„Mr. Harlington. Wie ich sehe, haben Sie Ihren Rausch ausgeschlafen."

Als Wesleys gemartertes Gehirn die Stimme als die seines Chefs einordnete, drehte er sich so schnell es sein dröhnender Schädel zuließ um und stellte die Beine auf den Boden.

„Heilige ...!", entfuhr es ihm, als er erkannte, dass er nichts außer einem buntgepunkteten Stück Stoff über seinem Gemächt trug, auf dem rosafarbene Knopfaugen angebracht waren und das Schlappohren hatte. Ansonsten war er splitterfasernackt. „Entschuldigen Sie bitte“, murmelte Wesley abwesend. Er wusste nicht, ob er sich in seinem Leben je mehr geschämt hatte.

„Kein Grund, sich zu entschuldigen.“ Es war unüberhörbar, dass Mr. Mansfield versuchte sein Amüsement zu unterdrücken. „Es gibt kein Schimpfwort, das ich noch nicht gehört habe, und nichts …“ Er hüstelte. „Fast nichts, was ich noch nicht gesehen habe.“

Wesley fuhr sich durch die Haare und ordnete seine zerzauste Frisur, um den Moment hinauszuzögern, in dem er seinem Chef in die Augen sehen musste.

„Wissen Sie, viele Leute vergessen, dass auch Inhaber eines weltweit erfolgreichen Finanzunternehmens einmal jung waren.“

„Und sind Sie je verkatert und fast nackt im Büro Ihres Chefs in dessen Privathaus aufgewacht?“, fragte Wesley zähneknirschend. Er wollte zumindest versuchen, die Situation so charmant und glatt wie möglich zu überstehen.

Mr. Mansfield löste die angespannte Stimmung, als er nicht mehr an sich halten konnte und loslachte. Das gab Wesley einen kleinen Selbstbewusstseinsschub und er traute sich doch, seinen Chef direkt anzusehen.

„Das nicht“, sagte Mr. Mansfield, als sein Lachen abgeebbt war. „Aber nach einem unserer ersten Verträge mit einem großen Kunden haben meine Partner mich damals abgefüllt und am nächsten Morgen bin ich auf einem Feld in den schottischen Highlands mitten im Nirgendwo aufgewacht.“ Er machte eine Pause und schwelgte in den Erinnerungen seiner Jugend, ehe er fortfuhr: „In Damenkleidern."

Obwohl er die Contenance hatte wahren wollen, konnte auch Wesley ein Lachen nicht unterdrücken.

„Sehen Sie, Mr. Harlington, Streiche dieser Art unter Kollegen haben eine lange Tradition. Da Sie uns vor zwei Wochen O'Sullivan endgültig ins Boot geholt haben, nehme ich an, Ihre Kollegen wollten Sie auf diese Weise noch einmal beglückwünschen."

„Eine äußerst kreative Weise", sagte Wesley der Form halber, obwohl ihn eine ganz andere Ahnung in Bezug auf seine Kollegen und ihre Dankbarkeit beschlich. Suchend sah er sich um.

„Ihre Kleidung habe ich vorhin, als ich eintraf, nicht vorgefunden. Lediglich Ihre Geldbörse und Ihr Handy lagen auf meinem Schreibtisch", erklärte sein Chef. „Aber keine Sorge, ich habe Rose gebeten, Ihnen zwei Räume weiter ein paar passende Sachen hinzulegen."

„Das ist das Beste, was ich an diesem Morgen gehört habe." Wesley griff nach dem gelben Samtkissen, das ihm in der Nacht als Kopfkissen gedient hatte, und legte es sich über den Schritt, ehe er aufstand.

„Das Zweibeste, wenn ich Ihnen hiermit offiziell und als Erstem sagen kann: O'Sullivan unterschreibt noch in dieser Woche die Verträge."

Wesley tat, als müsse er abwägen, was Mr. Mansfield erneut ein Lachen entlockte. „Stimmt, in dem Fall ist die Aussicht, nicht fast nackt zurück zum Hotel zu müssen, nur das Zweitbeste." Er nahm seine Geldbörse und sein Handy vom Tisch. „Das zweite Zimmer links oder rechts von hier?"

„Links", antwortete Mr. Mansfield und blätterte in einem kleinen, schwarzen Lederbüchlein.

„Dann will ich Sie nicht länger von der Arbeit abhalten." Da Mr. Mansfield schon wieder nach dem Telefonhörer griff, lief Wesley rückwärts auf die Tür zu und drückte hinter seinem Rücken die Klinke nach unten.

„Ach, Mr. Harlington."

„Ja?", fragte Wesley und betete, dass niemand den Flur entlangkam.

„Sie vergessen hoffentlich nicht, was Sie mir vor zwei Monaten fest zugesagt haben. Sie haben mir Ihr Ehrenwort gegeben, dass Sie, ich zitiere: ‚Nur noch den O'Sullivan-Deal unter Dach und Fach bringen wollen' und dann sofort den Urlaub nehmen, den Sie seit Jahren sträflich vernachlässigen. Und ich rede nicht von den ein bis zwei Tagen, die Sie sich ab und zu gönnen, sondern von einem mindestens zweiwöchigen, echten Urlaub."

Der Urlaub, traf es Wesley wie der Schlag eines Karatekämpfers. *Ich hatte gehofft, Mr. Mansfield würde sich nach dem O'Sullivan-Deal nicht mehr daran erinnern.*

„Nun", begann Wesley und musste schlucken. „Ein Versprechen ist ein Versprechen."

„Das wollte ich hören." Mr. Mansfield grinste und widmete sich wieder seinem Vorhaben, während Wesley die Tür schloss und den alten Mann und sein gutes Gedächtnis verfluchte.

Gott sei Dank fand er das Gästezimmer, in dem Mr. Mansfield Kleidung für ihn hatte bereitlegen lassen, auf Anhieb. Er schloss die Tür hinter sich und setzte sich erst einmal auf die Tagesdecke des Bettes, um einige Male tief durchzuatmen. Dann machte er sich eine gedankliche Liste, auf die er all die Kollegen eintrug, denen er eine solche Sauerei zutraute.

„Viel zu viele", murmelte er.

Seit er vor fünf Jahren den Posten des Leiters in der Abteilung für Europäische Großkunden übernommen hatte, gab es im Grunde niemanden, der nicht versuchte an seinem Stuhl zu sägen. Während er in den ersten Monaten weder psychische noch physische Auswirkungen des gesteigerten Drucks gespürt hatte und voller Elan und Euphorie gewesen war, konnte er von dieser Unbeschwertheit in den letzten Monaten nur noch träumen. Stattdessen fühlte er sich leer, ausgebrannt und sah sich den ständigen Versuchen seiner Kollegen ausgesetzt, sich seine Stelle unter den Nagel zu reißen. Eine Stelle, die er unbedingt gewollt, für die er hart gearbeitet hatte, und die mittlerweile nicht mehr war als ...

Wesley seufzte und legte sich ausgestreckt auf das imposante Gästebett mit dem lindgrünen Himmel.

„Als eine große Last auf meinen Schultern", brachte er seinen Gedanken zu Ende und gestand sich zum ersten Mal laut ein, was er seit Monaten unter noch größeren Bergen von Arbeit zu vergraben versucht hatte.

Für einen Moment schloss Wesley die Augen, genoss das entspannende Gefühl der weichen Matratze unter sich und überlegte, wie lange es wohl dauern würde, bis jemandem im Haus auffiel, dass er einfach hier liegen blieb. In der sanften Umarmung des samtigen Stoffes der Tagesdecke, in der Geborgenheit ...

Noch während die letzte Silbe des Wortes verklang, überfielen Wesley kamikazeartig Bildfetzen des gestrigen Abends. Die Kellnerinnen – eine blond, die andere schwarzhaarig, beide mit dicken, großen Brillen –, die ihn ins Büro seines Chefs geschleppt hatten. Die Blonde, die versucht hatte ihm klarzumachen, dass er ruhig sein sollte. Ihr Finger auf ihren Lippen. Sein Finger auf ihren Lippen. Seine Lippen auf ihren Lippen.

Und dieses Gefühl, nach Hause zu kommen, schoss es ihm unwillkürlich durch den Kopf und er spürte, wie das Gefühl ihn erneut überrollte.

Nach Hause kommen, nach Hause kommen, nach Hause kommen.

Ihm war, als stecke so viel mehr hinter diesen Worten, als sein Verstand hier und jetzt begreifen konnte.

„Nach Hause kommen", wiederholte er leise, doch es wollte ihm nicht einfallen. Bis er die Augen öffnete und das Lindgrün des Betthimmels über ihm wie eine schallende Ohrfeige wirkte.

Eine Iris wie das Grün der Lindensamen, hörte er sein jüngeres Ich flüstern, spürte die Wärme ihres nackten Körpers und vernahm dieses unverwechselbare Kieksen, während er seine Hand aufreizend über ihren Rücken gleiten ließ.

„Sam", hauchte Wesley und presste sich die flache Hand auf die Brust, in der zwei Herzen zu schlagen begannen – eines das liebte, eines das hasste; beide in einem Rhythmus, der ihm Angst machte. Der ihm die Kehle zuschnürte, den Schweiß ausbrechen und seine Sinne schwinden ließ.

Ächzend kämpfte Wesley sich in eine aufrechte Position und versuchte sich mit Konzentrationsübungen zu beruhigen. Aber über ihm kreisten zu viele Fragen, wie Geier, die sich auf ein köstliches Mahl stürzten.

Seit wann arbeitet Sam als Kellnerin? Und warum in E-dinburgh? Muss sie etwa doch nebenher arbeiten, um das Café am Leben zu halten? Hat Tommy mir nicht wiederholt durch die Blume ungefragt mitgeteilt, dass sie sich gerade so über Wasser hält? Habe ich überhaupt je bezweifelt, dass Sam das Café ihres Vaters weiterführt, selbst wenn sie daran zu Grunde geht? Und wieso, verdammt, mache ich mir überhaupt Gedanken über Sam?

Wesley stand auf und ging zum Sideboard, auf dem die versprochene Kleidung lag. Zudem entdeckte er dort ein Glas, zwei Kopfschmerztalbetten und eine Servierglocke.

Sam ist Vergangenheit.

Er schluckte die Kopfschmerztabletten und trank das Wasserglas in einem Zug leer.

Sam hat mich gehen lassen, weil ihr das Café wichtiger war als unsere gemeinsame Zukunft.

Er zog den albernen Hasenstring aus und schlüpfte in die Kleidung seines Chefs, die ihm überraschend gut passte.

Sam hat mich ...

Er hob die Servierglocke aus Keramik an, schnitt das Brötchen darunter auf und belegte es mit dem Aufschnitt.

Sam hat mich nie geliebt.

Allmählich fielen die Verwirrung und die Wut von ihm ab. Und je öfter er das Mantra runterbetete, mit dem er sich nach ihrer Trennung und der bittersten Erkenntnis seines Lebens zurück auf die Bahn gekämpft hatte, desto klarer wurde er.

Nicht einer seiner Kollegen hatte seinen betrunkenen Zustand ausgenutzt und ihn in dieses lächerliche Beinahe-Adams-Kostüm gesteckt. Sondern Sam.

Blieb nur die Frage nach dem Warum.

Alle Wege führen nach Rom; und aller Klatsch und Tratsch über Tommy, schoss Wesley ein alter Spruch aus Schultagen durch den Kopf. Er griff nach seinem Handy und rief Tommy Ward an.

„Wesley, altes Haus, was …"

„Hör zu", unterbrach Wesley seinen Kumpel. „Ich frage dich das jetzt nur einmal. Wieso war Sam in Edinburgh und hat auf der Jubiläumsfeier unseres Unternehmens gekellnert?"

Das Schweigen am anderen Ende der Leitung hätte jeden Preis in der Kategorie ‚Auffällig' konkurrenzlos abgeräumt.

„Tommy", knurrte Wesley. „Raus mit der Sprache!"

***

Sie hat eine Bucket-List für ihren dreißigsten Geburtstag erstellt und der letzte Punkt darauf war, sich an dir zu rächen, weil du sie damals verlassen hast.

Und der letzte Punkt darauf war, sich an dir zu rächen, weil du sie damals verlassen hast.

Weil du sie damals verlassen hast.

Weil du sie damals verlassen hast.

Mit einem unterdrückten Schrei reiner Frustration, der als Grunzen über seine Lippen nach draußen drang, sprang Wesley auf, als hätte er sich auf die Tatze eines Grizzlys gesetzt.

Na warte, grollte er innerlich und öffnete sein Email-konto auf dem Handy, um seinen Urlaub einzureichen. *Was du kannst, kann ich tausendmal besser.*

5 RACHE WIRD AM BESTEN BUNT GEPUNKTET SERVIERT

„Darf ich reinkommen?", fragte Diana zaghaft, nachdem sie ausnahmsweise angeklopft hatte.

„Von mir aus", brummte Sam schlecht gelaunt.

Diana betrat das Büro und blieb vor dem Schreibtisch stehen. „Hör mal, Sam …"

„Es tut dir leid?" Die Ironie erfüllte den Raum, als habe sie sich an jedes Sauerstoffmolekül angehaftet. „Das sollte es auch."

Sam verglich weiter die Bestelllisten mit den Zustelllisten und würdigte Diana keines Blickes.

„War es das oder hast du noch was? Eine weitere grandiose Idee vielleicht?" Selbst sie spürte, wie die Ironie ihrer Worte eine spontane Zellteilung vollführte und die Nähte des Raums an ihre Grenzen brachte.

Allerdings schaffte es Sam mit ihrem übertrieben gleichgültigen und gleichzeitig anklagenden Tonfall auch, Dianas von Natur aus fragile Hutschnur zum Platzen zu bringen.

„Pass auf, Fräulein Griesgram. Egal, ob meine Idee ‚grandios' war oder nicht, ich kann nichts dafür, dass man dich und Wesley keine drei Sekunden aus den Augen lassen kann, ohne dass ihr übereinander herfallt wie zwei ausgehungerte Tiger."

Jede Ironie-Zelle im Raum wandelte sich im Rekordtempo in ein gefräßiges Gemisch aus Wut-Geschwüren und verschlang Sams gutmütiges Wesen restlos.

„Wie bitte?“ Sam knallte ihren Kugelschreiber auf den Tisch, ihr Kopf rot wie der eines britischen Landsmannes nach einer Stunde in der sommerlichen Mittagssonne Brasiliens.

„Du hast mich verstanden“, antwortete Diana unbeeindruckt und holte ein riesiges Paket aus dem Flur.

„Soll das ein magerer Versuch der Wiedergutmachung sein?“, höhnte Sam und betrachtete das Geschenk. „Nachdem du jetzt auch noch mit haltlosen Lügen aufwartest?“

„Pack es einfach aus, Sam.“

Sie hätte das Geschenk am liebsten samt Diana aus dem Fenster geworfen, löste aber widerstrebend die Schleife und packte das flache Etwas aus.

„Das ist ...“ Sam starrte auf das gerahmte Foto.

„Genial“, beendete Diana ihren Satz und kam grinsend um den Schreibtisch herum.

Die hässliche gelbe Couch, der glupschäugige Windhund darüber, aber vor allem der fast nackte Wesley im Bunny-String war ein Bild für die Götter.

„Hängt da ein Teil seines Testikels raus? Und ist er geschminkt wie ein Waschbär?“

„Ich sage doch, es ist genial“, gluckste Diana und wischte ihrer Freundin eine Freudenträne aus dem Augenwinkel. „Und ich musste nicht mal die Handschellen benutzen. Er hat geschlafen wie ein Stein.“

„Danke.“ Sam umarmte Diana und erteilte ihr auf diese Weise die Absolution. Der Anblick des bis auf die Knochen blamierten Wesley war wunderschön, genugtuend, befriedigend und das Beste, was Sam seit Langem passiert war.

„Jetzt müssen wir nur noch überlegen, ob wir es im Café, in deiner Wohnung oder in einer großen Galerie in London aufhängen."

„Ich wäre für die Galerie in London." Sam grinste und spitzte die Ohren, als sie die Türglocke und gedämpfte Stimmen aus dem Gastraum des Cafés hörte. „Aber jetzt solltest du schleunigst nach vorne, oder wir müssen uns zum x-ten Mal eine Standpauke von Mrs. Walsh über Pünktlichkeit und Service vor ihrem versammelten Kaffeekränzchen anhören."

Diana stöhnte und verdrehte die Augen. „Gott bewahre uns."

„Lass das bloß nicht Mrs. Walsh hören", meinte Sam schmunzelnd. Ihre Laune hatte sich durch das Geschenk ihrer Freundin deutlich gehoben. „Sonst verlieren wir unsere letzten echten Stammgäste und unsere einzige verlässliche und konstante Einnahmequelle."

„Wow, das Foto hat dich nachhaltiger aufgemuntert, als ich erwartet habe. Oder sind das die ersten Anzeichen von beginnender Galgenhumoritis?"

„Beides", gestand Sam, nahm ihre Schürze von der Rückenlehne und begleitete Diana bis zur Küche, in der es jetzt galt, den perfekten Tee nach walsh'er Art zu kochen. „Aber vor allem Letzteres."

***

Als Wesley seinen Mietwagen in der schmalen Seitengasse neben dem *Cake 'n' Coffee* parkte, spürte er beim Anblick der vertrauten Gegend einen kleinen Stich.

Links neben ihm die alte Sandsteinmauer des dreistöckigen Gebäudes, in dem sich das Café befand. Rechts das unbebaute, zwischen der Haupt- und der Nebenstraße spitz zulaufende Grundstück, auf dem eine einzelne Eiche stand. Vor ihm die dichte Baumreihe, die direkt an den Saucelhill Park grenzte. Hinter ihm die Hauptstraße mit weiteren kleinen Geschäften und Seitenstraßen, in denen mehr Mehrfamilienhäuser standen als früher.

Es kam ihm so vor, als würde kein Hochleistungsrechner der Welt ausreichen, um die Stunden zu zählen, die er als Jugendlicher hier verbracht hatte. Entweder im Café oder in der kleinen Wohnung darüber. Besser gesagt in Sams Zimmer.

Stunden, in denen er und Sam alles miteinander geteilt hatten, was zwei verliebte Menschen miteinander teilen konnten. Küsse, Berührungen, Freude, Leid, Wünsche, Sehnsüchte, Träume und so viel über diese simplen Dinge hinaus. Stunden, in denen er naiv genug gewesen war zu glauben, mit gerade einmal sechzehn Jahren die Liebe seines Lebens gefunden zu haben.

Wieder spürte Wesley einen leichten Stich, aber in Anbetracht der frühmorgendlichen Schmach und Sams Verrat schaffte er es spielend, ihn auszublenden. Mal ganz abgesehen von der Tatsache, dass er heute Morgen im Rückspiegel des Taxis hatte feststellen müssen, dass ihm Sam mit dunkelrotem Lippenstift eine Waschbär-Maske ins Gesicht gemalt hatte. Zehn Minuten hatte er gebraucht, um das Zeug abzuschrubben. Kein Wunder, denn glaubte man der Aussage der Rezeptionistin, waren der Lippenstift für die rote Farbe kussecht und der schwarze Kajalstift für die Umrandungen wasserfest gewesen. Zum Glück hatte ihm die Frau ihre Abschminktücher überlassen.

Kurz darauf hatte er aus dem Hotel ausgecheckt und sich auf den Weg gemacht.

Zeit, sich zu rächen, dachte Wesley, griff ins Handschuhfach und holte das gestörte Hasending heraus.

***

„Ratt, ratt, ratt, brrr, brrr, brrr, quiek, quiek, ratt, ratt, ratt", ahmte Sam die todesnahen Laute der uralten Kaffeemaschine nach und schnitt den Apfel-Blechkuchen für Mrs. Walshs Kaffeekränzchen in handgroße Stücke. Anschließend setzte sie das Teewasser auf, nahm die Schlagsahne aus dem Kühlschrank und stellte sie auf das Tablett neben das Emaille-Milchkännchen und die Zuckerdose. Die Kuchenstücke verteilte Sam auf die mit grazilem Goldrand verzierten Teller und stapelte die dazugehörigen Untertassen und Tassen auf ein weiteres Tablett. Nicht zu vergessen die kleinen Spitzenpapierdeckchen, die goldenen Kaffeelöffel und Kuchengabeln; um die Mindestanforderungen der Kaffeekränzchen-Vorsteherin Mrs. Walsh zu erfüllen.

Auch wenn Sam vorhin vor Diana so getan hatte, als würde sie die Besuche von Mrs. Walsh und ihrem Kränzchen auf die leichte Schulter nehmen, war es in Wirklichkeit überlebensnotwendig, dass sie die sonntäglichen Besuche der Gruppe älterer Damen mit Perfektion meisterte. Denn auch wenn ihr Vater das Café und die dazugehörige Wohnung bereits zwei Jahre vor seinem Tod abgezahlt hatte, musste Sam die laufenden Kosten decken, diverse Versicherungssummen aufbringen, zusätzlich Strom und Wasser für ihr privates Reich sowie Dianas Lohn zahlen und am Ende des Monats vielleicht noch das ein oder andere Pfund übrig haben, um sich mal ein paar neue Jeans zu kaufen oder ihre runtergelaufenen Schuhe zu ersetzen.

Als Sam alles nach Belieben von Mrs. Walsh vorbereitet hatte und darauf wartete, dass Diana mit den Teebestellungen kam und sie die Portionsschälchen mit den losen Tees füllen konnte, schnappte sie sich ihre Auftragsliste vom Kühlschrank und notierte einen Geburtstagskuchen für Mrs. MacArthur von Mr. MacArthur für Mittwoch darauf.

Zu ihrem Leidwesen war die Auftragsliste für die nächsten vier Wochen bis jetzt äußerst mager. Es gab im Monat Juli einfach zu wenige Geburtstage unter ihren ebenfalls wenigen Stammkunden und auf das neue Werbeschild in ihrem Fenster, auf dem sie sich für Auftragsarbeiten anbot, hatte bis jetzt noch kein Passant reagiert.

„Stimmt nicht ganz", murmelte Sam und hängte die Liste zurück an den Kühlschrank. Eine Mrs. Brown hatte sie vor fünf Tagen angerufen und gefragt, ob sie für den Samstag in fünf Wochen kleine Törtchen für einen Kindergeburtstag backen könnte. Allerdings waren zwanzig kleine Törtchen auch nicht der Großauftrag, für den sie jeden Abend vor dem Zubettgehen betete. Sofern man eine nach oben gereckte Faust und wüste Drohungen gen Zimmerdecke als Beten bezeichnen konnte.

„Na ja", sagte Sam in die leere Küche und füllte den fertigen Kaffee in die ebenfalls goldverzierte Kanne. „Besser als ni..."

Der plötzliche Aufschrei mehrerer Damen und lauter
Tumult aus dem Gastraum erschreckten Sam derart,
dass sie einen Schwall Kaffee über die fragilen Spitzen-
papierdeckchen schüttete. „Verdammter Mist", fluchte
Sam und wandte sich gerade dem Waschbecken zu, als
Diana in die Küche stürmte.

„Sam, du solltest schleunigst kommen!" Die Besorgnis
in der Stimme ihrer Freundin ließ Sam flau im Magen
werden.

*Lass bitte nicht eine der uralten Lampen auf den Kopf von
Mrs. Walsh gefallen sein,* flehte Sam und folgte Diana in
den Gastraum, jede Entschuldigung der Weltge-
schichte im Hinterkopf.

Doch was Sam statt einer verletzten älteren Dame erwartete, verschlug ihr die Sprache.

Lässig an die Kuchentheke gelehnt, ihr den Rücken
zukehrend, stand ein splitterfasernackter Mann. Sein
halbes Gesäß hatte er an der Plexiglasscheibe geparkt,
hinter der einfache Kuchen für den Tagesbedarf dra-
piert waren, von denen nicht selten die Hälfte übrig-
blieb. In der einen Hand hielt er eine aufgeklappte Speisekarte, die andere hatte er in die Hüfte gestemmt, als
warte er ungeduldig darauf, bedient zu werden.

„Mrs. Cochrane", durchschnitt die herrische Stimme
Mrs. Walshs das Geflüster und Gemurmel der älteren
Damen und sorgte für sofortige Stille – in ihrer reinsten
und peinlichsten Form. „Können Sie mir erklären,
wieso dieser Mann behauptet, Sie hätten ihn eingela-
den?"

„Ich … ich", stotterte Sam und lief erst vor Scham,
dann vor Wut rot an, als sie an der Schulter des Mannes
ein kleines, kleeblattförmiges Tattoo entdeckte.

Doch ehe sie weitersprechen konnte, drehte sich Wesley seelenruhig zu ihr um, grinste, als hätte die Queen ihn gerade zum Ritter geschlagen, und sagte: „Ich komme doch nicht ungelegen?"

Die ersten zehn Sekunden brachte Sam erneut kein Wort heraus, sondern starrte stattdessen auf den buntgepunkteten Hasen mit den Knopfaugen, der Wesleys Gemächt bedeckte – wenn man den Begriff ‚bedeckte' bis an seine Kapazitätsgrenze dehnte.

„Nun, Mrs. Cochrane, ich erwarte eine Erklärung!"

Diamanten, schoss es Sam durch den Kopf. *Mrs. Walshs Ton ist so scharf, dass man damit einen Diamanten in zwei Hälften schneiden kann.*

„Ich ... weiß nicht ..."

„Es handelt sich um ein Missverständnis", warf Diana schnell ein, aber Mrs. Walsh schüttelte schnaubend den Kopf.

„Ihre Ausflüchte können Sie sich schenken. Wir gehen!", rief die Chefin des Kaffeekränzchens in die Runde.

Das unschlüssige Getuschel und Murren der älteren Damen, das auf Mrs. Walshs Ansage folgte, ließ Sam für einen Augenblick hoffen, sie könne die Situation noch retten. Doch da griff Mrs. Walsh nach ihrem Gehstock, stieß ihn energisch auf den Holzboden und verkündete: „In dieser Sache wird es keinerlei weitere Diskussionen mehr geben."

Sam verschwamm die Sicht. Nur mit großer Mühe schaffte sie es, Wesley lediglich einen vernichtenden Blick zuzuwerfen, statt einen Faustschlag in seinem Gesicht voller gefaktem Mitleid zu platzieren. Mit zitternden Beinen ging sie an der Küche vorbei in Richtung ihres Büros. Das Rücken der Stühle und das Klingeln der Türglocke prasselten wie Peitschenhiebe auf sie hernieder.

Doch den finalen Stich versetzte ihr Mrs. Walsh.

„Ich denke, Ihnen ist klar, dass dies der letzte Besuch unserer Kaffeerunde in Ihrem Etablissement war." Dabei sprach sie das Wort *Etablissement* derart verächtlich aus, als würde sie von einem Bordell und nicht von einem Café reden.

Sam knallte die Bürotür hinter sich zu, steuerte unmittelbar den Schreibtisch an und griff nach dem Telefon.

„Mein Name ist Samantha Cochrane", sagte sie betont ruhig, nachdem die Telefonistin der örtlichen Polizeidienststelle sie begrüßt und nach ihrem Anliegen gefragt hatte. „Ich würde gern mit Sergeant Thomas Ward sprechen. Ja, ich warte."

Sam lauschte der mechanischen Stimme, die ihr wiederholt versicherte, die Leitung zu halten.

„Sergeant Thomas Ward", unterbrach nach ein paar Sekunden Tommy die Warteschleife.

„Hi Tommy, hier ist Sam."

„Sam, wie schön ..."

„Hör zu", unterbrach sie Tommys Plauderversuch. „Ich habe hier ein eins fünfundachtzig großes und achtzig Kilo schweres, nacktes Problem. Und da ich stark davon ausgehe, dass du weißt, wovon ich rede, ist es ab sofort dein Problem. Ich gebe dir fünf Minuten. Danach rufe ich offiziell bei euch an."

Anschließend legte Sam auf und mit dem Klicken des Hörers fiel ihre Contenance wie ein Jenga-Turm mit dem letzten Spielzug.

Sie presste die Hand vor den Mund, in dem Schreie der Wut und Trauer darum stritten, wer zuerst nach außen dringen durfte, und sackte auf einem der Stühle vor ihrem Schreibtisch zusammen.

Ich denke, Ihnen ist klar, dass dies der letzte Besuch unserer Kaffeerunde in Ihrem Etablissement war, hallten Mrs. Walshs Worte in Sam nach, zogen jeden Funken Frust der letzten zwei Jahre aus jeder Zelle ihres Körpers und formten einen Klumpen in ihrem Magen, der ihr Frühstück zu verdrängen begann.

Trotz des sonntäglichen Kaffeekränzchens, ein paar Besuchern an den meisten Tagen und einiger kleiner Nebenaufträge musste Sam Woche für Woche, Monat für Monat jedes Pfund doppelt und dreifach umdrehen. Brach nur einer dieser maroden Eckpfeiler komplett weg, bedeutete das, dass sie jedes Pfund vier- oder fünfmal umdrehen musste. Genau das war jetzt geschehen.

Als es an der Tür klopfte, öffnete Sam die Augen und sah gerade noch, wie zwei Tränen auf dem Jeansstoff ihrer Hose landeten. Von all ihren Sorgen erdrückt und erschöpft stemmte sie sich an der Kante ihres Schreibtisches hoch, um Diana die Tür zu öffnen. Selten hatte sie ihre Freundin und deren tröstende Umarmung dringender gebraucht als jetzt – doch vor der Tür stand nicht Diana.

„Hey, ich …"

Als Sam erschrocken den Kopf nach oben riss, stockte der Besitzer der markanten, männlichen Stimme und fuhr sich verlegen durch die adretten Bankkaufmann-Haare.

„Ich wollte … also, es tut …", stotterte er und tat das, was Wesley immer tat, wenn er nicht wusste, wie er sich mit Worten entschuldigen sollte: Er machte einen Schritt nach vorn und versuchte, Sam in den Arm zu nehmen.

Doch da hatte er die Rechnung ohne sie gemacht. Reflexartig zog Sam das Knie nach oben. Direkt ins Schwarze.

„Sch… scheiße", presste Wesley heraus und gab eine Reihe von grunzenden und japsenden Lauten von sich, während er mit einer Hand am Türrahmen runterrutschte, bis er auf den Knien landete.

Genugtuung durchflutete sie, als sie sein schmerzverzerrtes Gesicht sah. Doch das Hochgefühl hielt nur einen Augenblick an, bis sie die Tatsache einholte, dass wegen diesem Idioten wichtige Einnahmen wegbrechen würden, dass sie jetzt härter kämpfen musste und den Kampf vielleicht verlieren würde. Dass es zum Teil ihre eigene Schuld war.

Wieder einmal verfluchte sie die Bucket-List, Dianas Hartnäckigkeit, ihren desaströsen Ausflug nach Edinburgh und jetzt zudem Wesley.

Wieso, verdammt, musste dieser Mann immer alles kaputt machen, was ihr wichtig war?

„Was ist denn hier los?"

Sam sah Tommy über den Flur auf sich zukommen.

„Nun, Sergeant …", begann sie und tat, als müsse sie erst das Namensschild auf seiner Uniform lesen. „… Ward. Dieser fast nackte und offensichtlich geistig gestörte Mann ist unerlaubt in mein Café eingedrungen, hat eine Gruppe älterer Damen belästigt und gerade versucht, mich zu begrapschen."

„Ich habe nicht versucht, dich zu begrapschen", ächzte Wesley.

„Wie ich das sehe, bedeutet das, was der geistig gestörte Mann gerade gesagt hat, dass er die ersten beiden Tatbestände zugibt."

„Wir sind hier nicht bei CSI, Sam", bemerkte Tommy trocken. „Und ich sehe keine echten Tat ..."

„Ich sagte es dir bereits am Telefon, Tommy, er ist jetzt dein Problem", sagte Sam kalt und schlug den beiden Männern die Tür vor der Nase zu.

6 MAFIAMETHODEN

„Danke." Wesley nahm das alkoholfreie Bier, das Tommy vor ihm auf den Küchentisch gestellt hatte.

„Und du willst sicher kein Kühlpack für ..." Tommy räusperte sich grinsend. „... untenrum?"

„Sehr witzig." Wesley öffnete das Bier. „Bist du eigentlich noch im Dienst?"

„Seit über zwei Stunden nicht mehr, aber ich dachte, ich schreibe meine Berichte ausnahmsweise lieber sofort. Jetzt, da ich meine Fühler nach einer Beförderung zum Inspector in den nächsten zwei Jahren ausstrecke." Tommy nahm ein weiteres Bier aus dem Kühlschrank. „Wieso fragst du? Falls es um eine Anzeige wegen Körperverletzung geht, vergiss es. Ich lasse mich nicht in deinen und Sams aufgeflammten Kleinkrieg reinziehen."

„Deswegen", antwortete Wesley lakonisch und zeigte Tommy den Mittelfinger.

Tommy lachte. „An deiner Stelle wäre ich vorsichtig. Noch trage ich meine Uniform und könnte behaupten, deine Geste hätte sich nicht gegen meine Person, sondern meine Bekleidung und damit gegen die Polizei per se gerichtet." Er zwinkerte Wesley zu. „Aber apropos Uniform. Kann ich dich fünfzehn Minuten in meiner Küche allein lassen, um zu duschen, mich umzuziehen und einem meiner Kollegen Bescheid zu geben, dass ich heute nicht mehr reinkomme?"

„Wieso solltest du das nicht können?" Wesley hoffte inständig, dass Tommy nicht glaubte, die Sache mit Sam hätte ihn in irgendeiner Form aufgewühlt und er bräuchte jetzt jemanden, der ihm das Händchen hielt. Das brauchte er nämlich nicht. Auf keinen Fall.

„Na ja, Statistiken zufolge ist der Übergang von aufsässigem Verhalten gegenüber einem uniformierten Polizisten und Vandalismus schleichend. Ich will nur sichergehen, dass meine Küche noch steht, wenn ich zurückkomme."

Wesley war sicher, dass Tommy diese Statistik frei erfunden hatte. „Dass man dich damals dreimal in Folge zum größten Klassenclown gewählt hat, war also – wie sagtest du noch vor ein paar Wochen am Telefon – absolut unverständlich und überzogen?"

„Absolut", wiederholte Tommy im vollen Brustton der Überzeugung und stellte sein Bier ab. „Fühl dich wie zu Hause. Ich bin gleich zurück."

Damit verschwand Tommy aus der schmalen Singleküche.

Wesley entschied sich um und holte doch eine Kalt-Warm-Kompresse aus dem Gefrierfach. Und obwohl er sich eisern einredete, dass die Sache mit Sam ihn nicht aufgewühlt hatte, hatten sein Magen und sein Herz eine ganz andere Meinung dazu.

Die Hand um sein Bier geklammert, legte er sich die Kompresse locker zwischen die Beine, die wieder in seinen bequemen Shorts steckten. Nachdem Tommy ihn aus dem Café raus und zu seinem Mietwagen begleitet hatte, hatte er sich dort schnell umgezogen.

Wesley ließ den Blick aus dem Fenster des Appartements unter dem Dach im dritten Stock schweifen und beobachtete die Leute unten auf der Straße. Einige warteten an der Haltestelle auf den Bus, andere betraten oder verließen einen der drei Läden – einen Elektrokleinmarkt, ein Kinderbekleidungsgeschäft und eine Pizzeria.

Der Versuch, sich von der Begegnung mit Sam abzulenken, funktionierte allerdings keine drei Minuten.

Zum einen machte es ihn verrückt, mit welcher Erleichterung er festgestellt hatte, dass Sam noch immer wilde, rote Locken besaß und die blonden Haare, an die er sich erinnert hatte, eine Perücke gewesen sein mussten. Zum anderen gingen ihm Sams Gesichtsausdruck bei den harschen Worten der alten Dame und die Tränen auf ihren Wangen in ihrem Büro nicht mehr aus dem Sinn.

So sieht niemand aus, der einen x-beliebigen Kunden verloren hat, dachte Wesley und fragte sich gleichzeitig, wieso es ihn überhaupt interessierte. Schließlich waren Sam und ihr blödes Café nicht sein Problem, ebenso wenig wie er laut ihrer Ansage an Tommy ihres war.

„Fertig", kündigte Tommy seine Rückkehr in die Küche vom Flur aus an. „Kann ich reinkommen oder hast du wieder dieses grässliche Hasen-Fetisch-Teil angezogen? Den Anblick verkrafte ich heute kein zweites Mal."

„Wenn du willst, können wir das Teil heute Abend öffentlich verbrennen. Mir wäre jedenfalls danach."

Als habe er ernsthaft Angst davor, dass Wesley das grässliche Etwas erneut angezogen hatte, streckte Tommy den Kopf argwöhnisch um die Ecke.

„Klar, warum nicht. Am besten errichten wir den Häschen-Höschen-Scheiterhaufen direkt vor oder in meiner Dienststelle, dann ist der Weg in die Zelle nicht so weit." Tommy betrat die Küche, nahm sein Bier und setzte sich zu Wesley. „Aber falls dir auch eine weniger offizielle Verbrennung reicht, wie wäre es mit einer geheimen Zeremonie im Wald? Ein tiefes Erdloch, verschrobene Kapuzenmäntel und aneinandergereihte lateinische Wörter, die keinen Sinn ergeben, aber super mysteriös klingen?"

Zum ersten Mal, seit Wesley die Wohnung seines alten Schulfreundes nach der Sache mit Sam betreten hatte, musste er lachen. „Okay, ich zähle auf dich." Er hielt Tommy den Hals seiner Bierflasche hin und wartete, bis dieser angestoßen und sie beide einen Schluck genommen hatten, als wollten sie einen Schwur besiegeln.

„Und ich bin einhundertzehnprozentig an deiner Seite." Tommy nahm einen weiteren Schluck und sah mit einem Mal aus, als hadere er, ob er mit der Sprache rausrücken sollte. „Aber jetzt müssen wir unbedingt darüber reden, dass du Sam und dem *Cake 'n' Coffee* mit deiner Aktion heute höchstwahrscheinlich den Todesstoß versetzt hast."

„Ach, komm", begann Wesley und hielt irritiert inne, als Tommy den Kopf schüttelte.

„Ich schwöre bei allem, was mir heilig ist, dass ich in diesem Moment, hier und jetzt, keine Witze mache."

Erneut sah Wesley Sams Gesichtsausdruck und ihre Tränen vor sich und spürte, wie das beklemmende Gefühl von Schuld mit Warpgeschwindigkeit zurückkam und sich das aufkeimende schlechte Gewissen in seinem Hinterkopf einnistete.

„Wie schlimm ist es?", fragte er bedrückt und stellte das Bier ab. Es schmeckte plötzlich nur noch schal.

„Genau kann ich dir das nicht sagen. Aber ich weiß, dass Mrs. Walsh und ihre Horde von alten Damen ihre letzten Stammkundinnen waren. Und dass weder die Laufkundschaft noch ihre Nebenaufträge reichen werden, um das Loch zu stopfen, welches das sonntägliche Kränzchen hinterlässt."

„Nebenaufträge?"

„Sam backt Geburtstags- oder andere Kuchen." Tommy stand auf und holte zwei abgepackte Sandwiches aus dem Kühlschrank.

„Und wie hoch sind Sams Schulden?", hakte Wesley mit gerunzelter Stirn nach.

„Sam hat keine Schulden." Tommy packte sein Sandwich aus und biss hinein. „Jedenfalls nicht für das Café und die Wohnung. Die Schulden hat Henry ungefähr vier Monate vor dem Ausbruch seiner Krankheit abgeleistet. Ganz so, als habe er das noch erledigen müssen, ehe er es sich leisten konnte krank zu werden", murmelte er mit vollem Mund. „Ob sie allerdings Schulden bei Zulieferern oder so hat, weiß ich nicht. Da müsstest du Diana fragen. Sie ist Sams beste Freundin, du hast sie vorhin kennengelernt. Sie war diejenige, die uns ‚zwei hohle Nüsse' genannt und rausgescheucht hat", fuhr er fort, als Wesley gedankenverloren auf sein Sandwich starrte.

„Du weißt nicht zufällig, wann diese Diana heute Feierabend hat?", fragte Wesley nach einer Weile, in welcher er schweigend dagesessen hatte.

„Ähm ...", stotterte Tommy und errötete. „Warum sollte gerade ich wissen, wann Diana heute mit der Arbeit fertig ist?"

Wesley packte sein Sandwich ebenfalls aus, rief sich das Gesicht der wütenden Frau in Erinnerung und sah seinen Freund mit hochgezogener Augenbraue an. „Du und diese Diana?" Er biss in das pappige Fertigbrot. „Ist das ein Realitäts- oder ein Traumding?"

Tommys Gesicht lief noch röter an; ganz als sei er das Mädchen, das in Flammen steht. Währenddessen überlegte Wes, wie hoch die Chancen standen, dass Sams beste Freundin überhaupt ein Wort mit ihm wechselte.

***

Ganz so, als habe er das noch erledigen müssen, ehe er es sich leisten konnte krank zu werden, wiederholte Wesley Tommys Worte in Gedanken, während er im Auto ein paar Meter die Straße runter in der Nähe des *Cake 'n' Coffee* – in dem es immer mehr Tee als Kaffee gegeben hatte – darauf wartete, dass Diana Feierabend machte und zu ihrem Wagen ging.

„Klingt verdammt nach dem Henry, den ich kannte", murmelte Wesley, sank tiefer in den unbequemen Sitz des Mietautos und konnte sich des wehmütigen Gefühls nicht erwehren, das ihn überkam, als er sich an Sams Vater erinnerte. Vor allem, als nicht zum ersten Mal die Frage in ihm aufbrandete, was in seinem Leben anders gelaufen wäre, hätte er die Briefe, die Henry ihm in den ersten Monaten nach seinem Weggang aus Paisley geschrieben hatte, beantwortet. Hätte er den Kontakt zu dem Mann aufrechterhalten, der ihn von der ersten Sekunde an wie einen eigenen Sohn behandelt hatte; der bei so vielen Gelegenheiten für ihn da gewesen war.

Hätte ich doch meinen Stolz vergessen, überraschte Wesley ein Gedanke, der ihm bis jetzt noch nie gekommen war und den er fürs Erste erfolgreich verdrängen konnte, weil er auf der anderen Straßenseite Diana aus dem *Cake 'n' Coffee* kommen sah.

Eilig stieg er aus und lief er auf Diana zu, die ihr Auto erreicht hatte und gerade den Schlüssel ins Türschloss steckte.

„Entschuldige." Wesley räusperte sich, blieb eine Wagenlänge hinter Diana stehen und wartete, bis sie sich umgedreht hatte.

Vorbildlich, dachte er, als er sah, dass ihre Hand in ihrer Schultertasche steckte und vermutlich um ein Pfefferspray oder einen anderen Gegenstand zur Abwehr gelegt war.

„Du bist Diana, richtig?", fragte er freundlich. Doch ehe er ‚Sams beste Freundin' hinzufügen konnte, überrumpelte Diana ihn, indem sie völlig zusammenhangslos sagte: „Ein Vögelchen hat dir also gezwitschert, dass Diana die Schwarze ist."

Perplex starrte er sie an. „Wie bitte?"

„Mach den Mund zu, Fischmann", sagte Diana und sah seelenruhig zu, wie er unkontrolliert nach Luft schnappte, wie ein Meeresbewohner auf dem Trockenen. „Das ist lediglich einer meiner berühmt-berüchtigten Eisbrecher."

„Eher berüchtigt, nehme ich an", kommentierte Wesley Dianas Überfall, nachdem er sich gefangen hatte. „Hat der Spruch je funktioniert?"

„Mal mehr, mal weniger." Diana lachte und nahm die Hand aus ihrer Tasche. „Nun, Wesley James Harlington, was kann ich für dich tun?"

„Du warst die andere Kellnerin!", fiel es Wesley wie Schuppen von den Augen, als er hörte, wie sie seinen vollen Namen aussprach. „Moment." Schlagartig kam ein Stück der fehlenden Erinnerungen an den gestrigen Abend zurück. „Als Sam aus dem Zimmer gerannt ist, war ich noch angezogen. Dann hast du mir beruhigend auf den Rücken geklopft und mich überredet, mich auszuruhen."

„Ich weiß nicht, wovon du sprichst."

„Du warst das mit dem Bunny-Höschen!", rief Wesley fassungslos.

„Ich weiß noch immer nicht, wovon du sprichst."

Er stemmte die Hände in die Hüfte und sah Diana tadelnd an. „Und weswegen grinst du dann gerade so verschmitzt?"

„Pass auf, Wesley", antwortete Diana ausweichend und verschränkte die Arme vor der Brust. „Meine Zeit ist knapp. Also sag mir, was du willst."

Wesley warf einen kurzen Blick über die Straße zum *Cake 'n' Coffee*, das ursprünglich *Cake 'n' Tea* hätte heißen sollen, wäre Sams Vater nicht ein halbes Jahr vor der Eröffnung auf Hochzeitsreise in Italien gewesen. „Können wir irgendwo ungestört reden?", fragte er und wandte sich von der altbackenen Schaufenstereinrichtung hinter halb milchig-trübem Glas ab, die ihm einen weiteren Stich versetzte.

***

„Das sind ja Methoden wie bei der Mafia“, monierte Wesley, als sie in einer der Nischen im *Drunken Angel* Platz genommen, beide eine Cola und einen Burger bestellt hatten und Diana ihm kichernd von dem Foto erzählte.

Seit einer Viertelstunde saßen sie nun beisammen und obwohl sie sich auf Anhieb gut verstanden hatten, war es ihm schleierhaft, wie Diana Sams beste Freundin geworden war. Die überaus redselige Frau ihm gegenüber war das komplette Gegenteil der ruhigen, oft in sich versunkenen Sam. Diana hatte in den letzten Minuten derart viele Informationen preisgegeben, dass es ihm vorkam, als fehlten nur noch ihre Kontonummer und der passende Pin.

„Niemand hatte vor, dich zu erpressen.“ Diana hob abwehrend die Hände. „Ich wollte nur Sam aufmuntern.“

„Dann darf ich davon ausgehen, dass das Foto mittlerweile gelöscht ist?“

„Darfst du.“ Diana nahm ihr Handy und löschte die siebzehn Fotos direkt vor seinen Augen. „Ab jetzt.“

„Danke“, sagte Wesley an die Kellnerin gewandt, als diese die Getränke brachte, und wartete, bis sie nicht mehr in Hörweite war. „Okay, bevor ich meine eigentlichen Fragen stelle, muss ich einfach wissen, wie Sam auf eine solche Schnapsidee gekommen ist?“

„Hey!“ Diana verzog beleidigt das Gesicht. „Die Idee war ersten grandios und zweitens ... na ja, es war meine Idee, um ehrlich zu sein.“ Sie zuckte entschuldigend mit den Achseln. „Und zu Sams Verteidigung: Ich musste ihr mächtig zusetzen, damit sie den letzten Punkt auf ihrer Bucket-List abgearbeitet hat.“ Sie trank ihre Cola mit einem Zug halb leer und wischte sich die

Lippen mit dem Handrücken ab. „Aber ich hatte einfach das Gefühl, dass Sam nach den Rückschlägen der letzten Monate ein Erfolgserlebnis in Form einer vollständig abgehakten Liste braucht." Diana hielt inne und wirkte nachdenklich, während sie ihre Finger knetete. „Ich weiß gar nicht, wieso ich dir das erzähle."

„Vielleicht, weil du in meinen Kopf sehen kannst." Wesley leerte seine Cola ebenfalls bis zur Hälfte. „Meine weiteren Fragen drehen sich nämlich um die von dir erwähnten Rückschläge."

Diana sah Wesley skeptisch an. „Woher weißt *du* von den Rückschlägen?"

„Alle Wege führen nach Rom; und aller Klatsch und Tratsch über Tommy."

Die halbe Bar sah zu ihnen herüber, als Diana schallend losgackerte. „Damit werde ich Tommy noch aufziehen, wenn er ein klappriger Opa ist."

Wesley konnte nicht umhin sich vorzustellen, wie sehr Tommy sich gefreut hätte, das zu hören. Aber da Tommy laut ihrem letzten Telefonat noch immer Single war, ging Wesley davon aus, dass die Schwärmerei seines Freundes einseitig war und Diana nur einen Scherz gemacht hatte.

„Aber zurück zum eigentlichen Thema", sagte Diana, jetzt wieder ernst. „Wieso interessieren dich Sams Rückschläge?" Sie fixierte ihn, als wolle sie guter Cop, böser Cop mit ihm spielen. Allerdings ohne guten Cop. „Ich hoffe inständig, dass du Sam nicht noch tiefer in die Scheiße reiten willst, als du es heute bereits getan hast." Ehe Wesley den Mund zu einer Erwiderung öffnen konnte, fügte sie in bester Mafiamanier hinzu:

„Denk dran, Freundchen, es gibt noch das Foto, von dem ich Tausende Abzüge machen lassen kann.“

„Ich will Sam helfen“, flüsterte Wesley, als müsse er erst noch abwägen, was er längst wusste.

„Ihr helfen? Wieso?“ Diana wartete, bis die Kellnerin die beiden Burger mit Pommes abgestellt hatte, ehe sie erneut fragte: „Wieso willst du Sam helfen?“

Weil ich erwachsen genug bin, um zu merken, dass ich heute Scheiße gebaut habe. Weil ich das Gefühl nicht mehr loswerde, es wenigstens wiedergutmachen zu müssen. Weil es nicht meine Absicht war, Sams Café zu ruinieren.

Doch während Wesley über die Gründe für sein Hilfsangebot nachdachte, drangen andere, tiefergehende Wahrheiten nach oben.

Weil ich unter dem Tränenschleier mehr in Sams Augen gesehen habe als die Wut und die Gleichgültigkeit, die sie mich hat spüren lassen. Weil ich vor zwölf Jahren ein paar Briefe hätte beantworten sollen. Weil ich vor zwölf Jahren nicht so stur hätte sein sollen. Weil ich leichtfertig weggeworfen habe, was andere ihr ganzes Leben suchen. Weil ich aus nichts als verletztem Stolz alle Möglichkeiten und Kompromisse ausgeschlagen habe. Weil ich, hätte ich Sam heute Nachmittag in den Arm genommen ...

Wesley wischte den letzten Gedanken panisch beiseite und fragte sich erschrocken, woher diese Flut an Emotionen so plötzlich kam.

„Weil du gar nicht das Arschloch bist, für das Sam dich hält, oder?“, holte Diana Wesley zurück in die Gegenwart.

„Zumindest nicht ein so megamäßiges“, antwortete er matt.

„Gut, Wesley. Dann frag, was immer du fragen willst.“

Eine Kaffeemaschine für den Anfang, dachte Wesley und rückte das Kopfkissen auf der Armlehne der Couch zurecht. Denn obwohl er ein Hotelbett normalerweise jederzeit einer Couch vorzog, hatte er am heutigen Abend nicht allein sein wollen. Und da es laut Tommy an der Zeit gewesen war, ihre alte Street-Fighter Rivalität wieder aufleben zu lassen, hatte Wesley das Angebot, auf seiner Couch zu schlafen, dankend angenommen.

Nachdem er Diana all seine Fragen gestellt und genügend Informationen über Sams momentane Lage gesammelt hatte, um sich ein Bild machen zu können, wie er ihr am besten helfen konnte, hatte er noch auf dem Weg zu Tommy einen alten Kunden in London angerufen. Einen Kunden, der ihm einen Gefallen versprochen und ohne zu zögern zugesagt hatte, ihm zu helfen.

Wesley breitete die dünne Fleecedecke über sich aus, während er hoffte, dass der neue Kaffeevollautomat für Sam wie versprochen am morgigen Nachmittag eintreffen würde.

Schmunzelnd dachte er daran, dass Diana ihm erzählt hatte, dass Sam sie die *Königin der Schuldeneintreibung* nannte, weil ihr so viele Leute einen Gefallen schuldeten.

Zu was macht mich das?, überlegte Wesley. *Zum Kaiser oder vielleicht sogar zum Gott der Schuldeneintreibung?*

In seinem Beruf war es völlig gang und gäbe, dass zufriedene Kunden ihm Gefallen versprachen und die meisten hielten sich auch daran. So würde eben Sam in den Genuss des Hightech-Kaffeevollautomaten kommen, den Walter Brown ihm angeboten hatte.

Jetzt fehlte ihm nur noch ein überpünktlicher Sandmann zu seinem Glück, der in den nächsten vier bis fünf Minuten mit seinem Zauberbeutelchen dafür sorgte, dass ihm die Augen zufielen.

Nach wie vor konnte er nämlich nicht aufhören daran zu denken, wie gern er Sam heute Nachmittag in den Arm genommen hätte. Und das nicht allein, um sie zu trösten, sondern auch, weil sie wie ein Magnet auf ihn gewirkt hatte. Ein Magnet, der in all den Jahren ihrer Trennung kein Stück seiner Anziehungskraft verloren hatte.

„Mist", murmelte Wesley missmutig in sein Kopfkissen und fragte sich erneut, was mit ihm los war.

„Okay", sagte er fest und legte sich Zeige- und Mittelfinger wie zum Schwur auf die Brust. „Ich werde meinen Fehler wiedergutmachen und dann zurück nach London fahren und ..."

Vermaledeiter Hühnerdreck. Ich habe keine Ahnung, was ich dann machen werde. Ich weiß nicht einmal, ob ich ...

Weiter schaffte es Wesley nicht den Gedanken zuzulassen, denn die Panik, die von seinen Gliedern Besitz ergriff, brachte den Schlag seines Herzens erneut gefährlich aus dem Takt, während ihm der Schweiß von der Stirn rann.

7 BEI NACHT UND NEBEL

Auf Zehenspitzen schlich Wesley einen Tag später durch den altbackenen Gastraum des *Cake 'n' Coffee* und suchte die Tür, durch deren Rahmen er am Tag zuvor einen flüchtigen Blick in die Küche des Cafés erhascht hatte. Davor stellte er das schwere Paket ab. Da Diana ihn vorgewarnt hatte, drückte er die Klinke wie in Zeitlupe nach unten und öffnete die Tür gemächlich, ehe er den kleinen Haken an der Wand suchte und ihn durch die Metallöse am Holz der Tür schob. Zum Schluss betätigte er die beiden hinteren Kippschalter auf der anderen Seite, wartete, bis das Licht anging und hob das Paket wieder hoch.

Damit wäre auch die vierte Hürde gemeistert, dachte er erleichtert und rieb sich die Hände. Jetzt musste er nach Hürde eins – der Türglocke, die Diana wie versprochen ausgeschaltet hatte –, Hürde zwei – das schwere Paket über die drei wackeligen Stufen und durch die schmale Eingangstür zu bugsieren – und Hürde drei – auf dem Weg in die Küche im Halbdunkel nicht an einem der Stühle oder Tische im Gastraum hängenzubleiben – lediglich noch Hürde fünf meistern und den Kaffeevollautomaten auspacken.

Um möglichst wenig Lärm zu machen, hatte er in weiser Voraussicht die Verpackung des Vollautomaten und deren zum Teil losen Inhalt vorhin bei Tommy bereits so präpariert, dass weder Rascheln, Knistern noch

Klappern ein Mindestmaß überschreiten würden. Ein paar der losen Teile hatte er sich sogar mit Gewebeband an die Beine und den Bauch geklebt.

Wenn ich dafür mal keinen Tapferkeitsorden verdient habe, befand Wesley, als er daran dachte, wie höllisch weh es tun würde, das Gewebeband von seiner Beinbehaarung zu trennen.

Beim Blick auf den hinteren Teil der Küchenablage und auf das alte, klapprige Gerät, das dort stand und das man nur mit viel Wohlwollen als Kaffeemaschine bezeichnen konnte, runzelte Wesley die Stirn. War das wirklich dieselbe Maschine, die schon vor über zwölf Jahren die ersten Macken gehabt hatte?

Diana hätte es kaum treffender bezeichnen können. Dieses Ding ist wirklich ein Urgestein unter den Kaffeemaschinen.

„Unverantwortlich", schimpfte Wesley im Flüsterton und zog die Höllenmaschine an den Rand der Arbeitsfläche, ehe er den Stecker aus der Steckdose zog. Kurzentschlossen griff er eine Schere aus einem der Behälter auf der Ablage und durchtrennte das Kabel.

Dieses Ding würde nicht mehr in Betrieb genommen werden.

Wesley hielt die Luft an, nahm die Maschine von der Arbeitsfläche und stellte sie auf den Boden neben den Karton des neuen Gerätes, das er auf den Platz des alten hob.

Anschließen konnte er den neuen Vollautomaten während seines nächtlichen ‚Einbruchs‘ zu seinem Leidwesen nicht. Tommy und er hatten die Gebrauchsanweisung studiert und festgestellt, dass er eine automatische Selbstjustierung startete, sobald man ihn das erste Mal in Betrieb nahm. Nicht auszudenken, was passieren würde, wenn das Teil mitten in der Nacht losging und derart ratterte und piepte, dass Sam sogar im hinteren Teil ihrer Wohnung wach wurde und ihn in der Küche des *Cake 'n' Coffee* erwischte.

Noch jetzt überlief ihn ein Schauer, wenn er sich an den Schmerz erinnerte, den Sams Knie in seiner Lendengegend verursacht hatte. Einen zweiten Überfall dieser Art wollte er um jeden Preis vermeiden. Wäre sein Gemächt in der Lage gewesen zu sprechen, hätte es ihm einhundertprozentig mit einem ‚Amen, Bruder‘ beigepflichtet.

Okay, dachte Wesley. *Da ich gerade bei Schmerzen bin.* Er zog das Bein seiner Leinenhose nach oben, griff nach dem ersten Stück Klebeband und während er fast seine Zunge verschluckte, fragte er sich, warum zwei erwachsene Männer nicht auf die Idee gekommen waren, die Kleinteile in Papier einzuwickeln, statt sie an seinem Körper zu befestigen.

Zehn Minuten und einige verschluckte Zungen später hatte Wesley den neuen Kaffeevollautomaten an die richtige Stelle gerückt und ihn betriebsfertig zusammengebaut, die Anleitung dagegen gelehnt und die alte Maschine zum Abtransport verpackt.

Und mitten in der Nacht sah er, dass es gut war, dachte er mit einem Schmunzeln.

Auf leisen Sohlen schlich Wesley mit dem Paket zurück zur Küchentür, öffnete sie und schaltete das Licht aus.

Puh, jetzt muss ich nur noch heil rauskommen und nicht vergessen, die Eingangstür wieder abzuschließen.

Behutsam wie zuvor schloss er die Küchentür hinter sich und drehte sich zu dem Paket um, das er auf dem Flurboden abgestellt hatte. Doch gerade als er es hochheben wollte, fiel sein Blick auf die Tür mit der Aufschrift ‚Büro‘. Ohne genau zu wissen warum, ließ Wesley das Paket stehen und öffnete die Tür zu Sams Heiligtum.

Im Gegensatz zur Küche schloss er dieses Mal zuerst die Tür, ehe er den Lichtschalter betätigte, denn eines war ihm klarer als das reinste Quellwasser: Würde Sam ihn in ihrem Büro erwischen, wäre sein Gemächt das geringste seiner Probleme.

Als die Deckenlampe des Flackerns überdrüssig war und er das Büro genauer in Augenschein nehmen konnte, entfuhr Wesley ein jähes ‚Ach du Schande‘.

In Henrys altem Büro hatte sich über die Jahre nichts geändert. Weder die beige Wandfarbe noch die blauen Stahlregale, der stämmige Eichenschreibtisch, die gemischten Plastikstühle, die Bilder der Café-Eröffnung an der Wand, die uralten, grauen Aktenordner in dem ebenfalls uralten Schrank oder die Zeitschriftenstapel in der Ecke. Alles sah genauso aus wie vor zwölf Jahren.

Wie in einer Gruft oder vielmehr einem Mausoleum, schoss es Wesley durch den Kopf, als er um den Schreibtisch herumging und auf dem roten Plastikstuhl Platz nahm.

Auf der Schreibtischablage fand er aktuelle Abrechnungen, Bestelllisten und Aufträge, säuberlich in drei verschiedene Ordner sortiert. Dass Sam wenig Ahnung von Buchhaltung hatte, erkannte Wesley auf den ersten Blick. Auf der anderen Seite hatte er in seiner Anfangszeit oft Privatkunden mit unübersichtlicheren

Aufzeichnungen gehabt und zumindest war aus den Unterlagen ersichtlich, dass Sam mit dem, was ihr zur Verfügung stand, vernünftig Haus hielt und nicht über ihre Verhältnisse lebte. Ebenso war aber auch ersichtlich, dass sie dringend Hilfe hinsichtlich ihrer Preisstrategie brauchen würde.

Was ein Zufall, dass es jemanden gibt, der sich blendend damit auskennt, dachte Wesley und rieb sich die Schläfen, als er überlegte, wie er Sam bei finanziellen Dingen unter die Arme greifen könnte, ohne dass sie Wind davon bekam. Schließlich machte er sich keine Illusionen darüber, dass er das letzte Lebewesen in der gesamten Galaxie war, von dem Sam Ratschläge annehmen würde.

Als Wesley die Aktenordner schloss und zurück auf die Ablage legte, fiel sein Blick auf die verschlossene Schublade, nach deren Schlüssel er nicht lange suche musste. Natürlich klebte er wie vor zwölf Jahren an einem Magneten am Boden zwei Schubladen obendrüber.

Es wäre auch das achte Weltwunder gewesen, hätte Sam nicht die Marotten ihres Vaters übernommen. Innerlich seufzte Wesley und zog die Schublade auf.

Neben einer Geldkassette, deren Schlüssel wiederum an einem Magneten am Boden über dieser Schublade angebracht war, befanden sich Rechnungsbelege des laufenden Monats, das Bestätigungsschreiben an ihren Vater über die finale Rate des Kredits für das Café und die Wohnung und ein blauer Schnellhefter, der Wesleys volle Aufmerksamkeit auf sich zog.

Renovierung – Pläne und Kostenvoranschläge stand auf einem gräulichen, festen Deckblatt aus Tonpapier.

Vorsichtshalber machte Wesley ein Foto von der Schublade, ehe er den Schnellhefter herausnahm und aufschlug.

Obenauf lagen grobe Skizzen und Grundrisse einer Runderneuerung des *Cake 'n' Coffee*. Hellere Farben, neue, modernere Möbel, die zehn Sitzplätze weniger boten, dafür aber die Atmosphäre im Gastraum auflockern und den Muff des altbackenen Ambientes verschwinden lassen würden. Auch das neu gestaltete Schaufenster und eine praktischere Kuchentheke befanden sich auf einer der zahlreichen Zeichnungen.

Hätte Wesley nicht mucksmäuschenstill sein müssen, hätte er anerkennend durch die Zähne gepfiffen. Mit diesem Konzeptvorschlag hatte Sam ganze Arbeit geleistet. Dass es sich bei den Zeichnungen um Sams Werk handelte, erkannte Wesley an dem klaren Stil, den verspielte Unterbrechungen wie ein roter Faden durchzogen.

Im hinteren Teil des Ordners fand er eine Vielzahl von Kostenvoranschlägen verschiedener Firmen, was ihn wiederum den Kopf schütteln ließen. Mindestens ein Drittel davon waren überzogen teuer und schienen ihm von Leuten mit zu viel Fantasie errechnet worden zu sein. Oder aber die Leute hatten versucht, Sams Gutmütigkeit auszunutzen. Gerade so konnte er dem arbeitsbedingten Reflex widerstehen, nach einem der Filzstifte zu greifen und die Kostenberechnungen neu anzusetzen.

Als Wesley zum letzten Blatt im Schnellhefter kam, fiel ein zusammengefalteter Brief der *Bank of Scotland* heraus und landete auf dem Boden. Stirnrunzelnd hob er ihn auf und studierte das Schreiben eines Mr.

Macpherson, das eine Absage für Sams Kreditanfrage auf Grundlage mangelnder Sicherheiten respektive einer fehlenden Bürgschaft zum Inhalt hatte. Im letzten Absatz des Schreibens betonte Mr. Macpherson, dass einem Kredit in der gewünschten Höhe wie besprochen nichts im Wege stand, sollte Sam es sich anders überlegen und doch ihr Café als Sicherheit einsetzen.

„In diesem Leben und in allen folgenden nicht", wisperte Wesley stöhnend. Niemals würde Sam ihr Café oder die Wohnung als Sicherheit für einen Kredit einsetzen. Und obwohl er verstand, warum sie das Risiko nicht eingehen wollte, war ihm auch klar, dass Macpherson in diesem Fall die Hände gebunden waren. Für einen solchen Kredit warf das *Cake 'n' Coffee* einfach zu wenig ab.

Auch von den Kostenvoranschlägen und dem Brief machte Wesley Fotos. Kurz überkam ihn dabei ein schlechtes Gewissen, weil er seine Nase wie ein Schnüffler unterster Schublade in Sams Privatangelegenheiten steckte. Doch mit dem festen Willen Sam zu helfen und dem frommen Spruch ‚Der Zweck heiligt die Mittel' wischte er sein schlechtes Gewissen beiseite.

Denn Sam helfen und seine Albernheit wiedergutmachen, das war es, was er wollte, ehe er nach London ...

Plötzlich flammten die Pläne zum Umbau des Cafés vor seinem inneren Auge auf. Die Gaststube und die Küche waren mit Leben gefüllt. Ins Gespräch vertiefte Gäste saßen vor sündig leckeren Tortenstücken und Tee- und Kaffeetassen. Diana nahm Bestellungen auf und brachte sie zu Sam in die Küche, die einen unfassbar guten Kuchen nach dem anderen aus dem Ofen holte. Ihre Schürze war mit Mehl und Krümeln bedeckt, ihre wilden Locken zu einem lockeren Zopf geflochten. Und neben ihr ... neben ihr stand er, einen Teller mit einem großen Stück Kuchen in der Hand, und kleckste ihr mit der Gabel lachend Sahne auf die Nase. Sam knuffte ihn dafür in die Seite, doch ehe sie es sich versah, stellte er den Teller ab, zog sie zu sich und ...

„Fuck", krächzte Wesley und schlug sich ruckartig die Hand vor den Mund. Wie in Schockstarre lauschte er dem Geräusch der Klospülung über sich.

O Gott, lass Sam bitte nicht mitten in der Nacht ins Büro kommen, sandte er ein stummes Gebet nach oben, während ein Teil von ihm sich genau das wünschte.

Mit der nötigen Vorsicht legte er den Schnellhefter zurück an seinen Platz, rückte den restlichen Inhalt der Schublade zurecht und schob sie langsam zu. Kurz bevor sie jedoch vollständig geschlossen war, hakte die Schublade plötzlich und trieb Wesley Schweißperlen auf die Stirn. Vorsichtig zog er sie wieder ein Stück heraus, schob sie erneut nach hinten. Dreimal musste er den Vorgang wiederholen, ehe sie endlich richtig zu ging. Dem knisternden und reißenden Geräusch nach zu urteilen, musste irgendetwas hinter die Schublade gerutscht sein.

Bis er sich sicher war, dass Sam zurück ins Bett gegangen oder zumindest nicht auf dem Weg nach unten war, blieb er ruhig sitzen, dann schloss er die Schublade ab und brachte den Schlüssel wieder an seinem Magneten an. Schließlich verkrümelte er sich schleunigst aus dem *Cake 'n' Coffee,* um sein Glück nicht überzustrapazieren.

Als Wesley nach einem Schleich-Marathon die Seitengasse erreichte, in welcher er geparkt hatte, stellte er den Karton samt der alten Kaffeemaschine neben die dort stehenden Mülltonnen und traute sich erst in seinem Auto, hörbar und kräftig durchzuatmen.

Das hätte in die Hose gehen können, dachte er und schloss für einen Moment die Augen. Doch sobald seine oberen Lider die unteren berührten, kamen die Bilder des belebten Cafés, ihm und Sam zurück.

Fahrig legte Wesley den Gang ein, rollte rückwärts aus der Seitengasse und wendete den Wagen. Ziel- und planlos lenkte er ihn durch Paisley, bis er die Stadtgrenze erreicht hatte und in einer Parkbucht hielt.

Den Kopf auf das Lenkrad des Mietwagens gelegt, versuchte er krampfhaft herauszufinden, was um alles in der Welt er eigentlich in Paisley wollte. Was er überhaupt wollte.

8 DER GOTT DES SCHABER-NACKS

„Was fällt diesem Blödmann eigentlich ein?", schimpfte Sam vor sich hin, während sie sich eine Tasse milden Earl Grey zubereitete und wartete, bis die zwei Brotscheiben aus dem Toaster sprangen. Mit mehr Marmelade, als gut für die beiden Brotscheiben war, und Honig für eine ganze Kompanie im Tee, setzte sie sich in ihrem schmalen Wohnzimmer auf die Couch und schaltete die morgendlichen Nachrichten ein.

Was in der Welt geschah, bekam sie allerdings nur peripher mit; kreisten ihre Gedanken doch – wie die gesamte Nacht – um diesen bekloppten Idioten.

Dieser Idiot, der, als wäre es nicht genug, dass er ihre letzten Stammkunden vergrault hatte, auch noch mit einem dreisten und unbeholfenen Entschuldigungsversuch aufgewartet hatte.

Genervt schob Sam sich ein Drittel der Brotscheibe in den Mund und ignorierte die heruntertropfende Marmelade, die auf ihrem sommerlichen Pyjamaoberteil landete.

Eigentlich hätte es sie nicht wundern sollen, schließlich was es nie eine von Wesleys Stärken gewesen, zu wissen, wann Schluss war.

Außer dieses eine Mal, schoss es Sam durch den Kopf. *Dieses eine Mal hat er genau gewusst, wann Schluss für ihn war.*

Mitten im Kauen hörte Sam auf und legte die Brotscheibe zurück auf den Teller. Der Appetit war ihr gehörig vergangen.

„Okay“, murmelte sie und schüttelte sich kräftig. „Ruhig bleiben, runterschlucken und weitermachen.“

Sam trank ihren Tee und stellte den Teller mit den Marmeladenbroten mit Frischhaltefolie umwickelt in den Kühlschrank.

„Ruhig bleiben, runterschlucken und weitermachen“, wiederholte sie, während sie sich für die Vorbereitungen im Café zurechtmachte, und sagte die Worte ein drittes Mal mit fester, klarer Stimme, ehe sie die Wohnungstür hinter sich schloss und nach unten in die Küche ging.

„Und jetzt zu dir, Gott des Schabernacks“, blaffte sie auf dem Weg die Treppe hinunter. „Ich hoffe inständig für dich, Freundchen, dass es mit der Narretei jetzt vorbei ist und Mr. Harlington zurück in London ist!“

Verdattert blieb Sam mitten in der Küche des Cafés stehen und starrte das mattschwarze Ungetüm mit den glänzenden Chromelementen an, als könnte es sie jeden Moment mit einem Happs verschlingen.

„Das ist nicht dein Ernst, Loki“, hauchte Sam und erschrak, als Diana kreischend an ihr vorbeistürmte und sich der nigelnagelneuen Kaffeemaschine, oder vielmehr dem Kaffeevollautomaten, an den Hals warf wie eine Jungfrau mit Torschlusspanik.

Triumphierend wedelte Diana mit einem dicken Heftchen, das Sam für die Gebrauchsanweisung hielt, und rief: „Ich darf ihn als Erste ausprobieren", bevor sie die Anweisung aufklappte.

„Musst du nicht zur Uni?", fragte Sam und stemmte die Hände in die Hüfte.

Diana ließ die Gebrauchsanweisung zwar nur bis kurz unter die Augen sinken, trotzdem wusste Sam, dass ihre Freundin wie ein Honigkuchenpferd grinste. „Wie oft muss ich es dir noch erklären: Zeit ist für uns Studenten nicht relativ, sondern Wurst."

Sam seufzte. „Und wie oft muss ich dir erklären, dass dieser Satz kompletter Mumpitz ist, selbst für jemand wie mich, der nicht studiert hat?"

Diana zuckte die Schultern und griff nach dem Stecker der Maschine.

„Lässt du gefälligst deine gierigen Fingerchen von dem Stecker!", donnerte Sam durch die Küche und kam auf Diana zu.

„Okay, okay." Diana hob abwehrend die Hände und trat einen Schritt von der Arbeitsplatte zurück. „Die Ehre gebührt der Chefin allein."

„Falsch", sagte Sam und nahm sicherheitshalber den Stecker an sich. „Bevor dieses Ungetüm in meiner Küche angeschaltet wird, lecke ich lieber jede Straße in Paisley blitzeblank."

„Ähm, Sam, weißt du noch, als wir über deine schräge Art gesprochen haben, wie du manchmal Vergleiche ziehst?" Diana wackelte abwägend mit dem Kopf. „Das ist ein gutes Beispiel dafür."

„Jetzt lenk nicht vom Thema ab." Sam schnaubte und probierte, ob sie den Kaffeevollautomaten anheben konnte.

„Was wird das, wenn es fertig ist?" Diana schubste Sam regelrecht zur Seite und versuchte ihr den Stecker wieder zu entreißen.

Sam aber war schneller, trat einen Schritt nach hinten und sah Diana entschlossen an. „Dieses Ding kommt auf den Müll."

„*Was?*" Diana schnappte nach Luft. „Sam, ich bitte dich. Dieses Ding, wie du es nennst, kostet mindestens vier- oder fünftausend Pfund!"

„Wenn dieser verfluchte Mistkerl glaubt, ich wäre käuflich, hat er sich geschnitten." Dianas weitere Proteste ignorierend, zog Sam den Vollautomaten an den Rand der Arbeitsplatte. „Wo finde ich ihn?"

„Wen?", fragte Diana für Sams Geschmack etwas zu schnell.

„Das weißt du genau. Wo finde ich Wesley?"

Diana, hinreichend bekannt für ihr loses und übereiltes Mundwerk, sah Sam einen Moment schweigend an, ehe sie kaltschnäuzig „in deinen feuchten Träumen, Fräuleinchen" sagte und Sam einfach stehenließ.

„Was soll denn das jetzt?", rief Sam ihr hinterher, doch da hörte sie schon die Türglocke. Schnaubend warf sie die Arme in die Luft. „Sind heute alle verrückt geworden?"

Unschlüssig blieb Sam einen Moment stehen und überlegte, ob Wesley in einem Hotel abgestiegen war und wenn ja, in welchem, als ihr der Gedanke kam, dass Tommy wissen könnte, wo er war. Höchstwahrscheinlich hatte er Wesley sogar geholfen, dieses Ungetüm heimlich in ihrer Küche abzuladen.

„Na warte", knurrte Sam, ging in ihr Büro, suchte in ihrem Adressbüchlein nach Tommys Privatnummer und wählte. „Und wenn du nicht rangehst", murmelte Sam, „rufe ich noch mal in deiner Dienststelle an und behaupte, ich wäre eine Prostituierte, die du geschwängert hast."

„Wesley Harlington bei Thomas Ward."

Sam hatte den Hörer schneller auf die Gabel geknallt, als sich der Kopf eines pickenden Spechtes bewegte.

„Verfluchte, verschworene Teufelsbrut!", schimpfte sie, schnappte sich die Autoschüssel und parkte den klapprigen Mini ihres Vaters in der Gasse neben dem Café, direkt vor dem Seiteneingang. Unter ächzenden und grunzenden Lauten schleppte Sam den Vollautomaten über den schmalen Flur, um die Ecke und durch die Seitentür nach draußen.

„Da bist du ja!", frohlockte sie, als sie den Kaffeevollautomaten auf dem Bürgersteig abstellte und ihre geliebte Kaffeemaschine in einem halbgeschlossenen Karton neben einer der Mülltonnen stehen sah. Kurz darauf fluchte sie ungehalten, als sie bemerkte, dass das Kabel durchgeschnitten worden war.

„Mach dir keinen Stress, Sam. Davon bekommt man nichts als Pickel und frühzeitig graue Haare", beruhigte sie sich und lud den Vollautomaten in den Kofferraum.

Ihre alte Maschine befestigte sie mit dem Sicherheitsgurt auf dem Rücksitz, ehe sie den Laden abschloss und losfuhr. „Dann mache ich eben einen kleinen Umweg an der Feuerwache vorbei zu *Craigs Garage*. Wenn jemand alles reparieren kann, dann ist es Craig", redete sie sich tapfer ein, während sie wehmütig auf die Kaffeemaschine auf der Rückbank sah und sich wünschte, einen weiteren Tritt in Wesleys Weichteile freizuhaben.

***

„Überreife Bananen oder Reste vom Vortag?", überlegte Wesley laut und sah zwischen den beiden einzigen Alternativen in Tommys Kühlschrank hin und her. „Und gewonnen hat ...", begann er und trommelte auf einem der Zwischenböden aus Glas herum. „... das chinesische Essen aus dem Takeaway im Erdgeschoss."

Aus einer der unteren Schublade fischte Wesley sich ein passendes Mikrowellengefäß heraus und kippte die Nudeln mit Hühnchen aus der Aluschale hinein.

Yummie, dachte er ironisch. *Fast so gut wie in London.*

Vom Tisch hinter ihm zog er sich einen Stuhl heran, stellte die Zeitschaltuhr der Mikrowelle auf eineinhalb Minuten und setzte sich davor. Wie hypnotisiert folgte er dem Griff des Gefäßes, das sich kontinuierlich im Kreis drehte, während die Mikrowellen sein verspätetes Frühstück erwärmten.

Als das Ping ertönte und das Licht in der Mikrowelle erlosch, schaute ihm aus der spiegelnden Scheibe mit einem Mal ein Mann mit gruseligen Augenringen und strubbeligen Haaren entgegen. Prüfend besah er sich sein müdes Gesicht.

„Als hätte ich ein paar Nächte durchgemacht."

Dabei habe ich lediglich die letzte Nacht schlecht geschlafen, versuchte Wesley sich einzureden. Doch in seinem Inneren wusste er, dass er erstens seit Monaten schlecht schlief und zweitens die gesamte Nacht kein Auge zubekommen hatte. Kein Wunder bei dem verstärkten Stress der vergangenen Jahre.

Aber immerhin hatte er die nächsten zwei Wochen Urlaub und würde danach, da war er sich sicherer als das Amen in der Kirche, erfrischt und gestärkt zurück zu alter Form finden.

Außerdem, und auch das schien ihm nach reiflicher Überlegung sicherer als das Amen in der Kirche, hieß das, dass er nicht – wie Tommy behauptet hatte – ‚samifiziert‘ worden war.

„Meinen Fehler wiedergutmachen und die Sache mit einem reinen Gewissen abhaken“, murmelte er schmatzend und schob sich eine zweite Gabel Nudeln in den Mund. „Da… wa… wi…“, schaffte er es einige Silben an dem Nudelknäuel auf seiner Zunge vorbeizubringen und wiederholte, nachdem er es runtergeschluckt hatte: „Das ist es, was ich will. Je schneller, desto besser.“

Von der Ablage auf dem Küchentisch nahm er die ausgedruckten Papiere und studierte erneut Sams Unterlagen, als es an der Tür klingelte.

Wesley stach mit der Gabel in ein Stück Hühnchen und lehnte den Stiel an den Rand des Mikrowellengefäßes.

Vielleicht bekommt Tommy ein Paket.

Mit einem ‚Guten Morgen‘ auf den Lippen zog Wesley die Wohnungstür auf und stockte, als niemand davorstand.

Natürlich. Er schlug sich vor die Stirn und suchte den Türöffner an der Wand, als sein Blick auf den Kaffeevollautomaten fiel, der am Boden vor der Wohnungstür stand.

„Sam?“, rief er fragend in den Flur und bekam eine zufallende Haustür zur Antwort.

Das kann nicht ihr Ernst sein. Barfuß, in Boxershorts und Shirt, sprang er mit einem Satz über den Vollautomaten und lief die Treppen nach unten ins Erdgeschoss. Doch als er die Haustür öffnete und die Straße links und rechts entlang sah, konnte er nur noch untätig zusehen, wie Henrys alter Mini auf die Hauptstraße einbog.

Wütend trat er gegen den Treppenabsatz und stöhnte auf, als sein Zeh zu pochen begann.

„Gottverdammter Mist", entfuhr es ihm.

„Wer um diese Uhrzeit nichts Besseres zu tun hat, als in Unterhose und T-Shirt auf der Straße herumzulungern, sollte sich nicht wundern, wenn Gott ihn ein bisschen piesackt", vernahm Wesley eine zarte Stimme, die sich an ihm vorbei bewegte. „Und jetzt gehen Sie zurück in Ihre Wohnung, ziehen Sie sich manierlich an und machen Sie was aus Ihrem Leben."

Wesley verschränkte die Arme hinter dem Kopf und sah der älteren Dame nach, die mit ihrem krummen Rücken kaum mehr als einen Meter fünfzig maß und gemächlich ihren Rollator über den Gehweg schob.

„Ich arbeitete für ein großes Unternehmen in London und mache hier Urlaub, Sie ... Sie alte Frau", rief Wesley ihr wenig kreativ hinterher, ehe er zurück zu Tommys Wohnung trottete.

Auf dem Vollautomaten, der ihn wie ein Mahnmal eines gehörigen Fehlversuchs im obersten Stock begrüßte, klebte zu allem Überfluss auch noch ein Zettel, auf den Sam einen Stinkefinger gemalt hatte.

Wütend riss Wesley den Zettel ab, zerknüllte ihn und warf ihn in Tommys Flur. Anschließend hob er den Automaten hoch und brachte ihn in die Küche.

Na warte, dachte er und stierte das Gerät an, als hätte er in ihm seine Nemesis gefunden. *Den längeren Atem von uns beiden hatte schon immer ich.*

9 DER KUCHENDIEB

„Darf ich fragen, was das wird, wenn es fertig ist?"

Als Wesley unvermittelt Sams strenge Stimme hinter sich hörte, zuckte er schuldbewusst zusammen und schluckte den Tortenbrocken runter, den er sich in den Mund geschoben hatte.

Eigentlich hatte er nur den Kaffeevollautomaten zurückbringen wollen, doch dann war er dieses nervige Kratzen im Hals nicht mehr losgeworden und hatte sich einen Schluck Milch aus dem Kühlschrank nehmen wollen. Dabei hatte er dann die Mokka-Birnen-Torte entdeckt und nachdem er der Versuchung nicht hatte widerstehen können, eine klitzekleine Fingerspitze von der leckeren Mokka-Creme zu naschen, war er einem ungebremsten Fressflash erlegen.

Dabei hätte er es besser wissen sollen. Schließlich war es ihm immer unmöglich gewesen aufzuhören, sobald er eine von Sams Köstlichkeiten probiert hatte.

„Ich ... ähm ..." Hektisch versuchte er die Creme von seinen Lippen zu wischen, aber Sam war bereits um ihn herumgekommen und sah entgeistert zwischen ihm und der halb aufgegessenen Torte hin und her.

„Wesley James Harlington!", donnerte Sam und Wesley fragte sich, wieso er in letzter Zeit ständig mit seinem vollen Namen angesprochen wurde. „Bist du von allen guten Geistern verlassen?"

Ungehalten riss Sam ihm die Kühlschranktür aus der Hand, knallte sie zu und erwischte seine Stirn mit der Ecke.

„Aua! Pass doch auf, Sam!" Wesley befühlte die geschundene Stelle an seinem Haaransatz.

„Ich pass dir gleich auf, Freundchen. Was glaubst du eigentlich, wer du bist? Mitten in der Nacht in meine Küche einbrechen und dich über die Torte für Mrs. MacArthur hermachen. Und welcher normale Mensch, Herrgott noch mal, frisst eine halbe Mokkatorte?" Sams Blick blieb auf Wesleys Stirn hängen. „Scheiße, du blutest." Sie schob ihn in Richtung der mittleren Küchenablage und zog einen kniehohen Hocker aus dem offenen Schrank darunter. „Setz dich und warte hier."

Fünf Sekunden nachdem Sam die Küche verlassen hatte, hörte er sie in dem alten Holzschrank im Flur herumkramen, während sie immer wieder sagte: ‚Muss hier irgendwo sein'.

Als Wesley sich zur Küchentür umdrehen wollte, fiel ihm auf der Ablage vor sich ein Schnellhefter auf, der dem in Sams Büro ähnelte und auf dessen Deckblatt ‚Sams Kuchen und Torten' stand. Neugierig zog er den Schnellhefter zu sich und blätterte darin.

Hätte er nicht bereits eine halbe Mokka-Birnen-Torte verschlungen, hätte er spätestens bei den Bildern der üppig verzierten Gebäcke und der saftig, cremig aussehenden Anschnitte Hunger bekommen.

„Gib das her." Sam riss Wesley den Schnellhefter aus der Hand und legte ihn in eine Schublade. „Und nimm deine Hand da weg." Sie gab ihm einen Klaps auf die Finger, die er nach wie vor auf den kleinen Cut am Haaransatz gedrückt hatte.

Mitleid sieht anders aus, dachte Wesley und zuckte zusammen, als Sam ihm einen nassen Wattebausch gegen die Stirn drückte. In was auch immer sie das Ding getränkt hatte, es brannte höllisch.

„Seit wann bist du bitte aus Zucker?"

„Ja, Mitleid sieht eindeutig anders aus", sagte Wesley und erschrak, als er bemerkte, dass er laut gesprochen hatte.

„Mitleid?" Sam drückte den Wattebauch noch fester gegen seine Stirn. „Wie kommst du auf die absurde Idee, ich könnte Mitleid mit dir haben?"

„Na, weil …", setzte Wesley an, aber Sam wedelte mit dem freien Zeigefinger in Schweig-sofort-Manier vor seinem Gesicht herum.

„Du brichst mitten in der Nacht hier ein und stopfst dich mit einer Torte voll, die für jemand anderen bestimmt war. Genauer gesagt für Mrs. MacArthur, die morgen, ja, du hörst richtig, morgen Geburtstag hat. Und was soll das bitte?" Sie deutete auf den Kaffeevollautomaten hinter ihm. „Ich dachte, mein Zettel wäre klar und deutlich gewesen."

Aus dem Verbandkasten nahm Sam ein Pflaster, packte es aus und klebte es Wesley auf die Stirn.

„Jetzt komm schon, Sam."

„Nenn mich nicht so", wiegelte sie seinen Erklärungsversuch ab und packte das restliche Verbandzeug zurück in den Kasten.

„Wie soll ich dich bitte sonst nennen?"

„Mrs. Cochrane." Sie schloss den Verbandkasten. „Ich denke, das wäre die adäquateste Anrede, oder was meinen Sie, Mr. Harlington?"

Obwohl eine Stimme in seinem Hinterkopf ihn eindringlich warnte, dass er es schlimmer und nicht besser machte, stand Wesley vom Hocker auf, trat dicht an Sam heran und flüsterte ihr ins Ohr: „Weißt du noch, zu welchen Gelegenheiten ich dich Mrs. Cochrane genannt habe?“

Für einen Moment hatte Wesley das Gefühl, er würde Sam im Arm halten, obwohl zwischen ihren Körpern ein guter Fingerbreit Platz war. Und für einen Moment überkam ihn wieder das Gefühl, nach Hause zu kommen.

„Raus hier.“

Obwohl ihre Stimme tonlos war, erkannte Wesley die Entschlossenheit darin und entschied, dass er besser tat, was Sam verlangte. Zumindest in diesem Augenblick.

Widerwillig, als habe die magnetische Anziehungskraft zwischen ihnen die Kontrolle über seinen Körper übernommen, entfernte er sich von ihr und ging zur Küchentür. Im Flur blieb er jedoch stehen und wandte sich ihr noch einmal zu.

„Sam“, sagte er und ignorierte ihre alberne Ansage zum Thema Anrede. „Es tut mir leid. Es tut mir wirklich leid.“

***

Eine ganze Weile nachdem Wesley das Café verlassen hatte, stand Sam noch in der Küche und starrte die nackte Wand an.

Es tut mir wirklich leid, wiederholte sie in ihrem Kopf immer wieder Wesleys letzte Worte und versuchte zu erörtern, was er gemeint hatte.

Tat es ihm leid, dass seine Bemerkung über ihre gemeinsame Vergangenheit unangebrachter gewesen war, als der Queen kameradschaftlich auf die Schulter zu klopfen? Tat es ihm leid, dass er zum zweiten Mal nachts in ihr Café eingebrochen war und dieses Monster von einem Bestechungsversuch zurückgebracht hatte? Tat es ihm leid, dass er fast nackt in ihrem Café aufgetaucht war und Mrs. Walsh und ihr Kaffeekränzchen verjagt hatte?

Oder hatte er von damals gesprochen?

Nein, dachte Sam und löste sich aus ihrer Starre. *Das hat er auf keinen Fall mit seiner Entschuldigung gemeint.*

„Vermutlich hat er sich dafür entschuldigt, jemals geboren worden zu sein", mutmaßte Sam, als sie sich das Desaster vom kümmerlichen Rest der Mokka-Birnen-Torte ansah, und befand, dass Wesley die schlimmsten Bauchschmerzen in der Geschichte der Bauchschmerzen verdient hatte.

„Hoffentlich platzt er."

Doch so befriedigend die Idee für einen Moment auch war, sie konnte Sam nicht darüber hinwegtrösten, dass sie eine neue Mokka-Birnen-Torte backen musste; und zwar sofort, mitten in der Nacht.

Als Sam alle Zutaten bis auf die Birnen zusammengesucht hatte, ging sie in die hintere linke Ecke der Küche und öffnete die Tür zu der angrenzenden, schmalen Vorratskammer.

„Ich hätte Loki gestern nicht mit meinen Schimpftiraden erzürnen sollen", murmelte Sam stöhnend, als sie vor dem Regal mit den Obstkonserven stand und keine Birnen finden konnte. „Mist, Mist, Mist, verdammter Mist!" Sie trat gegen den mit Wasser gefüllten Eimer für Fondant, der als Stopper für die Tür der Vorratskammer diente, seit der Türknauf auf der Innenseite abgebrochen war, und prompt kippte er um.

„Auch das noch." Sam fing die zufallende Tür ab, stellte eine mittelgroße Konserve davor und wischte mit dem Mopp das Wasser auf.

Seit fünf Jahren kam Mr. MacArthur zu ihr in den Laden und bestellte eine Mokka-Birnen-Torte, Mrs. MacArthurs absoluter Lieblingskuchen, für seine geliebte Ehefrau zum Geburtstag.

„Was mache ich denn jetzt?", fragte Sam in der Hoffnung, eine gute Fee würde ihr erscheinen und ihr statt einem Kleid, Schuhen, einer Kutsche und einem Prinzen schlicht eine Konserve mit Birnen herbeizaubern. Aber ihre gute Fee schien heute Besseres zu tun zu haben.

Vermutlich liegt sie auf der Couch, gibt sich dem Binge Watching hin und zieht sich ihren eigenen Feenstaub durch die Nase, klagte Sam und wollte gerade die Tür zur Vorratskammer schließen, als ihr Blick auf den Eimer für Fondant viel.

Ich könnte … Genug Zutaten dafür habe ich … ja … das sollte funktionieren.

Aus einem der hinteren Regale nahm sie einzelne Packungen Fondant in den Farben gelb, grün und braun. Zudem holte sie ihre gebraucht gekaufte Airbrushpistole und alle Farben, die sie dafür finden konnte.

Zurück in der Küche, legte sie die Fondant-Packungen auf die Küchenablage, ehe sie einen Abstecher in ihre private Küche machte und ihre selbstgemachte Birnenmarmelade aus dem Kühlschrank holte.

„Das wird knapp", sagte sie und nahm zur Sicherheit noch das ebenfalls angefangene Glas Apfelmarmelade mit.

In der unteren Küche wog sie die Zutaten für einen fluffigen Biskuitboden ab, schaltete die Küchenmaschine ein und verrührte alles zu einem glatten Teig. Anschließend füllte sie zwei viereckige Backformen damit und stellte sie in den vorgeheizten Backofen.

Während der Boden hinter ihr in Ruhe backen konnte, suchte Sam das Rezept für die Mokkacreme aus ihrem Schnellhefter heraus und rührte diese ebenfalls an. Zum Schluss stellte sie noch eine neutrale Buttercreme als Unterlage für den Fondant her und stellte sie in den Kühlschrank.

Als Sam dreieinhalb Stunden später auf die Uhr sah, war es zehn vor fünf. Erschöpft, aber zufrieden besah Sam sich ihre Arbeit. Die Fondant-Torte in Form einer Birne, gefüllt mit Mokkacreme, die Böden dick mit Birnen- und Apfelmarmelade bestrichen, war ihr trotz der Müdigkeit hervorragend gelungen.

Jetzt kann ich nur hoffen, dass Mr. und Mrs. MacArthur meine Entschuldigung annehmen und ihnen die Torte gefällt. Sam streckte sich, ehe sie die letzten Schüsseln, Töpfe und weitere Backutensilien in die Spülmaschine lud und diese anschaltete.

Und jetzt für ein Stündchen ins Bett, dachte sie. Doch sobald die Anspannung aus ihren Gliedern wich, wanderten ihre Gedanken wieder zu der Frage, wofür Wesley sich vorhin bei ihr entschuldigt hatte und wie kurz davor sie gewesen war, ihn in den Arm zu nehmen. Ganz zu schweigen davon, was seine Anspielung in ihr ausgelöst hatte.

Obwohl jede Synapse ihres Körpers von ihr verlangte schlafen zu gehen, schnappte Sam sich eine Packung Schwämme und Lappen und holte alle möglichen Putzmittel aus der Kommode in der Vorratskammer.

„Vergiss das Bett." Sam seufzte. „Zeit für einen ausgiebigen, sommerlichen Frühjahrsputz."

10 BIRNENTORTEN UND BÜRG-SCHAFTEN

Um kurz vor zwölf verstaute Sam die Styroporverpackung mit Mrs. MacArthurs Torte auf dem Rücksitz, schnallte sie mit dem Gurt an und zurrte sie mit zusätzlichen Gepäckbändern fest, ehe sie in ihren Mini stieg und sich auf den Weg machte.

Zwanzig Minuten später erreichte sie die Seitenstraße, in welcher die zweistöckige Doppelhaushälfte der MacArthurs stand, parkte den Wagen und klingelte.

Wie immer öffnete ihr Mr. MacArthur freudestrahlend die Tür, während aus dem Hintergrund die Stimmen der ersten Gäste drangen.

„Mrs. Cochrane", begrüßte er Sam. „Kommen Sie rein."

Sam folgte Mr. MacArthur durch den Flur, vorbei an der geschlossenen Tür zum Wohnzimmer, in Richtung Küche. Dort stellte sie den Styroporbehälter auf dem Beistelltisch ab und holte ihr Handy aus der Hosentasche.

Zeit, Abbitte zu leisten, dachte Sam und atmete tief durch.

Doch ehe sie Mr. MacArthur von Wesleys nächtlicher Fressattacke berichten konnte, kam Mrs. MacArthur voller Vorfreude in die Küche.

„Mrs. Cochrane, wie schön, Sie zu sehen." Sie linste an Sam vorbei auf den Beistelltisch und lächelte. „Ich kann die feine Mokka-Note Ihrer Torte schon schmecken."

„Ähm, was die Torte angeht", begann Sam, entsperrte ihr Handy und öffnete das Bilderalbum. „Wenn ich Ihnen jetzt erzähle, dass heute Nacht ein alter Bekannter in die Küche meines Cafés eingebrochen ist und Ihre halbe Torte verputzt hat, würden Sie zu Recht skeptisch sein." Sam drehte das Handy so, dass Mr. und Mrs. MacArthur das Foto von dem Schlachtfeld sehen konnten, das mal eine Torte gewesen war. „Deswegen habe ich ein Foto von der Katastrophe gemacht."

Mr. MacArthur reagierte als Erster und fragte Sam mit hochgezogener Augenbraue: „Meinen Sie mit ‚ein alter Bekannter' eine ganze Horde?"

Mrs. MacArthur lachte auf. „Dasselbe wollte ich auch fragen, Hamish", sagte sie und ging an Sam vorbei auf die Styroporverpackung zu.

„Schön wäre es", erwiderte Sam. „Aber das war tatsächlich ein einzelner Mensch. Jedenfalls …"

„O mein Gott, die Torte sieht ja aus wie eine echte Birne", hauchte Mrs. MacArthur begeistert und winkte ihren Mann zu sich.

Sam atmete innerlich derart laut auf, dass sie absurderweise befürchtete, jeder im Haus hätte sie gehört.

„Wow, sie ist wunderschön", sagte Mr. MacArthur und nickte anerkennend.

„Und sie geht aufs Haus."

„Sind Sie verrückt geworden, Mrs. Cochrane?" Mr. MacArthur und Mrs. MacArthur sahen sich verwirrt an.

„Ich habe nicht das geliefert, was Sie bestellt haben."

„Papperlapapp. Um diese Torte wird mich jeder meiner Gäste beneiden." Mrs. MacArthurs Augen strahlten und sie umarmte Sam spontan. „Vor allem meine dauernörgelnde Cousine", fuhr sie fort, trat an die Styroporverpackung und hob die Torte heraus. „Die wird platzen vor Neid."

Mr. MacArthur hielt seiner Frau die Tür zum Flur auf.

„Und lass dir nicht erzählen, dass die Torte genauso viel kostet wie die, die wir sonst bekommen, Hamish", sagte sie zu ihrem Mann und verschwand um die Ecke.

Zehn Sekunden später hörte Sam laute Rufe, untermalt von begeistertem Klatschen.

„Sie haben meine Frau gehört, Mrs. Cochrane." Mr. MacArthur sah Sam abwartend an. „Also, was kostet eine solche Torte wirklich?"

***

Als Sam eine Stunde später den Mini in der Seitenstraße neben ihrem Café parkte, hatte sie seit langer Zeit mal wieder ein seliges Lächeln auf den Lippen.

Zum einen hatten Mr. und Mrs. MacArthur ganz anders auf das Mokka-Birnen-Torten-Desaster reagiert, als Sam befürchtet hatte. Dann hatte sie noch fünfzig Pfund mehr verdient als vorgesehen und vielleicht zwei weitere Aufträge für den nächsten Monat bekommen. Kaum hatte sie nämlich die Küche der MacArthurs verlassen, war ein aufgeregter Mann ihr entgegengekommen und hatte eine Torte für den dritten Hochzeitstag bei ihr bestellt. Zudem hatte Mrs. MacArthurs Enkelin Interesse an einer Torte für den fünfzigsten Geburtstag ihrer Mutter signalisiert und würde sie in den nächsten Tagen anrufen.

So darf es gern weitergehen, dachte Sam, betrat die Küche ihres Cafés und blieb wie angewurzelt stehen.

„Wesley James Harlington!", brüllte sie durch den Raum. „Meine Küche ist keine Selbstbedienungstheke, verdammt noch mal! Und wo ist überhaupt Diana?"

Obwohl Sam völlig konsterniert war, dass sie Wesley zum zweiten Mal innerhalb von vierundzwanzig Stunden beim Plündern ihres Kühlschranks erwischte, konnte sie sich ein Schmunzeln schwer verkneifen, als er sich schuldbewusst umdrehte. Knallrot im Gesicht, den Mund wie in der Nacht zuvor mit Mokkacreme beschmiert.

Wesley schluckte die Tortenreste runter. „Sie wollte noch schnell Sahne kaufen."

„Und da dachtest du, da du die erste Hälfte der Torte verschlungen hast, kannst du ruhig die zweite noch verdrücken, bevor du deinen Bestechungsversuch wieder mitnimmst?" Sam stellte ihre Tasche auf den Stuhl neben der Tür.

„Welchen Bestechungsversuch?", fragte Wesley verwirrt und folgte Sams Finger, der auf den Kaffeevollautomaten deutete.

„Das war eine Entschuldigung", begann Wesley, doch Sam wollte nichts hören, ließ ihn stehen und warf einen Blick in den leeren Gastraum, bevor sie in ihr Büro ging.

„Soll er sich doch an dieser blöden Torte tot essen", murmelte Sam und umrundete den Schreibtisch.

„Das finde ich jetzt überzogen", ertönte es hinter ihr und ehe Sam protestieren konnte, hatte Wesley sich zu ihr ins Büro gesellt und die Tür abgeschlossen. Den Schlüssel ließ er stecken.

„Was wird das, wenn ich fragen darf?" Sam verschränkte die Arme vor der Brust und funkelte Wesley böse an. „Dir ist hoffentlich klar, dass sich das hier Freiheitsberaubung nennt und eine Straftat ist."

„Setz dich lieber", sagte Wesley. Irgendwas an seinem zerknirschten Gesichtsausdruck ließ Sam das Schlimmste befürchten.

„Was hast du jetzt wieder angestellt?", fragte sie und spürte, wie die Freude über den gelungenen Nachmittag schlagartig verklang. Obwohl sie nicht vorhatte, nach seiner Pfeife zu tanzen, ließ sie sich auf den Plastikstuhl hinter dem Schreibtisch sinken.

Wesley zog die Arme hinter dem Rücken hervor und überreichte Sam einen Ordner.

„Wie zum Teufel? Was zum Teufel? Warum zum Teufel?", kommentierte Sam, was sie in dem Ordner erwartete.

Nachdem sie ihn bis zum Ende durchgeblättert und eine volle Umdrehung des großen Zeigers auf der Uhr durchgeatmet hatte, blickte sie erst auf die verschlossene Schublade zu ihrer linken und anschließend Wesley fest in die Augen.

„Was fällt dir eigentlich ein?" Heute konnte ihr Tonfall Diamanten schneiden.

„Bevor du ausflippst", begann Wesley und stockte, als Sam zuckender Mundwinkel ihm klarmachte, dass er den denkbar schlechtesten Ansatz gewählt hatte. „Ich meine ..."

„Und ich meine, du verschwindest jetzt."

„Wieso bist du so verdammt stur, Sam? Ich will dir doch nur helfen.“

„Helfen?“

„Ja, natürlich. Was glaubst du, wofür die Unterlagen sonst sind?“

Sam knallte den Ordner vor Wesley auf den Tisch und sprang von ihrem Stuhl hoch. „Die Unterlagen sind dafür da, dein schlechtes Gewissen zu beruhigen, weil du nach all den Jahren hier in Paisley auftauchst und nichts als Unheil anrichtest!“

Ehe Wesley reagieren konnte, ging Sam um den Tisch und schloss die Tür auf.

Mit einer eindeutigen Geste forderte sie Wesley auf zu gehen und als er keine Anstalten machte aufzustehen, sagte Sam das Verletzendste, was ihr einfiel. „All die Jahre, in denen dich hier niemand vermisst hat, Wesley. Niemand.“

Als seine Schultern nach unten sackten, bekam Sam für einen klitzekleinen Augenblick ein schlechtes Gewissen. Doch sie entschied, dass es nicht ihre Aufgabe war, für sein Seelenheil zu sorgen.

„Okay“, sagte Wesley niedergeschlagen. „Ich lasse dir den Ordner trotzdem da, falls du es dir anders überlegst.“ Er ging an Sam vorbei in den Flur. „Das Angebot bleibt bestehen.“

***

„Das ist wohl nicht gut gelaufen“, analysierte Diana Sams aufgebrachtes Werkeln in der Küche, als sie fünf Minuten später mit einem Karton voller Sahnebecher zurückkkam.

„Du wusstest davon?"

„Ich wusste bis vorhin nicht, dass er sich deine Unterlagen im Büro angesehen hat." Diana räumte die Sahne in den Kühlschrank und stellte den Karton auf die Arbeitsfläche. „Aber ich habe ihm beim Essen im *Drunken Angel* erzählt, wie es um das *Cake 'n' Coffee* steht. Und ich habe angedeutet, dass deine Umbaupläne ins Stocken geraten sind."

„Was? Wie konntest du nur?", fragte Sam mit tränenerstickter Stimme und erst jetzt huschte Dianas Blick zu ihren sicher rot unterlaufenen Augen.

„Sam", flüsterte Diana, über deren Wange sofort die erste solidarische Träne rollte, und nahm ihre Freundin in den Arm. „Meinst du nicht, es ist jetzt endlich an der Zeit, dass du mir erzählst, was damals zwischen dir und Wesley vorgefallen ist?" Kurz ließ sie Sam los und holte zwei Taschentücher aus einer der Schubladen. „Sam?", schubste Diana ihre Freundin in die richtige Richtung, als diese nichts sagte.

„Er hat mich sitzengelassen", antwortete Sam einsilbig.

„Das dachte ich mir, Sam. Aber ihr wart noch so jung, dass es mich ..." Sie zögerte. „Dass es mich wundert, dass dich die Geschichte zwischen euch noch heute derartig mitnimmt."

Ja, wir waren noch so jung, dachte sie und schaffte es nicht mehr, die Flut all der über Jahre verbannten Bildern abzuwehren. Der Kniefall unter einer Straßenlaterne nach einem chaotischen Restaurantbesuch, bei dem Wesley durchgehend geschwitzt hatte. Ein geflüstertes ‚Willst du meine Frau werden?' und ein ergriffen gehauchtes ‚Ja'. Das weiße, schlichte Kleid mit schimmernder Spitze am Ausschnitt in einem Schaufenster. Efeuranken aus echtem Silber aus dem Secondhandlanden um ihren Ringfinger; längst samt dem Kästchen auf dem Müll gelandet.

„Wir wollten heiraten“, hauchte Sam von ihren Erinnerungen übermannt, obwohl sie Diana nichts davon hatte sagen wollen.

Fassungslos schnäuzte Diana sich in die leere Hand statt in die mit dem Taschentuch. „Wie bitte?“

„Wir wollten damals zusammen nach London“, fuhr Sam kopfschüttelnd fort, während Diana sich die Hände wusch. „Er wollte dort studieren und ich wollte eine Konditorschule besuchen, für die ich bei einem Backwettbewerb ein Stipendium für das erste Jahr bekommen hatte. Nach unseren Abschlüssen wollten wir zurück nach Paisley, heiraten und Kinder bekommen. Wesley hätte bei einer großen Bank angefangen und ich hätte das Café meines Vaters mit ihm zusammen weitergeführt und es übernommen, sobald mein Vater sich zur Ruhe gesetzt hätte. Wir hatten ausgemacht, dass wir nach der Schule das halbe Jahr, das wir ohnehin warten mussten, bis unsere Kurse begannen, in Paisley bleiben, um in Ruhe alles für London vorzubereiten, und dann ...“ Unvermittelt brach Sam die Stimme weg. Es war das erste Mal, dass sie mit jemandem außer ihrem Vater über die schlimmste Zeit ihres Lebens, über den tiefsitzenden Verrat sprach, und es tat heute ebenso weh wie damals.

„Was ist passiert, Sam?“, fragte Diana sanft.

„Ich weiß es nicht“, schniefte Sam und putzte sich die Nase. „Plötzlich wollte Wesley sofort nach der Schule nach London und hat angefangen, von verschwendeter

Zeit zu reden. Von heute auf morgen sprach er nur noch davon, Karriere machen zu wollen. Meinte, er wollte mehr als den Rest seines Lebens in einer kleinen popeligen Bank arbeiten und später Mitbesitzer eines mäßig laufenden Cafés sein. Und dass er nicht mitansehen wollte, wie ich mein Potential verschenke." Sam brach erneut die Stimme weg, ehe sie es schaffte, zwei letzte Sätze rauszubringen. „Er hat mir ein Ultimatum gestellt, das ich nicht bereit war zu akzeptieren. Und dann war er weg. Einfach weg."

Sam schluchzte und presste die Hand vor den Mund. Es hatte sie eine Menge Kraft gekostet, im Auge des Orkans an schmerzhaften Erinnerungen auszuharren, doch jetzt konnte sie einfach nicht mehr. Sie fühlte sich genauso am Ende wie damals. Fühlte sich verlassen, verraten und gedemütigt.

Nur allein, allein fühlte sie sich heute wie damals nicht, als Diana sie anstelle ihres Vaters in die Arme nahm und ihr die Schulter bot, die sie jetzt dringender als die Luft zum Atmen brauchte.

Eine Weile standen die beiden einfach zusammen in der Küche.

„Und genau aus dem Grund solltest du sein Angebot annehmen. Lass ihn bei dem Kredit für dich bürgen."

Sam löste sich aus Dianas Umarmung und sah ihre Freundin verdutzt an. „Ich weiß, du meinst es gut, Diana ..."

„Nein", unterbrach Diana Sam. „Du verstehst nicht. Ich will nicht, dass du den Kreditvertrag unterschreibst, weil ich seinen kümmerlichen Entschuldigungsversuch billige, sondern weil er es dir schuldet. Es dir verdammt noch mal schuldet“, wiederholte sie mit fester Stimme.

„Ich will nicht … ich will nicht, dass Wesley irgendetwas für mich bezahlt“, sträubte sich Sam unsicher.

„Sam.“ Diana packte ihre Freundin an den Oberarmen und sah ihr in die Augen. „Sieh es als Chance, dir deinen Traum von einem neugestalteten, moderneren Café zu erfüllen. Sieh es als Chance, deine Zukunft in die eigenen Hände zu nehmen.“ Sie gab ihrer Freundin einen aufmunternden Kuss auf die Stirn. „Und sieh es mal so: Solange alles gut läuft, wirst du keinen Penny von Wesley brauchen. Und sollte dein Vorhaben wider Erwarten in die Hose gehen, wird er ordentlich für das bluten, was er dir angetan hat.“ Sie grinste und zuckte mit den Schultern. „Also ich nenne das eine Win-Win-Situation par excellence.“

11 BETTGEFLÜSTER

„Sag mal, Tommy", schnurrte Diana verführerisch und schwang sich auf seine nackten Oberschenkel. Während er seit fünf Minuten mit zwei seiner Polizeihandschellen an die Pfosten ihres Bettes gefesselt war, konnte Diana ihre Hände frei bewegen und fuhr mit dem Fingernagel in Schlangenlinien über seine Brust und seinen Bauch bis hin zu seinen Lenden.

„Mh", kam es von Tommy und sein erwartungsvoller Blick sprach Bände.

„Meinst du, du könntest mir einen Gefallen tun und Wesley dazu überreden, während der Umbauarbeiten des Cafés in Paisley zu bleiben?"

Tommys freudiger Gesichtsausdruck verblasste. „Ich rede eigentlich nicht gern über andere Männer, wenn ich mit der schönsten Frau Großbritanniens nackt im Bett liege."

Diana sah nach unten und grinste. „Das merkt man."

„Du Biest", feixte Tommy und schnellte nach vorne, um Diana in die Schulter zu beißen, kam aber nicht weit genug.

„Na, na, na, wer wird denn da frech?" Tadelnd wedelte sie mit dem Finger vor seiner Nase und rückte ein Stück von ihm ab. „Also? Wirst du mir helfen, Wesley davon abzuhalten, morgen früh nach London zurückzufahren?"

Tommy verdrehte die Augen, ehe sein sehnsüchtiger Blick erneut an Dianas nacktem Körper hängenblieb.

„Okay", murmelte er seufzend. „Nehmen wir mal an, deine verrückte Theorie, Sam und Wesley sind vom Schicksal füreinander ..."

„Das ist keine Theorie, Tommy, das ist eine unbestreitbare Tatsache. Ich habe dir doch erzählt, was er gesagt hat, in dem Büro in Edinburgh. Wie flehentlich seine Stimme war und dass ich in dem Moment dachte, er würde ein Stück seiner Seele verlieren."

„Nachdem du ihn betrunken gemacht hast."

„Genau das ist der Knackpunkt. Kinder und Betrunkene sagen nun mal die Wahrheit."

Tommy zog die Unterlippe zwischen die Zähne, wie er es immer tat, wenn er nachdachte. „Und wie soll ich Wesley dazu kriegen, hierzubleiben? Als er heute Nachmittag aus dem *Cake 'n' Coffee* kam, war er übelst schlecht drauf und hat gesagt, dass er morgen früh abreisen wird."

„Das ist leicht. Du machst ihm Hoffnung, indem du ihm sagst, dass Sam die Unterlagen für den Kredit unterschrieben und zu Mr. Macpherson gebracht hat. Der wiederum, dank Wesleys gutem Zureden, den Kredit ohne Murren bewilligt und alles sofort in die Wege geleitet hat. Das heißt, Sam kann mit den Umbauarbeiten Anfang oder Mitte nächster Woche beginnen. Und da kommt Wesley ins Spiel."

„Ich würde ja gleich mit meinem ganzen Arm eine drehende Bewegung machen, um dir anzudeuten, dass du weiterreden sollst, aber mir sind die Hände gebunden, wie du weißt", kommentierte Tommy Dianas

Kunstpause und spitzte die Lippen, als habe er sich für sein Wortspiel einen Kuss verdient.

Diana verdrehte die Augen und fuhr fort: „Na ja, zum einen braucht Sam Hilfe beim Ausräumen des Cafés und dabei, alle intakten Möbelstücke auf dem wöchentlichen Flohmarkt oder in Richards Gebrauchtwarenladen zu verkaufen. Wir beide wissen, dass Richard versuchen wird, Sam übers Ohr zu hauen, von den Flohmarktschnäppchenjägern ganz zu schweigen."

„Mh." Tommy zog erneut die Lippe zwischen die Zähne. „Ich weiß nicht, ob das ausreichen wird. Wesley könnte sagen, dass ich Sam damit helfen kann. Oder du."

„Deswegen ..." Diana beugte sich zu Tommy herunter und gab ihm einen innigen, leidenschaftlichen Kuss. „... beauftrage ich niemand Geringeren als dich, den König der Theatralik ..."

„Hey, das ist unfair", keuchte Tommy und schwieg abrupt, als Diana den Finger erst auf seine Lippen legte und ihn anschließend dazwischenschob.

„Beauftrage ich dich damit, alle Register zu ziehen und Wesley einzubläuen, dass jeder, wirklich jeder in Paisley versuchen wird, Sams Gutmütigkeit auszunutzen. Dass jedem beim Ausmessen der Räume auffallen wird, dass er zu knapp kalkuliert hat. Dass jeder Kostenvoranschlag, den Wesley ausgemacht hat, hinfällig wird, sobald er nach London zurückfährt und Sam die Termine und Verträge mit den Firmen allein ausmachen muss."

Diana lächelte und befand, Tommy genug gequält zu haben. Sie nahm die Schlüssel für die Handschellen und band ihn los.

Kaum waren Tommys Hände befreit, packte er Diana an der Hüfte, drehte sie auf den Rücken und legte sich mit den Armen auf dem Bett abgestützt auf sie.

„Dein Wunsch ist mir Befehl", sagte Tommy heiser, zog jedoch die Lippe abermals zwischen die Zähne, ehe er sagte: „Aber ich helfe dir nur, Sam und Wesley zusammenzubringen ..." Er zögerte.

„Spuck es schon aus."

„Wenn wir aufhören, uns heimlich bei dir oder mir zu treffen, und unsere Beziehung offiziell machen", sprudelte es aus Tommy heraus.

Diana starrte ihn einen Moment völlig perplex an, dann wand sie sich brummelnd unter ihm heraus.

„Verdammt. Hör zu, es ...", begann er, drehte sich auf den Rücken und sah frustriert zu, wie Diana zu ihrem Klamottenberg ging und darin wühlte. In der Hosentasche ihrer Jeans fand sie schließlich ihr Handy und öffnete die Facebook-App.

„Zufrieden?", fragte sie und reichte ihm sein Handy vom Nachttisch.

Mit hochgezogener Augenbraue entsperrte er es und zusammen sahen sie die rote Zahl vierundzwanzig auf dem Icon seiner App. Als er diese öffnete und die neueste Benachrichtigung las, dass Diana MacDuff in einer Beziehung mit ihm war, strahlte er übers ganze Gesicht, sprang aus dem Bett und küsste Diana, bis sie beide kaum noch Luft bekamen.

„Du bist ein echter Holzkopf, Thomas Ward", keuchte Diana zwischen ihren Küssen, während er sie mit sich zurück zum Bett zog. „Weil du mich so lange hast zappeln lassen, bevor du Nägel mit Köpfen machst."

„Du meinst ...", stotterte Tommy verwirrt.

„Ja, du Holzkopf“, wiederholte Diana grinsend. „Ich meine, dass ich echt warten musste, ehe du den ersten Schritt in Richtung ernste Beziehung machst.“

Tommy stöhnte. „Und ich habe mich bis eben nicht getraut zu fragen.“

„Sag ich doch, du bist ein Holzkopf.“ Lachend warf Diana den Kopf in den Nacken und krallte sich an Tommys Schultern fest, als dieser ihren Hals küsste, ehe die beiden ihren neuen Beziehungsstatus in privater Atmosphäre besiegelten.

***

Als Tommy seine Wohnung zwei Stunden später betrat und noch Licht in der Küche sah, atmete er erleichtert auf. Nach Wesleys schlechter Laune am Nachmittag zu urteilen, hätte sein Freund auch längst auf dem Rückweg nach London sein können.

Ein flüchtiger Blick in den Garderobenspiegel im Flur sagte Tommy, dass sein Gefühl stimmte. Sein reflektiertes Antlitz strahlte wie das eines Mannes, dessen größter Wunsch der letzten Wochen endlich in Erfüllung gegangen war und der noch vor zwanzig Minuten zum zweiten Mal an diesem Abend echt heißen Sex mit seiner Angebeteten gehabt hatte. Er würde das freudige Grinsen nicht mehr aus dem Gesicht bekommen. Jetzt, da er in einer Beziehung mit der Frau seiner Träume war.

Als sich sein Grinsen verbreiterte, drückte Tommy seine Wangen nach vorne und versuchte sich zusammenzureißen. Schließlich wollte er Wesley nach dessen herber Klatsche am Nachmittag nicht mit seiner exorbitanten Fröhlichkeit verschrecken.

Denn obwohl er Diana damit aufgezogen hatte, war ihm klar, dass nur ein Blinder übersehen könnte, dass die Anziehungskraft zwischen Sam und Wesley nie erloschen war.

„Keine Bewegung, Sir!", rief Tommy, als er die Küche betrat. „Wer sind Sie? Und was haben Sie in meiner Wohnung verloren?"

„Ein verschwissener Blooser", kam es von Wesley. „Ein verschwissener Blooser, das binsch."

„Ach du Scheiße", entfuhr es Tommy. Langsam umrundete er Wesley und zählte die leeren Bierflaschen auf dem Tisch.

Neun und zudem drei benutzte Schnapsgläser, dachte er und sah Wesley besorgt an. Wenn seine Erinnerung ihn nicht trog, waren vier Bier die Grenze gewesen, bevor die wesley'sche Nörgelphase in greifbare Nähe rückte.

„Hey, Mann, alles in Ordnung?" Tommy legte Wesley die Hand auf die Schulter.

„*Blooser!*", schrie der statt einer Antwort und funkelte sein Spiegelbild an, das er in der Tür der Mikrowelle entdeckt hatte.

„Okay, okay. Was hältst du davon, wenn ich dich ins Bett bringe?", fragte Tommy vorsichtig und nutzte das, was er im Schulungskurs für Deeskalation gelernt hatte – Beruhigendes Sprechen.

„Wilsch nisch." Wesley zog seine Schulter von Tommys Hand weg, stand torkelnd auf und steuerte auf den Hängeschrank zu, in dem Tommy seinen Schnaps aufbewahrte. „Rot, gelb, grün! Die Ampsel macht tuut tuut!"

„Tut mir leid, Kumpel", murmelte Tommy, nahm seine Handschellen von der Uniform und legte sie Wesley mit drei geschulten Handgriffen hinter dem Rücken an.

„Wilsch nisch!", protestierte Wesley und zappelte in Tommys Griff.

„Setzen, Freundchen!" Tommy sprach bestimmt, aber leise, um nicht das gesamte Haus aufzuwecken, sofern Wesley das noch nicht geschafft hatte. Indem er Wesley leicht in die Kniekehlen trat, schaffte er es, ihn zurück auf den Küchenstuhl zu befördern.

„Aua", jammerte Wesley und schüttelte den Kopf wie ein motziges Kind.

Tommy füllte ein Glas mit Leitungswasser und hielt es Wesley vor den Mund. Viel würde es in seinem Zustand nicht bringen, aber es war besser als nichts.

„Fein gemacht", lobte Tommy Wesley, der sich erstaunlicherweise nicht querstellte und das Wasser trank.

„Scharkaschamusch wilsch nisch."

Tommy musste sich auf die Zunge beißen, um nicht zu lachen. Es war schon immer erstaunlich gewesen, wie ein bisschen Alkohol aus Wesleys beneidenswerter Eloquenz ein zum Schreien komisches Gebrabbel machte. Dass sein Kumpel aus Schultagen längst jenen Pegelstand des Alkoholkonsums erreicht hatte, in dem seine Hirnzellen mehr damit beschäftigt waren, sich gegenseitig zuzuprosten, als ihren eigentlichen Funktionen nachzugehen, war nicht zu übersehen.

„Und?", fragte Tommy, als Wesley aufhörte mit dem Fuß gegen das Bein seines Küchentisches zu treten. „Haben wir uns jetzt wieder beruhigt?"

„Bibbibbibbib."

„Ich werte das mal als ein ‚Ja'." Tommy stellte das Wasserglas auf der Spüle ab, drehte einen der Stühle mit der Lehne in Richtung Wesley und setzte sich ihm gegenüber. „Und jetzt langsam zum Mitschreiben. Was ist los mit dir?"

„Sam", schnaufte Wesley. „Sams losch."

„Erzähl mir was Neues", sagte Tommy trocken. Als Wesley ihn mit aufgerissenen Augen anglotzte, als sei er ein Marsmensch, der einen Pinguin um den Bauch geschnallt hatte, fügte er hinzu: „Ich befürchte, es ist kein Geheimnis, dass du nie über Sam hinweggekommen bist."

„Binsch wohl! Isch ..."

Schnell hielt Tommy ihm den Mund zu. „Wesley. Die Leute in der Wohnung nebenan schlafen schon. Könntest du bitte leiser sein?"

Erst als Wesley nickte, ließ Tommy seine Hand wieder sinken.

„Binsch ...", setzte Wesley stur an, doch Tommy ließ ihn nicht ausreden.

„Pass auf, Wesley. Du kannst vielleicht dich verarschen, aber nicht mich. Ich bin geschulter Polizist. Ich sehe es sofort und immer, wenn jemand lügt."

Wesleys argwöhnischer Blick schaffte es beinahe, dass Tommy die Contenance verlor. Sein Freund sah nämlich exakt wie die Schauspieler aus, die Verschwörungstheoretiker spielten, die in einem FBI-Verhörraum saßen.

„Und jetzt erzähl Sergeant Tommy, warum du glaubst, ein Looser zu sein."

„Weilsch dumm war", wisperte Wesley. „Scho verdammt dumm." Als Wesley den Blick hob und ihn ansah, zerriss es ihm fast das Herz. „Und jetztsch isch zu spät."

Am liebsten hätte Tommy ihm hier und jetzt gesagt, worum Diana ihn gebeten hatte, aber er befürchtete, dass sein Freund sich morgen an kein einziges Wort mehr erinnern würde. Stattdessen sagte er: „Es ist nie zu spät, Wesley."

12 ERINNERUNGSLÜCKEN

„Auch schon wach, Prinzessin?"

Wesley warf nur einen kurzen Blick zu Tommy, der ihn über den Rand seiner Zeitung beobachtete, und konzentrierte sich dann auf die zwei Kopfschmerztabletten in seiner Hand und die Vorfreude auf das nachlassende Druckgefühl. Er spülte sie mit Wasser herunter, ehe er es sich anders überlegte und noch eine dritte nahm.

„Harte Nacht, was?"

„Wenn ich ehrlich bin, habe ich keine Ahnung, was passiert ist." Er stellte das Glas in die Spülmaschine und setzte sich zu Tommy an den gedeckten Tisch. „Aber dein amüsierter Gesichtsausdruck sagt mir, dass du es weißt."

„Schwarztee oder was anderes? Toast oder Brötchen?", fragte Tommy und legte die Zeitung zur Seite.

„Schwarztee, Toast und eine Antwort auf meine Frage."

Tommy steckte grinsend zwei Brotschreiben in den Toaster und setzte das Wasser für den Tee auf. „Sagen wir mal, du hattest einen durch Alkohol bedingten nostalgischen Anfall."

„Definiere nostalgisch", forderte Wesley zähneknirschend. Zu seinem Leidwesen konnte er sich gut vorstellen, was Tommy meinte.

„Du hast öffentlich zugegeben, dass du mit Sam einen Fehler gemacht hast."

„Öffentlich?" Wesley erstarrte und spürte sein Herz erneut aufbrausen. Genau wie am Abend zuvor, als ihn Sams Sturheit derart aufgeregt hatte, dass er in den eisernen Griff seiner neuerlichen, arbeitsbedingten Stress- und Panikattacken geraten war. Ein Bier hatte er zur Beruhigung trinken wollen, ein zweites war gefolgt und dann verlor sich seine Erinnerung.

„Keine Sorge", hörte er Tommy wie durch Watte. „Mit öffentlich meinte ich mich und nicht ... hey, Wesley? Wesley, was ist los?"

Tommys schnippender Finger brachte Wesley zurück in die Küche seines Freundes.

„Scheiße, geht es dir gut?"

„Alles bestens", versuchte Wesley mehr sich selbst als Tommy zu beruhigen.

„Sag das mal deinem schneeweißen Gesicht."

„Ich habe wohl tiefer ins Glas geschaut als gedacht", verharmloste Wesley seinen Zustand, streckte sich gähnend und lenkte vom Thema ab. „Ich sollte doch besser erst heute Nachmittag zurückfahren." Er wollte gar nicht wissen, was er Tommy im volltrunkenen Zustand alles erzählt hatte.

Wenn es nur halb so viel war, wie mir gestern Abend vor der Biereskapade klar geworden ist, bin ich am Arsch, stöhnte er innerlich.

„Wann hast du eigentlich gemerkt, dass du Sam noch liebst?"

Wesley zuckte zusammen wie ein ertappter Lausbub mit den Fingern im Bonbonglas. *Ich und Sam noch lieben, das ist ja wohl der größte Blödsinn,* dachte er und versuchte, durch ruhiges Atmen seinen Puls wieder unter Kontrolle zu bringen.

„Jetzt werd nicht albern", blockte er ab. „Man liebt niemanden, den man über zwölf Jahre nicht gesehen hat."

Tommy schnalzte mit der Zunge. „Okay, ich revidiere meine Frage. Wann hast du bemerkt, dass Sam, ihr Café und ihr Leben dich mehr interessieren, als du dir vorgemacht hast?"

Wesley wand sich weiter. „Sam, ihr Café und ihr Leben interessieren mich nicht die Bohne."

Tommy stellte den Teller mit den sechs fertigen Toastscheiben auf den Tisch und setzte sich zu Wesley. In aller Ruhe schmierte er sich Butter und Marmelade auf einen Toast, biss ab und kaute genüsslich, ehe er eine Schluck Tee zum Nachspülen nahm. „Dann interessiert es dich vermutlich auch nicht, dass Sam die Unterlagen für den Kredit unterschrieben und gestern noch zur Bank gebracht hat?"

„Nein", antwortete Wesley. Den Versuch Tommys, möglichst beiläufig zu klingen, durchschaute er spielend.

„Und dass sie heute mit dem Ausmisten des *Cake 'n' Coffee* anfängt und jede Hilfe beim Schleppen und Verkaufen ihrer alten Möbel gebrauchen könnte?"

Wesley stieß einen gleichgültiges ‚Pfff' durch die Zähne. „Warum sollte mich das kümmern?"

„Und dass Diana große Angst hat, dass Sam trotz deiner Bemühungen, faire Kostenvoranschläge auszuhandeln, von allen übers Ohr gehauen wird?"

Wesley griff gerade nach der Aprikosenmarmelade, hielt aber mitten in der Bewegung inne. „Wie meinst du das?"

„Ich weiß nicht wieso, aber Diana war gestern Abend ziemlich aufgebracht und besorgt. Sie meinte, Sam habe ein derart gutes Herz, dass sie sich von allen über den Tisch ziehen lassen wird."

Langsam legte er den Toast auf seinen Teller. Leider war da etwas dran.

„Du weißt, wie es laufen kann", schob Tommy theatralisch hinterher. „Hier hundert Pfund mehr wegen plötzlich im Preis nicht mehr inbegriffener Zusatzarbeit. Dort fünfhundert mehr für Material, das niemals verwendet wurde. Und am Ende sitzt Sam, ein Herz so groß wie Paisley, auf den doppelten Kosten, hat aber nur ein halbfertiges Café. Du weißt doch, dass sie noch nie gut Nein sagen konnte."

„Mh", grunzte Wesley und kaute monoton auf seinem Toast herum. „Vielleicht ... sollte ich am Anfang lieber ein Auge auf die Umbauarbeiten und die Vertragsabschlüsse haben. Natürlich nur, weil ich nicht will, dass Sam die Sache in den Sand setzt und ich dafür geradestehen muss", erklärte er rasch seinen Sinneswandel, weil ihm Tommys Grinsen nicht gefiel und er nicht wollte, dass sein Freund den falschen Eindruck bekam. Schließlich ging es hier einzig und allein um seine Pflichten als Bürge und die etwaigen Kosten, auf denen er sitzenblieb, wenn die Sache schieflief.

„Apropos ein Auge auf etwas werfen", sagte Wesley, um endlich von dem Thema Sam wegzukommen und seinem aufdringlichen Freund eins auszuwischen. „Hast du mir nicht gestern erzählt, es gäbe einen größeren Einsatz und du müsstest auf die Dienststelle, um auszuhelfen? Wie konnte dir Diana dann ihr Leid klagen? Oder war sie zufällig gestern dort?"

Doch anstatt wie neulich rot zu werden, entsperrte Tommy freudestrahlend sein Handy, tippte darauf herum und hielt es Wesley vor die Nase.

„Gratulation", sagte Wesley gezwungen munter, als ihn völlig unvorbereitet ein Gefühl von Neid und Verlust überkam, obwohl er sich doch ehrlich für Tommy freuen wollte.

13 ALTE MÖBEL, KLEMMENDE TÜREN UND MÄNNLICHE DIVEN

„Was macht *der* hier?", fragte Sam wenig begeistert und wischte sich den Schweiß von der Stirn. Seit dem frühen Sonntagmorgen sortierte sie mit Hilfe von Diana die Möbel aus dem Gastraum in gute und unbrauchbare. Jetzt schaute sie mürrisch auf die beiden Neuankömmlinge, die über die Straße auf das Café zukamen.

„Na ja, ich dachte, ich nutze meinen neuen Beziehungsstatus und verlange von meinem festen Freund, dass er heute hier hilft." Diana zuckte mit den Achseln. „Ich meine, dafür hat man doch feste Freunde, oder nicht?"

„Dass du dich nicht schämst", raunzte Sam Diana in dem Moment zu, als Tommy und Wesley das *Cake 'n' Coffee* betraten.

Als wüsstest du nicht, dass ich nicht von Tommy geredet habe, schluckte Sam ihren Vorwurf an Diana herunter und wandte sich demonstrativ von den beiden Männern ab.

„Richard kommt in fünfzehn Minuten", informierte sie die Neuankömmlinge knapp. „Holt mich, wenn ihr seinen Transporter seht. Ich bin hinten in der Vorratskammer ausmisten."

Sam nahm einen der zwei großen Körbe für die Zwischenlagerung der Lebensmittel und ging in die Küche.

Die drei Musketiere würden mit Sicherheit auch ohne sie auskommen – ein eingeschworenes Team waren sie ja schon.

„Ich bin doch nicht dämlich." Sam prüfte die Obstkonserven auf ihre Haltbarkeit und sortierte sie in die Körbe und den Karton mit der Aufschrift ‚abgelaufene Lebensmittel‘, den sie als Türstopper hingestellt hatte.

Schließlich konnte sie eins und eins zusammenzählen. Tommy ließ Wesley bei sich wohnen, Diana hatte sich heimlich mit ihm getroffen und beide hatten ihm brühwarm alles erzählt, was er hatte wissen wollen. Nahm man den Umstand hinzu, dass Diana ihr heute Morgen auf ihre verwirrte Frage nach ihrem neuen Beziehungsstatus freudestrahlend gebeichtet hatte, sie und Tommy seien seit einem halben Jahr zusammen und hätten sich entschlossen, eine ernste Beziehung einzugehen, war der Sachverhalt sonnenklar.

Zum einen wusste Sam jetzt endlich, wer der ominöse Mann war, mit dem Diana in den letzten Monaten öfter ausgegangen war und von dem sie ihr erst Näheres erzählen wollte, wenn sich – hoffentlich – was Ernstes daraus ergab. Weswegen Sam Diana am heutigen Morgen, obwohl sie ihr nichts von *Tommy* erzählt hatte, auch nicht lange böse gewesen war. Denn Diana war, sobald es um sich anbahnende Beziehungen ging, die abergläubischste Person, die Sam kannte. Erst vor zwei Jahren hatte sie ein verflixtes siebtes Date gecancelt, weil es in der verflixten siebten Woche hätte stattfinden sollen. Wie absurd diese Analogie zum verflixten siebten Ehejahr war, hatte Sam Diana nicht vermitteln können. Ihr waren es einfach zu viele verflixte Siebener gewesen.

Zum anderen hatten Diana und Tommy Wesley in ihrer Beziehungs-Euphorie adoptiert wie einen streunenden, großäugigen Welpen, den man nicht allein zu Hause lassen konnte, weil er die Möbel anknabberte und überall hinmachte.

Bei der Idee von einem Wesley, der überall hinmachte, schüttelte es Sam gleichzeitig vor Ekel und vor Lachen.

„Wenn dich eine Packung Mehl schon derart erheitert, was wirst du erst hierzu sagen?"

Sam drehte sich um und sah Wesley betont genervt an. „Was ist das?", fragte sie und schaute auf den Karton, den er in der Hand hielt. „Doch nicht der Karton mit den Sachen für den Müll?"

Mit einem Knall fiel die Tür der Vorratskammer ins Schloss.

Irritiert blickte Wesley zwischen dem Karton und der Tür hin und her. „Sag bloß, du hast noch immer keinen Ersatzknauf besorgt?"

„Deswegen stand der Karton da!", rief Sam aufgebracht, ging an Wesley vorbei und betete, dass die Tür heute einen guten Tag hatte. „War klar", grollte sie und hämmerte gegen die Tür, die sich selbstverständlich nicht öffnen ließ. „Diana, Tommy! Hört ihr mich?"

„Die beiden helfen Richard, die Möbel in den Transporter zu laden." Wesley stellte den Karton auf einem der leeren Regalbretter ab. „Außerdem haben sie das Radio eingeschaltet."

„Das hast du fein gemacht, Wesley, ganz fein", sagte Sam, noch in ihrem Hunde-Vergleich verankert.

„Wie? Du benutzt in einem tadelnden Satz nicht meinen gesamten Namen? Habe ich etwa Geburtstag?"

„Oh, wir haben heute also einen Clown gefrühstückt?"

Wesley hob abwehrend die Hände und erst jetzt fiel Sam auf, dass er ein Bündel Geldscheine festhielt und dass er gesagt hatte, Diana und Tommy würden Richard helfen.

„Ihr habt meine Möbel verkauft, ohne mich zu holen? Das ist ja wohl das Letzte!"

„*Ich* habe deine Möbel verkauft", sagte Wesley und trieb Sam mit seinem selbstzufriedenen Tonfall an den Rand eines Wutausbruchs. „Und knapp das Doppelte von dem rausgeschlagen, was Richard dir am Telefon geboten hat."

Verwirrt von der Summe brachte Sam nicht mehr heraus als: „Das Doppelte?" Ungläubig nahm sie Wesley die Pfundnoten aus der Hand, zählte sie und stammelte: „Siebenhundertfünfzig? Wie hast du das geschafft?"

„Verhandeln ist mein Beruf", antwortete Wesley und schaffte es mit seinem erneut selbstzufriedenen Tonfall, dass Sam sich wieder fing.

„Das hast du fein gemacht, Wesley, ganz fein", wiederholte sie, sah Wesley an und fügte nicht weniger sarkastisch hinzu: „Hol dir zur Belohnung doch ein Leckerchen aus einer der Konserven."

Als sie ein Aufblitzen in seinen Augen erkannte, während sein Blick bei dem Wort ‚Leckerchen' über ihr Gesicht und ihren Körper glitt, machte sie einen Schritt rückwärts auf die Tür zu und hämmerte noch lauter gegen das Holz.

„Sam", hörte sie hinter sich über den Lärm, den sie veranstaltete, seine raue Stimme und presste sich instinktiv gegen die Tür, als könnte sie sie mit genügend Druck aus den Angeln reißen.

„Sam?“

Sie zuckte vor der Berührung an ihrer Schulter zur Seite, als wäre seine Hand ein glühendes Brenneisen, und versuchte sich aus der Nähe seines Körpers zu winden. Doch er war schneller und hielt sie an der Taille fest.

„Lauf doch nicht wieder weg“, flüsterte er mit belegter Stimme.

Und während Sam zusah, wie er den Kopf in Richtung ihrer Lippen senkte, spaltete sich ihre Seele in zwei Teile. Einer glitt links, der andere rechts aus ihr heraus. Der eine schrie sie an, ihn wegzustoßen, der andere, ihn zu sich zu ziehen. Einer wollte ihm die Augen auskratzen, der andere in ihnen versinken. Einer wollte ihn auf der Stelle, der andere ihn nie wiedersehen.

„Siehst du, wie ich es gesagt habe. Die blöde Tür ist zugefallen“, hörte Sam plötzlich Dianas Stimme, gerade als Wesleys Lippen die ihren berührten und einer der beiden Teile ihrer Seele den anderen ausstach. Doch als der Halt in ihrem Rücken nachgab und sich ihre und Wesleys Lippen unwillkürlich trennten, verlor der Teil, der schon geglaubt hatte zu gewinnen.

„Ähm ...“ Die Verlegenheit in Tommys Stimme gab Sam den Rest.

„Der Einzige, der je weggelaufen ist, bist du, Wesley“, gab sie erstickt zurück, drehte sie sich um und ließ ihn stehen.

***

139

„Erde an Diva.“ Tommy lehnte sich in den Türrahmen seines Wohnzimmers. „Könntest du mir jetzt einfach sagen, was passiert ist, anstatt deine Klamotten wie ein Wüterich in deinen Reisekoffer zu stopfen?“

„Nichts ist passiert.“ Wesley presste den zusammengeknüllten Berg aus T-Shirts, die er sich erst am Samstag gekauft hatte, in die Ecke seines Koffers.

„Okay, jetzt verstehe ich.“ Tommy legte seine allerfeinste Unschuldsmiene auf. „Du bist verärgert, weil du dachtest, du müsstest nur mit deinen Diven-Wimpern klimpern und Sam würde alles, was jemals zwischen euch vorgefallen ist, vergessen, dir um den Hals fallen, in deinen Augen versinken und sich die Klamotten runterreißen.“

„Das ist Schwachsinn!“, schnauzte Wesley. „Außerdem hast du die Situation missverstanden.“

„Missverstanden?“, fragte Tommy und lachte los. „Kumpel, selbst ohne meine Kurse in Körpersprache war die Situation eindeutig. Wären Diana und ich nicht aufgetaucht, hätten du und Sam die Vorratskammer zum zweiten Mal in eurem Leben zu eurem persönlichen Sündenpfuhl gemacht.“

„Wir haben dort nie ...“ Wesley brach ab, denn die Vorratskammer war einer ihrer Lieblings-Knutsch-Orte gewesen.

Und dann gab es da diesen einen schwülen Sommertag ...

„Ich wette einhundert Pfund, dass du es dir gerade vorstellst.“

Tommys amüsierter Tonfall raubte Wesley den letzten Nerv. „Hast du überhaupt einhundert Pfund, du notorischer Lebemann?“

„Lebemann?" Tommy zog das Wort gackernd in die Länge. „Du könntest kaum weiter von der Wahrheit entfernt sein."

„Aber früher ..."

„Ja, ja, ja, früher." Tommy winkte ab. „Keine Sorge, ich bin ein vorbildlicher Sparer geworden. Außerdem ...", flüsterte Tommy und sah sich verschwörerisch im Raum um. „Wenn ich doch mal knapp bei Kasse bin, verschwinden eben in unserer Asservatenkammer ein paar Scheine." Auf Wesleys verdattern Blick fügte Tommy hinzu: „Das war ein Witz, Kumpel."

„Lass solche Witze lieber nicht deine Vorgesetzten hören, sonst war es das mit der Beförderung."

„Und komm du nie in die Verlegenheit, in ein Polizeiverhör zu geraten. Deine Ablenkungsmanöver riecht man meilenweit gegen jeden Orkan."

„Hör zu, Tommy", begann Wesley und zog den Reißverschluss seines Koffers zu. „Es gibt nichts, wovon ich ablenken müsste. Ich wollte Sam mit dem *Cake 'n' Coffee* helfen, weil ich nicht wollte, dass sie die Sache verbockt und ich dafür geradestehen muss." Er hob den Koffer von der Couch und atmete tief durch. „Aber Sam hat mir zum wiederholten Mal deutlich zu verstehen gegeben, dass meine Anwesenheit nicht erwünscht ist. Also fahre ich zurück nach Lon... nach Lon..." Er räusperte sich, als sein Mund plötzlich immer trockener wurde. „Ich fahre zurück nach London, schließlich habe ich dort eine Menge Arbeit." Als Wesley das Gefühl nicht los wurde, schlecht Luft zu bekommen, zog er den Kragen seines T-Shirts von seinem Hals weg. „Und außerdem ist mir Sam ...", schnaufte er und spürte, wie ihm der Koffer aus den Fingern rutschte.

„Ist alles in Ordnung?", fragte Tommy wie aus weiter Ferne.

„… ist mir Sam völlig egal! Sie ist mir hundertzehnprozentig egal!" Wesleys Stimme ähnelte immer mehr der eines Sprinters, der vor einer Sekunde durchs Ziel gelaufen war. Der Schweiß lief ihm mittlerweile von der Stirn in die Augen und der Koffer fiel neben ihm auf den Boden.

„Setzt dich lieber, Wesley", sagte Tommy beruhigend. „Ich hole dir ein Glas Wasser."

„Sie ist mir … ich habe ein Leben in … habe keine Zeit für solche Faxen", japste Wesley. Seine Beine zitterten, während er einen Schritt auf die Couch zumachte.

„Warte, ich helfe dir."

Dankbar nutzte Wesley Tommys ausgestreckten Arm und setzte sich. Das Glas Wasser, das Tommy ihm aus der Küche geholt hatte, stürzte er in einem Zug herunter und wischte sich mit dem Saum seines T-Shirts den Schweiß von der Stirn, während er versuchte, seine Atmung wieder unter Kontrolle zu bringen.

„Mensch, Wesley, du hast mir eben einen echten Schreck eingejagt." Tommy nahm Wesley das Glas ab und reichte ihm ein frisches Küchenhandtuch.

„Danke", murmelte er und tupfte sich den restlichen Schweiß von der Stirn. „War wohl ein bisschen zu viel Stress in letzter Zeit."

„Ein bisschen zu viel Stress und ein bisschen zu wenig Sam, trifft es wohl eher."

„Das ist Unsinn!"

„Okay, pass auf, Kumpel." Tommy setzte sich vor Wesley auf den Wohnzimmertisch, legte ihm die Hände auf die Schultern und wartete, bis Wesley ihn ansah. „Ich werde dir jetzt ein paar Böse-Freunde-Sachen sagen, in der Hoffnung, dass dir klar ist, dass ich Gute-Freunde-Sachen damit bewirken will." Er ließ Wesleys Schulter los, machte eine Faust und streckte den Daumen ab. „Ersten, du bist ein Idiot. Ein mächtig großer Idiot mit einem noch mächtigeren Dachschaden, wenn du auch nur ein Wort von dem Quatsch glaubst, den du dir einredest. Weil in Wirklichkeit jedes deiner Worte nicht mehr als ein Versuch ist, die Wahrheit zu verdrängen." Er streckte den Zeigefinger aus. „Zweitens, du bist ein Idiot. Ein Hardcore-Idiot allererster Güte, wenn du glaubst, du hättest ‚ein bisschen zu viel' Stress in London. Weil du in Wirklichkeit komplett ausgebrannt und völlig fertig bist." Tommy ließ den Mittelfinger neben den beiden anderen strammstehen. „Drittens, du bist ein Idiot. Ein monumentaler Vollidiot, wenn du glaubst, du wärst jemals über Sam hinweggekommen. Weil die Wirklichkeit, weil dein Gesicht, dein Körper und dein besoffenes Ich eine andere Sprache sprechen." Er streckte die letzten beiden Finger aus und klappte den Daumen wieder ein. „Viertens, du bist ein Idiot. Ein Hierfür-gibt-es-kein-Wort-Idiot, wenn du deinen Koffer nimmst und gehst. Weil es das Dümmste der Menschheitsgeschichte wäre, jetzt aufzugeben und nach London zu fahren, ohne ernsthaft versucht zu haben, Sams Vertrauen zurückzugewinnen." Er ließ den Daumen zurückspringen. „Fünftens …"

„Lass mich raten, ich bin ein Idiot? Ein superkrasser Idiot, wenn ich nicht auf dich höre? Weil ich in Wirklichkeit längst weiß, dass du recht hast?"

Verrückt, wie leicht es einem fällt, die Wahrheit laut auszusprechen, wenn man sie erst erkannt und dann auch endlich akzeptiert hat, dachte Wesley und spürte, wie ihm ganze Säcke voller Wackersteine von den Schultern fielen.

„Eigentlich wollte ich dich nur noch mal als Idioten beschimpfen und ‚superkrass‘ ist etwas dick aufgetragen, aber deine Idee gefällt mir ausgezeichnet“, meinte Tommy lachend.

„Sehr nett.“ Wesley fuhr sich den Händen durch die Haare und seufzte.

„Sie gefällt mir ausgezeichnet, weil du es endlich kapiert hast.“

Ja, gestand Wesley sich ein. *Ich habe es endlich kapiert. Kapiert, dass ich es satthabe, wie jeder an meinem Stuhl sägt. Dass ich meinen Job mittlerweile mehr hasse als alles andere. Dass ich spätestens in ein oder zwei Jahren derart ausgelaugt sein werde, dass ich mich einweisen lassen kann. Und dass ich ...*

Es dauerte einen Herzschlag, bis er sich die letzte, die tiefste Wahrheit eingestehen konnte.

Dass ich nie wirklich über Sam hinweggekommen bin. Dass ich mir jahrelang etwas vorgemacht habe, um es ohne sie auszuhalten. Dass es nur diese eine Frau gibt, mit der ich mein Leben teilen und mit der ich alt werden will.

Wesley seufzte erneut.

„Nur, dass mir das herzlich wenig nützt“, nahm Wesley den Faden ihres Gespräches wieder auf und sank tiefer in die weichen Kissen der Couch. „Ich habe nämlich keinen Plan, wie man eine wütende, abweisende Sam für sich gewinnt.“

„Ach!“, rief Tommy und sprang voller Tatendrang vom Tisch hoch. „Lass das mal die Sorge von deinem

Kumpel Tommy und seiner äußerst kreativen Flamme Diana sein."

Scheiße, dachte Wesley und schloss die Augen. *Ich bin so was von am Arsch.*

14 IMMER ÄRGER MIT WESLEY

„Reiß dich zusammen, Samantha Cochrane!", hörte Diana ihre Freundin von der Eingangstür aus im Badezimmer blöken. Verwundert blieb sie stehen, ohne sich bemerkbar zu machen.

„Dieser Hornochse kann sich seine Fisimatenten sonst wohin stecken."

Diana schlich näher an die Badezimmertür und linste durch den Spalt.

„Was bildet sich dieser Lackaffe auch ein?", schimpfte Sam weiter, während sie ihre Zähne wie der Teufel schrubbte. „Kommt in meine Stadt. Terrorisiert mich in meinem Café. Mischt sich in meine Angelegenheiten ein und besitzt dann noch die Frechheit, mich zu belästigen!", sprudelte sie zwischen den Schrubbattacken hervor.

„Und erst die Frechheit, dich zu küssen", flötete Diana hinter ihr.

Sam fuhr herum und verdrehte die Augen. Natürlich hatte Diana wie üblich nicht angeklopft und einfach ihr Bad gestürmt, um sie wie eine Irre von hinten zu knuddeln.

„Wie war der Kuss?"

Im ersten Moment war Sam derart überrumpelt von Dianas Frage, dass sie mitten im Zähneputzen innehielt.

„Scheußlich!", polterte sie los und drückte ihre Freundin mit Gewalt von sich weg.

„Hey, erstens musst du mir nicht gleich die Arme brechen und zweitens ist Lügen eine Sünde, Sam." Diana schmunzelte und brachte Sam dazu, ihre Zahnbürste ins Waschbecken zu feuern.

„Das war keine Lüge!"

„Ach, hör doch auf." Hinter Sam im Spiegel ahmte Diana auf äußerst alberne Art Kussbewegungen nach. „Ihr beide habt ausgesehen wie zwei hungrige Bären nach dem Winterschlaf. Zwei liebeshungrige, zwei sexhungrige, zwei heiße Bären. Ihr saht sogar so heiß aus, dass ich kurz überlegt habe, spontan mitzumachen."

„Was?" Sam starrte Diana an, als trüge diese ihren Kopf unter dem Arm statt auf dem Hals, während diese sich vor Lachen den Bauch hielt.

„Gott, Sam, dein Gesicht eben war unbezahlbar", keuchte Diana und setzte sich auf den Rand der Badewanne, um ihre vor Heiterkeit geschwächten Beine zu entlasten und sich zu sammeln. Denn eigentlich war sie nicht gekommen, um Sam auszulachen, sondern um nach ihrer Freundin zu sehen. Außerdem hatte Tommy ihr heute Morgen am Telefon erzählt, dass Wesley nüchtern zugegeben hatte, was er bereits auf der Jubiläumsfeier in Edinburgh betrunken gesagt hatte; nämlich, dass er nie über Sam hinweggekommen war.

Und wie es sich für eine aufopferungsvolle Freundin und heimliche Romantikerin gehörte, musste sie unbedingt wissen, ob es Sam wenigstens ähnlich ging.

„Ich wollte eigentlich nur nach dir sehen und schauen, wie es dir mit dem Kuss geht."

„Es gab keinen Kuss“, unterbrach Sam Diana prompt, nahm das Handtuch vom Kopf, rubbelte sich die Haare, schüttelte ihre halbtrockenen Locken und band sie anschließend mit einem Haargummi zusammen.

Diana seufzte. „Oh, verstehe. Wir versuchen um ein unangenehmes Thema herumzukommen, indem wir schlichtweg alles leugnen. Sehr erwachsen, Sam, wirklich sehr erwachsen.“

„Es gab keinen Kuss, und damit basta.“

Diana sah Sam hinterher, die aus dem Bad ins Schlafzimmer ging, um sich anzuziehen, und schüttelte den Kopf.

Wie kann ein einzelner Mensch nur derart verbohrt und blind sein?, dachte sie und rieb sich die Hände, ehe sie ihr Smartphone aus der Jeans zog und Tommys Nummer wählte.

Die Frage, ob Sam sich über die Jahre auch nur den Hauch eines Gefühls für Wesley bewahrt hatte, hatte ihre Freundin schließlich deutlich beantwortet, indem sie den Kuss geleugnet hatte. Denn je mehr Sam etwas abtat, desto mehr beschäftigte es sie und je mehr sie etwas leugnete, desto wichtiger war es ihr. Um das zu wissen, waren sie und Sam lange genug befreundet.

„Pass auf, Sergeant Tommy“, flüsterte sie, nachdem sie Tommys Begrüßungsküsschen übers Telefon erwidert hatte, und behielt Sams Schlafzimmertür im Auge. „Mission ‚Wesley liebt Sam und Sam liebt Wesley‘ ist hiermit offiziell in Kraft getreten.“ Anschließend legte sie auf, wartete auf Sam und folgte ihr verschmitzt grinsend in den Gastraum des Cafés, der heute seinen neuen Anstrich bekommen sollte.

Als sie die letzten Stufen der Treppe erreichten und Sam die Tür zum hinteren Flur des Cafés öffnete, hörten sie, dass irgendwo im vorderen Bereich eine lebhafte Diskussion im Gange war.

„Hören Sie, Mr. Harlington, ich lasse mir solche Unterstellungen nicht bieten!", rief ein aufgebrachter Mann, kurz bevor das Reißen von Papier ertönte. „Und glauben Sie nicht, dass Sie in ganz Paisley jemanden finden werden, der Ihren unrealistischen Preisansprüchen nachkommen wird."

Eine Sekunde später klingelte die Türglocke. Als sie den Gastraum des *Cake 'n' Coffee* betraten, sahen sie den Kastenwagen der Malerfirma gerade noch mit quietschenden Reifen davonrasen.

„Was hast du jetzt wieder angestellt?", fragte Sam Wesley mit verschränkten Armen und legte ihren zornigsten Gesichtsausdruck über den Anflug von Unsicherheit, der Diana nicht entging.

„Der Mistkerl wollte plötzlich dreihundert Pfund mehr, weil ich ihm angelblich nicht gesagt habe, dass meine ausgerechneten Quadratmeter nicht zu einem völlig quadratischen Raum gehören, sondern zu einem mit verwinkelten Nischen und größerer Fensterfläche", erwiderte Wesley mit noch immer leicht gereiztem Tonfall und sah dem Wagen nach.

„Wunderbar. Ganz wunderbar", fauchte Sam konsterniert. „Und weil du einen Fehler bei der Einschätzung des Raums gemacht hast, vertreibst du jetzt den besten unter den günstigsten Malern in Paisley? Damit ich entweder einen nehmen muss, der schlampig arbeitet, oder noch mal vierhundert Pfund mehr bezahle, weil ich einen aus der höheren Liga beauftragen muss?"

„Ich habe den Raum nicht falsch eingeschätzt", beharrte Wesley und wedelte mit einem Zollstock und dem zerrissenen Blatt Papier herum. „Ich habe alles genauestens ausgemessen und berechnet."

„Ausgemessen?", wiederholte Sam irritiert. „Wann bitte hast du meinen Gastraum ausgemessen? Bevor oder nachdem du meinen halben Auftrag aufgefressen hast wie ein Rüsselschwein?"

„Ich ..."

„Vergiss es", unterbracht Sam ihn und wandte sich ab. „Ich werde schon jemand anderen finden, der mir den Gastraum zu einem guten Preis streicht, um deinen Fehler auszubügeln. Mal wieder."

Diana wartete, bis sie die Tür zu Sams Büro zuschlagen hörte, ehe sie sich schulterzuckend an Wesley wandte. „Herrje, da wirst du dir ganz schön was einfallen lassen müssen, um das wiedergutzumachen."

***

„Ich verstehe." Entmutigt ließ Sam den Hörer ein Stück nach unten rutschen und rieb sich mit der freien Hand über die Augen. „Danke, ich wünsche Ihnen auch einen schönen Tag."

Desillusionierter als zuvor legte sie auf und strich die letzte der guten Adressen auf ihrer Liste. Zu teuer, zu hohe Anfahrtskosten, keine Zeit in dieser oder der folgenden Wochen ... Die Gründe, die gegen die verschiedenen Malerfirmen sprachen, waren nicht sonderlich vielfältig.

„Das Büro ist ab sofort Sperrgebiet für Rüsselschweine!", wetterte sie, als es an der Tür klopfte, und wappnete sich für eine weitere verbale Attacke gegen Wesley.

„Sam, das musst du dir ansehen", kam es als Antwort von Diana, die ihren Kopf zur Tür hereinsteckte.

Sam legte die Liste mit den restlichen nicht sonderlich guten, aber günstigen Malerfirmen auf den Schreibtisch. Vor ihrem inneren Auge sah sie einen lichterloh brennenden Gastraum, in dessen Mitte ein fröhlich dreinblickender Wesley stand und irgendwas davon faselte, er habe es doch nur gut gemeint, ehe er sich ein weiteres Stück Mokka-Birnen-Torte in den Mund schob.

„Was hat er jetzt wieder angestellt?", fragte sie resigniert, zum gefühlt einmilliardsten Mal, und folgte Diana in den Gastraum.

Was sie allerdings wirklich dort erwartete, war beinahe noch grotesker als das Bild eines tortenessenden Wesleys in einem Feuerinferno.

Das Bild eines handwerklich ungeschickten – was gemeinhin bekannt war – Wesleys in einem Ganzkörper-Maleranzug, der auf den Knien herumrutschte und Sockelleisten mit Kreppband abklebte. Neben ihm standen zahlreiche Eimer mit der Aufschrift ‚Farbe für Innenräume – Weiß‘, Malerteppich-Rollen, Farbwalzen und -wannen, Pinsel und ein ganzer Karton Kreppband.

Das kann nur in einer Vollkatastrophe enden, schoss es Sam durch den Kopf, ehe sie sich auf den Weg zurück in ihr Büro machte. Und wieder sah sie Wesley vor ihrem inneren Auge mitten im Gastraum stehen, diesmal allerdings umgeben von Blutspritzern, ihr Café in eine

Schlachthausatmosphäre getaucht, die jedem Horror-
film Konkurrenz machen konnte.

Gott steh mir bei, dachte sie. *Denn wenn es jemand
schafft, sich alle zehn Finger mit Kreppband abzuschneiden, dann ist es Wesley.*

Plötzlich hielt Sam aufgrund der Schreckensbilder
inne und machte auf dem Absatz kehrt. „Vielleicht
sollte ich ihm lieber helfen", sagte sie mehr zu sich
selbst.

„Das ist eine wunderbare Idee, ich muss nämlich zur
Uni", antwortete Diana, die Sam gefolgt war.

„Du musst heute, an deinem sonst vorlesungsfreien
Tag, zur Uni?"

„Ja", sagte Diana und schaffte es tatsächlich, nicht rot
zu werden. „Ich habe eine Besprechung wegen einer
meiner Arbeiten und der Termin ist in einer halben
Stunde." Diana zeigte auf ihren nackten Arm, als trüge
sie eine Uhr. „Also sollte ich jetzt losgehen."

Sam nickte und begleitete sie bis zur Eingangstür.
„Gut, dann sehen wir uns später. Und grüß Tommy von
mir!", rief sie ihr hinterher und erwiderte die obszöne
Geste ihrer Freundin mit einem breiten Grinsen.

„Mist, verdammter."

Ehe Sam sich zu Wesley umdrehte, schloss sie die Augen und zählte bis Fünf.

„Ich fasse es nicht", rief sie stöhnend aus, als sie ihn
auf dem Boden kniend und am Zeigefinger lutschend
vorfand.

„Du hast nicht zufällig eine Pinzette und ein Pflaster?
Ich habe mir an der kaputten Sockelleiste einen Splitter eingezogen."

„Wie gut bist du eigentlich versichert?", antwortete Sam und fügte auf Wesleys fragenden Blick hinzu: „Meine Versicherungen sind nicht auf handwerklich ungeschickte Tollpatsche zurechtgeschnitten."

„Keine Sorge, ich bin privat hier, falls jemand fragt." Wesley zwinkerte Sam zu, wandte ihr sein Profil zu, reckte den Hintern raus und klatschte sich mit der unverletzten Hand darauf. „Und meinem wichtigsten Kapital wird schon nichts passieren. Es sei denn, du forderst mich zu einem Twerk-Wettbewerb auf Leben und Tod heraus."

„Du meinst, es sei denn, ich finde in den Kartons aus der Küche die langen, spitzen Kuchenmesser und jage dir jedes davon einzeln in den Hintern."

„Eine Pinzette und ein Pflaster würden fürs Erste reichen", rief Wesley Sam hinterher, als sie in den Flur ging, um den Verbandkasten aus dem Holzschrank zu holen.

„Der hier ist noch zu zwei Dritteln bestückt. Reicht das für heute oder soll ich lieber noch einen kaufen?" Sam stellte den Verbandkasten auf die abmontierte Kuchentheke, die im Laufe des morgigen Tages von einem Interessenten abgeholt werden würde. Aus einem kleinen Beutel holte sie die gewünschte Pinzette und reichte sie Wesley.

„Kannst du das nicht machen?", fragte er verzagt und hielt Sam seinen Finger entgegen.

„Du kannst noch immer nicht an dir selbst herumdoktern, ohne Magenkrämpfe, Schweißausbrüche und Panikattacken zu bekommen?" Sam zog die Augenbraue hoch und schnaubte. „Von mir aus. Leg die Hand auf der Theke ab.

„Kommt drauf an, was du mit herumdoktern meinst."
Wesleys schalkhafter Tonfall brachte Sams Reizpegel
dazu, in den höchsten Gefahrenbereich auszuschlagen.

„Ich meine damit nicht, dass du dir einen von der
Palme wedelst, Wesley." Sie ließ seinen Finger für einen Augenblick los und drückte an seinem Handgelenk
herum. „Worin du offensichtlich Weltmeister bist."

„Ich wusste gar nicht, dass das Handgelenk des Mannes der Fußknöchel des einundzwanzigsten Jahrhun-
derts geworden ist." Wesley grinste und bewegte seine
Hand so hin und her, dass man das Muskelspiel seines
Handgelenks sehen konnte. „Na, gefällt dir, was du
siehst?"

„Wenn du jetzt nicht stillhältst, bleiben die Splitter,
wo sie sind." Sam drückte seine Hand zurück auf das
Glas der Theke. Mit zittrigen Fingern entfernte sie die
kleinen Holzfragmente und klebte Wesley anschließend ein Pflaster auf. Als sie dabei einen Blick auf seine
Stirn riskierte, um zu sehen, wie die Wunde verheilt
war, die sie ihm mit der Kühlschranktür zugefügt hatte,
blieb sie an seinen hellbraunen Augen hängen. Diesen
hellbraunen Augen, die sie lange Zeit im Schlaf verfolgt
hatten.

„Sam ..."

„Sam, Sam, Sam. Ich weiß, wie ich heiße, Wes...ley.
Wesley", setzte Sam panisch hinterher, als sie bemerkte, dass sie ihn automatisch bei seinem Kosena-
men hatte nennen wollen. „Und jetzt fang an, die Wand
in der Ecke zu streichen, damit ich den Rest des Raumes
abkleben kann."

Sam nahm sich das Kreppband und machte mit der Arbeit dort weiter, wo der ungeschickte Wesley hatte aufhören müssen.

Zu ihrer Erleichterung hörte sie kurz darauf hinter sich, wie der Deckel eines Farbeimers geöffnet wurde.

Wenigstens kann Wesley einfachsten Anweisungen folgen, dachte sie und rutschte auf Knien um die Ecke in die erste Nische, um die Sockelleiste und anschließend den Fensterrahmen abzukleben.

„Hast du vielleicht eine Schutzbrille?"

„Eine was?", fragte Sam und lugte um die Ecke der Nische.

„Eine Schutzbrille, damit mir keine Farbe ins Auge spritzt. Ich habe vergessen, eine mitzukaufen."

Sofort hatte Sam die nächste Horrorvision von einem durch den Raum torkelnden und heulenden Wesley, der die Augen mit Farbe verklebt hatte.

„Auf der Ablage in der Küche liegt meine Handtasche."

„Du hast eine Schutzbrille in der Handtasche? Kein Wunder, dass die wilden Geschichten um den Inhalt von Frauenhandtaschen nicht abreißen wollen. Was hast du sonst noch da drin? Einen Vorschlaghammer, eine Nudelmaschine oder ein Einhorn vielleicht? Oder warte ..."

„Ich wollte sagen: Dort findest du ein Brillenetui, in dem die falsche Hornbrille drin ist, die Diana sich im Theaterfundus geliehen hat. Wenn du versprichst, sie nachher sauber zu machen, kannst du die aufziehen."
Sam riss ein weiteres Stück Kreppband ab, wandte sich wieder der Nische zu und rief über die Schulter: „Sie ist

in dem schwarzen Etui, nicht in dem grünen. In dem ist meine Brille."

„Du brauchst eine Lesebrille?", fragte Wesley und schien ehrlich irritiert zu sein. „Bist du dafür nicht noch etwas zu jung?"

„Erstens, ich sagte ‚Brille', nicht Lesebrille, zweitens, ich bin kurz-, nicht weitsichtig und drittens gibt es durchaus andere Faktoren für Weitsichtigkeit als das Alter."

„Kurzsichtig also, mh?" Wesley legte den Deckel des Farbeimers auf der Theke ab, um mit beiden Armen über dem Kopf zu winken wie eine Handpuppe, in deren Hinterteil der Arm eines hyperaktiven Kleinkindes steckte.

„Hallo!", rief er unnötig laut und hüpfte auf und ab. „Ich bin es, Wesley."

Erneut zählte Sam innerlich bis Fünf und atmete tief durch, ehe sie sagte: „Ich trage Kontaktlinsen." Als sie sich kopfschüttelnd zurück in die Nische bewegte, um den Heizkörper dort in Angriff zu nehmen, konnte sie sich ein kurzes Lächeln allerdings nicht verkneifen. Was sie ebenso wenig konnte, als Wesley mit der Hornbrille auf der Nase zurückkkam.

„Fehlt nur noch ein Nimbus 2000 oder ein Feuerblitz und ich bin Harry Potter", kommentierte Wesley seine ulkige Erscheinung und deutete auf die kleine Wunde an seiner Stirn. „Brille und Narbe habe ich ja jetzt."

„Du siehst eher aus wie ein peinlicher Onkel von Harry Potter, der sich in seinem Ruhm sonnen will", prustete Sam und beobachtete, wie Wesley so tat, als würde er sich durch eine Menge an Menschen schieben.

„Aus dem Weg“, rief er mehrmals hintereinander. „Ich bin eine wichtige Person! Ich bin *der* Onkel von Harry Potter. Ja, Sie hören richtig. Ich bin verwandt mit dem Jungen, der überlebte. Nein, keine Autogramme, junges Fräulein.“ Dabei tat er, als müsse er seine Augen vor einem immensen Blitzlichtgewitter schützen.

Sam lehnte sich an die Wand hinter ihr, um sich nicht auf dem Boden zu kugeln, und wischte sich eine Lachträne aus dem Augenwinkel. Wenn Wesley eines immer gekonnt hatte, dann sie mit seinen kleinen Aufführungen zu erheitern.

Fast wie früher, dachte Sam gelöst und spürte, wie sich ihre gute Stimmung zu trüben begann.

Früher ist lange her!, schalt sie sich, wandte den Blick von Wesleys Theatershow ab und begann das Thermostatventil des Heizkörpers abzukleben.

Beinahe rechnete sie damit, dass Wesley erneut ihren Namen sagen und diese bedeutungsvolle Pause machen würde, doch hinter ihr blieb es, bis auf das Rühren eines Pinsels im Farbeimer, still. Und obwohl Sam einzig und allein erleichtert darüber hätte sein sollen, dass sie und Wesley den restlichen Vormittag schweigend nebeneinander arbeiteten, wollte dieser verrückte Teil von ihr keine Ruhe geben, der sich unverständlicherweise plötzlich wünschte, sie und Wesley könnten genauso herzlich miteinander umgehen wie früher.

15 DER RUNNING-GAG DES GIERSCHLUNDS

Müde und gerädert erwachte Sam am nächsten Morgen auf ihrer Couch und streckte sich in alle vier Himmelsrichtungen.

Nach der vielen Arbeit gestern war es wohl doch keine gute Idee, noch ein bisschen fernzusehen, dachte sie und sah auf die Wanduhr oberhalb der Wohnzimmertür. Gott sei Dank hatte sie wenigstens nicht den halben Tag verschlafen, sondern war nur eine halbe Stunde später als üblich aufgewacht.

Dank Diana und Tommy, die gegen Mittag mit einer ,kleinen' Stärkung aus drei Familienpizzen, vier Milchshakes und zwei Tüten Gummibärchen zu ihnen gestoßen waren, hatten sie es geschafft, den gesamten Gastraum gleich zweimal zu streichen.

Allerdings hatten sie die Anstrengung auch alle in den Knochen gespürt und entschieden, erst heute weiterzumachen. Abgesehen davon hatte Wesley ohnehin nur weiße Farbe gekauft, weswegen der bunte Anstrich bis heute Nachmittag würde warten müssen, wenn der Interessent die alte Kuchentheke abgeholt und sie mit Diana zusammen die restliche Wandfarbe geholt hatte.

Gähnend raffte sich Sam auf und schwang die Beine über die Kante der Couch. Unter dem Wohnzimmertisch schlüpfte sie in ihre Pantoffel, ging ins Badezimmer und duschte ausgiebig.

Nachdem Sam ihre Haare getrocknet, sich die Zähne – dieses Mal unfallfrei – geputzt und sich angezogen hatte, warf sie einen Blick auf ihre Pinwand im Flur, an welcher sie wichtige Termine für die Handvoll Backaufträge der nächsten Zeit angebracht hatte.

„Die Torte zum dritten Hochzeitstag für Mr. Ferguson muss ich erst in der übernächsten Woche machen und die zweihundert Cupcakes samt Torte für den fünfzigsten Geburtstag von Mrs. O'Brien sind erst in eineinhalb Monaten fällig", murmelte sie vor sich hin und trug die beiden Termine noch in die Liste ein.

Als Susan O'Brien, Mrs. und Mr. MacArthurs Enkelin, gestern extra bei ihr im Laden vorbeigekommen war, um sich nach den Möglichkeiten für den Geburtstag ihrer Mutter zu erkundigen, war Sam überglücklich gewesen, als sie sich handelseinig geworden waren.

„Endlich ein größerer Auftrag", jubilierte Sam und unterstrich das Datum auf ihrer Liste doppelt. „Da kann ich es auch verkraften, dass diesen Monat sonst nichts mehr ansteht."

Zumal sie nicht wusste, wie lange die kleineren Umbauarbeiten in der Küche dauern würden und ob sie für die nächsten ein oder zwei Wochen in der Küche in ihrer Wohnung würde backen müssen. Zum Glück hatte ihr Vater damals darauf bestanden, in ihrer gemeinsamen Privatküche zwei Öfen einzubauen, von denen einer noch nie für Pizza, Braten und andere geruchsintensive Speisen benutzt worden war.

Da wird es doch Zeit ihn einzuweihen, überlegte Sam gut gelaunt, wechselte von ihren Pantoffeln zu ihren ausgelatschten Sneakers, schloss die Wohnungstür hinter sich und ging nach unten.

„Versuchst du auf schräge Weise einen Running-Gag zu inszenieren? Oder wieso bitte erwische ich dich jetzt zum dritten Mal in meiner Küche dabei, wie du dir ein Stück Torte in den Rachen schiebst?"

Und wenn er mich jetzt ansieht, hat er wieder diesen süßen Mokkacremerand um den Mund, grummelte Sam innerlich und schaute in die andere Richtung, ehe Wesley sich umdrehen konnte. Hatte es nicht ausgereicht, dass sie am Vortag trotz ihrer müden Glieder nicht hatte aufhören können, an seine kleine Theatereinlage zu denken, und darüber auf der Couch eingeschlafen war?

„Ich dachte, die angebrochene ..."

„... angefressene ..."

„... Torte brauchst du bestimmt nicht mehr", beendete Wesley seine magere Entschuldigung. „Und sie schmeckt so verdammt lecker, dass ich gestern Nacht davon geträumt habe. Ehrenwort."

„Na gut", sagte Sam unwirsch. Wesleys Kompliment ging ihr näher, als sie es zulassen wollte. „Von mir aus kannst du den Rest essen."

„Ähm, ja, das werde ich tun."

Mit hochgezogener Augenbraue sah Sam Wesley an. „Du hast heute Morgen den Rest der Torte schon verdrückt, oder?"

„Nicht ... heute ... Morgen", stammelte Wesley plötzlich verdächtig nervös und fing an, von einem auf den anderen Fuß zu trippeln. „Eher heute Nacht."

„Du bist so ein verfressener Gierschlund", begann Sam, ehe sie stutzig wurde. „Wesley James Harlington, was hast du heute Nacht hier gemacht?" Vorsichtig schielte sie in die linke Ecke der Küche hinter Wesley, in welcher sie ihre alte, von Craig reparierte Kaffeemaschine samt Karton abgestellt hatte.

„Dir ist klar, dass ich dieses Ding, und sollte es mich das Leben kosten, entsorgen werde." Wesley war ihrem Blick gefolgt und verschränkte die Arme vor der Brust.

„Du lässt schön die Finger von *meiner* Kaffeemaschine."

„Samantha Cochrane", amte er ihre neue Marotte, ihn ständig mit vollem Namen anzusprechen, nach. „Du wirst es nicht wagen, dieses notdürftig zusammengebastelte Ding auch nur in die Nähe einer Steckdose zu stellen."

„Aber Craig hat gesagt, er hat die Kabel verbunden, verlötet und mit Panzertape ummantelt, und das würde ausreichen."

„Craig von *Craigs Garage* lebt noch?", fragte Wesley verblüfft.

„Wieso sollte er nicht mehr leben? Er ist erst vierzig."

„Weil er völlig hirnrissig und unbedacht mit Strom und Feuer herumhantiert."

Als Sam einen Schritt auf ihre alte Kaffeemaschine zumachte, stellte sich Wesley ihr mit weiterhin verschränken Armen in den Weg.

„Durch dieses schrottreife Ding wird nie wieder, hörst du, nie wieder Kaffee laufen", sagte er fest und umfasste ihre Arme.

„Wieso machst du deswegen so einen Aufstand?" Sam versuchte sich aus Wesleys Griff zu befreien.

„Weil ich nicht eines Morgens in die Küche kommen und deinen leblosen Körper vorfinden will."

Noch ehe Wesley die letzte Silbe ausgesprochen hatte, wurde ihnen beiden klar, was er gesagt hatte. Unwillkürlich versteifte sich Sam und versuchte noch vehementer sich zu befreien, während die Worte ‚eines Morgens‘ wie ein Damoklesschwert über ihr schwebten und ihr Fluchtreflex sie beharrlich zum Weglaufen animierte.

„Ich meine nicht an einem Morgen in den nächsten ein oder zwei Wochen“, fügte er hastig hinzu.

Sam runzelte die Stirn. „Du willst ein oder zwei weitere Wochen in Paisley bleiben?“, fragte sie skeptisch und nutze Wesleys Unaufmerksamkeit, um unter seinem Arm hinwegzutauchen und auf den Karton mit der Kaffeemaschine zuzulaufen.

„Ha!“, rief sie triumphierend, riss ihn nach oben und wollte aus der Küche und in ihre Wohnung rennen. Doch Wesley fing sich, überholte sie und blockierte die Treppe zu ihren Privaträumen.

„Es gibt für dieses Monster nur einen Weg und der führt zu den Mülltonnen.“ Herausfordernd sah er Sam an, doch sie zuckte nur unbeeindruckt mit den Schultern.

„Dann bringe ich sie eben zu meinem Auto, lege sie in den Kofferraum und hole sie raus, wenn die Luft rein ist“, brummte sie und ging in den Gastraum, in dem sie mit offenem Mund stehenblieb.

„Wann hast du …? Woher wusstest du …? Wie hast du …?“ Ehrfürchtig drehte sie sich um die eigene Achse und umklammerte die Kaffeemaschine, als könnte sie ihr helfen, nicht in Ohnmacht zu fallen.

Die Wände waren nicht mehr blank und weiß, sondern orange und lilafarben gestrichen. Die Nischen wechselten sich farblich ab. Zwischen ihnen waren die Kreise aufgemalt, die als Umrandungen für die Spiegel dienten, und in der Ecke mit der Kuchentheke waren die Streifen aufgemalt worden, die zwischen den Regalen hervorschauen sollten.

„Hast du das ganz allein gemacht?", war das Erste, was Sam über die Lippen brachte, nachdem sie sich von dem Schock der Überraschung erholt hatte.

„Ich hatte Hilfe von Tommy, Diana und zwei Studienkolleginnen von Diana." Jetzt war es Wesley, der Sams Unaufmerksamkeit ausnutzte, um ihr die Todesfalle von einer Kaffeemaschine aus den Händen zu nehmen und hinter sich auf zwei der Farbeimer zu stellen.

„Danke", hauchte Sam und sah Wesley derart überwältigt an, dass sie für einen Augenblick versucht war, sich in seine Arme zu schmiegen. Doch im letzten Moment riss sie sich zusammen und boxte ihm stattdessen gegen die Schulter. „Gut gemacht, Bro."

16 WAS ER DENKT, WAS SIE DENKT

Gut gemacht, Bro, dachte Wesley und biss voller Unlust in einen der Burger, die Tommy und er sich geholt hatten. Die gesamte Nacht hatte er sich um die Ohren geschlagen, um mit Diana, Tommy und den beiden Studentinnen den Gastraum im Sinne von Sams Zeichnungen zu streichen und alles, was er dafür bekommen hatte, war ein Knuff gegen seine Schulter und ein kameradschaftliches Kompliment.

„Was hätte denn deiner Meinung nach passieren sollen?", unterbrach Tommy seinen von Selbstmitleid überwucherten Schmollmarathon.

„Woher weißt du, was ich gedacht habe?"

Tommy schmunzelte. „Das ist einfach. Nachdem ich dich bei Sam abgeholt habe, hast du erst von nichts anderem mehr gesprochen und seit einer halben Stunde könnte man zwischen den Furchen deiner Stirn Kohle zu Diamanten pressen." Er deutete auf den Burger, dessen zerfledderte Überreste Wesley in der Hand hatte. „Außerdem hast du noch mit keinem Wort erwähnt, dass das einer der besten Burger ist, die du jemals gegessen hast."

„Weil er nicht sonderlich gut schmeckt." Wesley legte die Reste auf seinen Teller und wischte sich mit seiner Papierserviette über den Mund.

„Nicht sonderlich gut schmeckt?", fragte Tommy und sah pikiert zwischen Wesley und dem Burger hin und her. „Weißt du eigentlich, dass ich den Burger heute Mittag vorbestellen musste, weil wir sonst keinen bekommen hätten? *MacMillans Burger* ist der beste Laden in ganz Paisley, im gesamten Umland und ..." Tommy beugte sich nach vorne und raunte: „... sogar von Glasgow."

„Wieso flüsterst du?"

„Man kann nie wissen, wo sich einer dieser verrückten Glasgower versteckt." Tommy stand auf und sah erst in seinem Ofen und dann in seinen Hängeschränken nach. Anschließend setzte er sich zurück an den Küchentisch und nahm seinen zweiten Burger in die vor Fett triefenden Pranken. „Glück gehabt", sagte er gespielt erleichtert und biss herzhaft in die doppelte Portion Fleisch mit Extra-Bacon und Extra-Käse zwischen zwei mit Sesam bestreuten und mit Barbecue- und Zwiebelsoße bestrichenen Buns.

„Und jetzt raus mit der Sprache. Was, dachtest du, wird passieren?", fragte Tommy schmatzend und leckte sich geräuschvoll die Finger ab.

„Nichts", sagte Wesley und zerdrückte mit dem Finger ein paar der weichen Brötchenkrümel.

„Mh, vorhin im Auto hast du dich noch lautstark darüber beschwert, dass du zumindest eine dankbare Umarmung erwartet hättest."

„Und wäre das so schlimm gewesen?", brauste Wesley auf, ohne darüber nachzudenken.

„Bravo." Tommy klatschte sarkastisch Beifall und schmatzte weiter, bis er den riesigen Brocken in seinem Mund runterschlucken konnte. „Jetzt sind wir dem

Geflecht aus Intrigen und Halbwahrheiten entkommen und befinden uns in der harten Welt der Wahrheit.“

„Geflecht aus Intrigen und Halbwahrheiten?“, fragte Wesley verblüfft, zog die Augenbraue hoch und beobachtete, wie Tommy errötete.

„Entschuldige, ich musste mir vorgestern eine dieser theatralischen Real-Live-Sendungen mit Diana ansehen.“ Er nahm einen Schluck Cola. „Ganz ehrlich, ich weiß nicht, ob ich jemals wieder Bodenhaftung bekommen werde, derart abgedreht war das Ganze.“

Wesley konnte nicht umhin sich einzugestehen, auch das ein oder andere Mal an einer solchen Sendung hängengeblieben zu sein. Dennoch konnte er sich ein Schmunzeln nicht verkneifen. Zu amüsant war die Vorstellung, wie ein fast zwei Meter großer Hüne wie Tommy sich auf der Couch zusammenrollte, den Kopf auf den Oberschenkeln der zierlichen Diana ablegte und mitfieberte, wenn hysterische Männer und Frauen keiften, als gäbe es kein Morgen mehr.

Dummerweise brachte ihn das Bild eines Männerkopfes, der nach einem anstrengenden Tag seine Ruhe auf den Oberschenkeln einer wundervollen Frau fand, gedanklich zurück zu einem Thema, das er für heute lieber vergessen wollte.

„Wir sind also wieder bei Sam“, stellte Tommy fest.

„Es ist irgendwie unmöglich, nicht bei Sam zu sein.“ Da Tommy nach seinem ausschweifenden Alkohol-Redeschwall ohnehin wusste, wie es um ihn und seine neu entflammten oder besser nie erloschenen Gefühle für Sam stand, hielt Wesley es für völlig sinnlos, um den heißen Brei herumzureden. Zumal er in den letzten

Tagen festgestellt hatte, dass sein ehemaliger Schulka-
merad und Freund nicht umsonst bei der Polizei gelandet war.

Auf der anderen Seite saß ihm gerade ein Tommy gegenüber, der mit geschürzten Lippen versuchte mit den
Wimpern zu klimpern, während er mit den Händen ein
deformiertes Herz bildete, das er mit rhythmischen Bewegungen vor- und zurückschob.

„Genauso schlimm wie früher, he?"

Wesley stöhnte. „Ich befürchte, es ist schlimmer als je
zuvor", brummelte er, biss erneut lustlos in seinen Burger und erinnerte sich mit einem Ziehen im Magen daran, wie sein Herz jedes Mal ein Ständchen geklopft
hatte, wenn Sams unverwechselbar grunzendes Lachen an sein Ohr gedrungen war.

Nach wie vor verstand er nicht, wie es so weit hatte
kommen können. Wie es möglich war, dass Sam, die in
seinem Leben in London keine Rolle gespielt und seine
Gedanken seltener besucht hatte als Rotkäppchen
seine Großmutter nach dem Wolfsvorfall – weil die
Kleine sehr viel Zeit in der geschlossenen Abteilung
verbringen musste, um den Ärzten wiederholt zu erklären, dass der Wolf sie am Stück gefressen und der Jäger
sie anschließend aus dessen Bauch geschnitten hatte,
während ihre Großmutter sich praktischerweise an
nichts mehr erinnerte –, ihm nicht mehr aus dem Kopf
ging. Genauso wie früher. Als hätten all die Zeit dazwischen, der anfängliche Frust, das Unverständnis, der
Ärger und schließlich die Wut auf Sam, nie existiert.

Als wäre es nicht Henry gewesen, der ihm Briefe geschickt und ihn angefleht hatte zurückzukommen,
sondern Sam. Als wäre es sie und nicht ihr Vater

gewesen, der ihm geschrieben hatte, wie sehr Sam ihn vermisste, dass ihr gemeinsamer Plan eine blöde Idee gewesen war und dass sie eine andere Lösung finden würden, wenn er nur zurück nach Paisley käme.

Nein, das ist es nicht. Es ist nicht, als habe all das nicht existiert, als wäre all das nicht passiert, überlegte Wesley und nahm einen Schluck Cola. *Mir ist nur klar geworden, wie falsch es war, Sam für alles verantwortlich zu machen, während ich mich in meinem Leid gesuhlt und mich wie der engstirnigste Blödmann der Welt aufgeführt habe. Wie falsch es war, Sam für alles verantwortlich zu machen, weil wir beide Scheiße gebaut haben.*

„Isst du den noch?", riss Tommys unvermittelte Frage Wesley zurück in die Küche und als er sah, dass sein Freund auf seinen zweiten Burger zeigte, schüttelte er den Kopf.

„Nimm dir ruhig deinen dritten Burger. Immerhin musst du noch groß und stark werden."

„Du meinst wohl: Immerhin wird es dich eine Menge Kraft kosten, in den nächsten Tagen einen dauernörgelnden Hausgast zu haben", sagte Tommy trocken und nagte den überstehenden Rand des Fleisch-Pattys ab.

„Ich werde versuchen mich zusammenzureißen." Wesley setzte sich aufrecht hin und richtete den Zeigefinger auf Tommy. „Solange du mir versprichst, dass ich dich und Diana nicht noch einmal in der Öffentlichkeit erwische."

Es war eine kleine Genugtuung zu sehen, wie Tommy rot anlief und sich beeilte seinen überstrapazierten Mund leer zu bekommen. „Wir haben uns nur geküsst, als du uns in Sams Küche überrascht hast."

„Du hattest deine Hand in ihrer Hose.“

„Wiederholst du das vor Gericht, nachdem du einen Eid geleistet hast?“

„Meinst du nicht, wenn ich Unternehmensinhaber zum Abschluss von Millionengeschäften bringen kann, ist es ein Kinderspiel für mich, das Gericht zu überzeugen?“

Etwas an Tommys plötzlichem schelmischen Ausdruck gefiel Wesley ganz und gar nicht.

„Wenn du nicht brav bist, verrate ich Sam alles!“, rief sein Freund, schnappte sich den dritten Burger, sprang vom Küchentisch auf und setzte hinterher: „Und außerdem räumt der letzte, der vom Tisch aufsteht, die Küche auf.“ Triumphierend ließ Tommy Wesley allein in der Küche zurück, streckte jedoch keine fünf Sekunden später den Kopf wieder ins Zimmer. „Und wenn du fertig bist, arbeiten wir einen Schlachtplan aus, mit dem du Sam narrensicher zurückgewinnen wirst.“

Wieso werde ich den Eindruck nicht los, dass die Betonung auf ‚narren‘ und nicht auf ‚sicher‘ liegt?, fragte Wesley sich stumm, während er begann, das Tohuwabohu auf dem Küchentisch aufzuräumen.

***

Weil ich nicht eines Morgens in die Küche kommen und deinen leblosen Körper vorfinden will, wiederholte Sam Wesleys Worte zum hundertsten Mal und wand sich unter der Bettdecke von einer auf die andere Seite. Denn obwohl sie getan hatte, als habe sie nur seinen Versuch gehört, seinen Versprecher auszubügeln, hatte sie genau mitbekommen, was er gesagt hatte.

„Was willst du bloß hier, Wesley James Harlington?",
flüsterte sie in die Dunkelheit in ihrem Schlafzimmer
und versuchte, sowohl den Beinahe-Kuss als auch die
Beinahe-Umarmung aus dem Kopf zu bekommen.

Dabei heckte ihr Verstand die irrwitzigsten Ideen aus,
was Wesley zu diesem Satz veranlasst haben konnte.
Von einer Alien-Entführung des echten Wesley über
seinen Versuch ihr das Café abzuluchsen, weil sich unter dem Gebäude eine Ölquelle von unerschöpflichem
Ausmaß befand, über einen Unfall ihrerseits, der sie in
einen komatösen Zustand katapultiert hatte, was bedeutete, dass sie das alles nur träumte, bis hin zu einer
Fernsehshow, in der Kandidaten zur Belustigung der
Zuschauer nach Strich und Faden vorgeführt wurden.
Es gab nichts, das Sam nicht in Erwägung zog.

Bis auf die absurdeste aller Ideen. Nämlich die, dass
Wesley seine Worte ernst gemeint haben könnte.

„Wieso sollte er auch?", brummte Sam und zog die
Knie näher an den Oberkörper heran. „Wir sind hier
schließlich nicht in einer dieser Liebesschnulzen, in denen der Herr der Schöpfung nach Jahren merkt, dass er
ein ziemlicher Trottel gewesen ist, als er das fantastische Mädchen verlassen hat, das mittlerweile zu einer
noch fantastischeren Frau herangewachsen ist."

*Aber wäre es nicht schön, wenn es eine dieser Liebes-
schnulzen wäre?*, schoss Sam unvermittelt ein Gedanke
durch den Kopf, der sie dazu brachte, sich aus der Bettdecke heraus zu strampeln und aufzustehen.

„Nein, wäre es nicht!", sagte sie entschieden und
wischte die Wärme, die sich in ihr Herz zu stehlen versuchte, beiseite. Eine Wärme, die sie einst entflammt,
sie in Geborgenheit gekleidet hatte und die sie hatte

glauben lassen, dass alles möglich war. Aber ebenso eine Wärme, die sie ausgezehrt, alles in ihr verbrannt und sie letztendlich verlassen hatte.

Eine Wärme, nach der sie sich trotz allem sehnte.

„Verfluchter Wesley", schimpfte Sam vor sich hin, ging über den schmalen Flur in die Küche und holte sich ein Stück Apfelkuchen aus dem Kühlschrank. „Braucht sich nicht einzubilden, dass er nach all den Jahren hier antanzen kann, als wäre nichts gewesen, um einen auf bester Freund zu machen."

Sam schleuderte das Handrührgerät regelrecht durch die Schüssel und schlug sich eine riesige Portion Sahne auf, während sie das Kuchenstück langsam im Ofen erwärmte.

„Und besitzt dann noch die Frechheit, nett und liebenswürdig zu sein."

„Dieser miese, nette Bastard."

Sam erschrak derart, dass sie die Schüssel mit der Sahne auf einer Seite zu tief nach unten sinken ließ. Das Geräusch der Rührstäbe, die über die Lamellen der Abtropffläche ihrer Spüle ruckelten, war ohrenbetäubend und unangenehm metallisch.

Wie habe ich vergessen können, dass Diana heute Nacht auf meiner Couch hinten im Wohnzimmer geschlafen hat?, wunderte sie sich und fand keine Sekunde später die Antwort: *Wesley.*

„Willst du auch ein Stück Kuchen?", murrte sie schroff, während sie die Sauerei mit aufwischte.

„Och, wenn du so lieb fragst."

„Willst du eins oder nicht?" Sam löste die Rührstäbe von ihrem Mixer und pfefferte sie in die Spüle.

„Herrgott, Sam, jetzt komm erst mal runter." Diana ging um Sam herum, öffnete den Kühlschrank und nahm sich selbst ein Stück Kuchen heraus, um es ebenfalls in den Ofen zu stellen. Dann half sie Sam dabei, die Sahnespritzer aufzuwischen. Schweigend warteten sie, bis der Kuchen die richtige Temperatur hatte, und setzten sich gemeinsam an den kleinen Tisch in der Küche.

„Isst du deine Sahne immer mit Kuchen?", fragte Diana, als Sam sich einen Löffel nach dem anderen auf den Kuchen schaufelte, erntete dafür jedoch nur einen noch finstereren Blick. „Okay, da du ohnehin vor dich hinstarrst, als wolltest du allem existenten Missmut Konkurrenz machen, kann ich es vermutlich nicht schlimmer machen, wenn ich dir sage, dass ich Wesley echt nett finde."

Sam grunzte entnervt. „Wenn nett in deinem Satz nicht die kleine Schwester von scheiße ist, weiß ich nicht, warum du überhaupt den Mund aufgemacht hast."

„Samantha", schimpfte Diana liebevoll und tadelnd zugleich. „Achte bitte auf deine Sprache und vergiss nicht zu kauen, bevor du das nächste Stück Kuchen hinterherschiebst."

„Ich meine es ernst." Sam dachte gar nicht daran, Frau Obermutters Ratschlag anzunehmen, und stopfte sich eine weitere volle Gabel in den Mund.

„Und ich meine es ebenfalls ernst", schimpfte Diana, während ihre Augen strahlten, wie sie es immer taten, wenn sie eine von Sams köstlichen Backwaren aß.

Sam jedoch kaute weiterhin missmutig auf dem leckeren Kuchen herum, obwohl er ihr wirklich fantastisch gelungen war. Über den karamellisierten Äpfeln, der leichten Zimtnote, dem saftigen Teig, der süßen, klebrigen Zwischenschicht aus Marmelade, dem crunchigen Boden und dem mit Walnüssen bestreuten Gitter hätte sie fast alles vergessen können. Nicht jedoch, dass Diana nur darauf bestanden hatte, über Nacht bei ihr zu bleiben, um sie über Wesley und ihr ‚Verhältnis‘ zueinander auszuquetschen.

„Du kannst wohl kaum von der Hand weisen, dass Wesley sich redlich bemüht, dir zu helfen und dass das etwas zu bedeuten haben muss", stellte Diana beiläufig fest. Sofern das Wort ‚beiläufig‘ über Nacht eine Metamorphose durchlaufen hatte und als ‚auffällig‘ aus seinem Kokon geschlüpft war.

Wieder grunzte Sam. „Dass er Angst um sein Geld hat, das bedeutet es."

„Er hat immerhin mitten in der Nacht deine Wände gestrichen", versuchte Diana einen anderen Ansatz.

„Nachdem er sich zum wievielten Mal in den letzten Tagen unerlaubt in mein Café geschlichen hat?"

„Jetzt wirst du kleinlich, Sam. Außerdem bist du nicht sauer, weil Wesley sich reingeschlichen hat, sondern weil du es nicht mitbekommen hast. Das zählt nicht."

„Du weißt genau, dass sowohl mein Schlafzimmer als auch das Wohnzimmer hintenraus und zum Teil über der Hinterhofwohnung von Mr. Sinclair liegen und man dort nicht hört, was im Café oder auf der Straße vor sich geht, es sei denn es ist extrem laut. Deswegen haben Dad und ich die Zimmer dort eingerichtet."

Diana beobachtete Sam, als versuche sie herauszufinden, wie weit sie gehen konnte, ehe ihre Freundin sie mitten in der Nacht hochkant rauswarf. „Ich glaube jedenfalls nicht, dass es Wesley lediglich um seine

Bürgschaft geht. Du hättest mal hören müssen, wie vehement er darauf bestanden hat, alles präzise so zu machen, wie du es gezeichnet hast."

„Weil er ein engstirniger Besserwisser ist, der gern den Ton angibt."

„Als wärt ihr aus einem Ei geschlüpft", murmelte Diana.

„Was soll das bitte heißen?" Sam verschränkte die Arme vor der Brust und funkelte Diana wütend an.

„Ich kann nicht die erste Person in deinem Leben sein, die dir sagt, dass du verflucht engstirnig und besserwisserisch sein kannst." Diana nahm dieselbe Körperhaltung ein wie Sam und legte denselben Gesichtsausdruck auf. „Falls doch, weißt du es jetzt und solltest daran arbeiten. Und am besten fängst du damit an, dass du aufhörst zu grollen und Wesley eine Chance gibst."

„Eine Chance, was zu tun?", fragte Sam aufgebracht. „Sich ungefragt in mein Leben einzumischen? Hier aufzukreuzen und den großen Helden zu spielen, um sein Gewissen zu erleichtern? Seine plötzliche Anwandlung, sich um ein Café kümmern zu wollen, das er vor mehr als zwölf Jahren im Stich gelassen hat?"

„Das wäre immerhin ein Anfang und dann ..."

„Nein", unterbrach sie Diana bestimmt.

„Nein?", wiederholte diese verdattert, während Sam aufstand und ihren Teller samt Kuchengabel in die Spülmaschine räumte.

„Genau. Schlicht und einfach: Nein."

Damit ging Sam aus der Küche, verschwand in ihrem Schlafzimmer und knallte die Tür hinter sich zu.

„Ihm eine Chance geben", murmelte sie sarkastisch und zeigte ihrem Spiegelbild den Vogel.

Aufgewühlt lief sie auf und ab und verschränkte die Arme abwechselnd in ablehnender Haltung vor der Brust und in nachdenklicher hinter dem Kopf, ehe sie die Bettdecke zurückschlug und darunter schlüpfte.

Er hat seine Chance damals vertan, als er abgehauen ist, dachte sie trotzig, drehte sich auf die Seite und beobachtete noch eine Weile mit schwimmenden Augen die roten Ziffern des Weckers, während sie die Stimme ihres Vaters und seine hohe Meinung von *zweiten* Chancen nicht loswurde.

17 DIE BOHRMASCHINENKATA-STROPHE

Liebevoll bestrich Sam den Mürbeteigboden des Apfelkuchens mit Marmelade und verteilte anschließend eine zweite Schicht Teig darüber, ehe sie die mit Zimt vorgekochten Apfelstücke hinzufügte, das Gitter platzierte und die Walnüsse darauf streute.

Als Diana sich am frühen Morgen still und heimlich vom Acker gemacht hatte, hatte Sam beschlossen, lieber noch einen neuen Apfelkuchen für ihre Helfer zu backen.

Schließlich wird mindestens ein halber Kuchen im unersättlichen Magen von Mr. Gierschlund landen, dachte Sam sarkastisch und stellte Backtemperatur und -zeit ein.

Zudem brauchte sie dringend eine Beschäftigung, die sie von eben jenem Mr. Gierschlund ablenkte, nachdem sie sich zum wiederholten Male die Nacht um die Ohren geschlagen hatte, weil sie wegen ihrer Grübeleien über Wesley nicht hatte einschlafen können.

Am schlimmsten hatte sie dabei die Frage gepeinigt, wie sie auf die seltsame Formulierung *,sich um ein Café kümmern zu wollen, das er vor mehr als zwölf Jahren im Stich gelassen hat'* gekommen war. Er hatte schließlich nicht das Café, sondern sie im Stich gelassen; und doch kreisten ihre Gedanken seit gestern Abend um diesen einen Halbsatz.

Oder vielmehr darum, mit welcher Intensität sie dieser Gedanke getroffen hatte. Wie er sich, nachdem sie zurück ins Bett gegangen war, kontinuierlich weiterentwickelt hatte. Das Café, ihre Pläne, die gemeinsame Zukunft, die geplante Hochzeit und ihren Vater ... das alles hatte Wesley kaputt gemacht.

Bei der Erinnerung daran, wie sehr es ihren Vater mitgenommen hatte, dass Wesley sie sitzengelassen hatte und allein nach London gefahren war, stahlen sich wie in der Nacht zuvor Tränen in Sams Augen. Ihr Vater, der Wesley sofort ins Herz geschlossen, der ihn stets wie einen eigenen Sohn behandelt, der ...

Als Sam das ohrenbetäubende Rumsen, Klirren und Poltern hörte, das irgendwo aus dem Café kommen musste, vergaß sie ihren letzten Gedanken, den Kuchen im Ofen und dass sie noch ihren Einhorn-Pyjama trug, während sie in Windeseile durch den Flur und die Treppe hinunterrannte.

Um Himmels willen, lass keinen Lastwagen in mein Café gekracht sein, schickte sie ein Stoßgebet an jede höhere Instanz, die ihr einfiel und blieb wie angewurzelt stehen, als sie den Gastraum des Cafés betreten hatte.

„Was, zum Klabautermann", hauchte sie und starrte zwischen der gigantischen Bohrmaschine, die ratternd auf dem Boden lag, dem zerbrochenen Spiegel und dem blutenden Wesley hin und her. Erst nach einer gefühlten Ewigkeit schaffte Sam es, all die Fragen in ihrem Kopf zu ordnen und die Wichtigste zuerst zu stellen. „Soll ich einen Krankenwagen rufen?"

Wesley sah von seinem blutenden Arm hoch, und wäre ihr die Situation nicht ernst erschienen, hätte Sam über seinen schuldbewussten und peinlich berührten Gesichtsausdruck herzhaft lachen müssen.

„Nein, nein. Ich brauche keinen Krankwagen. Es ist nur ein Schnitt im Unterarm und Splitter sind auch keine drin."

„Du wirst also nicht in den nächsten Minuten verbluten?"

„Zum Glück nicht."

Sam verdrehte die Augen und stieß hörbar die Luft aus. „Ja, zum Glück. Und jetzt erklär mir bitte eines. Was zum vermaledeiten Teufel hast du dir dabei gedacht, mit dieser völlig überdimensionierten Bohrmaschine ein faustgroßes Loch in meine Wand zu schlagen?"

„Ich wollte die Spiegel aufhängen", murmelte Wesley kleinlaut, als wäre das die ultimative Erklärung für das Tohuwabohu.

„Verdammt, Wesley, du solltest doch am besten wissen, wie ungeschickt du dich handwerklich anstellst und wie völlig absurd ..." Sam unterbrach ihre milde formulierte Schimpftirade, als sich ihr eine neue Frage aufdrängte. „Von welchen Spiegeln redest du überhaupt?"

Sie folgte Wesleys Fingerzeig und sah die fünf runden Spiegel, die hinter ihm an der Wand lehnten und im Gegensatz zu dem, der in Splittern auf dem Boden lag, noch intakt waren.

„Tommy und ich waren heute Morgen auf dem wöchentlichen Flohmarkt in Glasgow. Ich hatte gehofft, dass wir da vielleicht ein oder zwei Spiegel finden, die deinen gezeichneten Ideen aus dem Ordner ähneln.“

Sam ließ ihren Blick erneut über die Spiegel schweifen und verfluchte Wesley und seinen zum Haareraufen guten Geschmack. Nicht nur, dass die Spiegel teilweise tatsächlich zu ihren Zeichnungen passten und nicht einer darunter war, den Sam nicht ebenfalls gekauft hätte. Ihr Anblick und die rührende Geste schafften es auch, die dunkelschwarze Donnerwolke über ihrem Kopf aufklaren zu lassen.

Mist, dachte sie und schwankte zwischen einer spontanen Umarmung für Wesley und der Möglichkeit, ihm jeden der Spiegel einzeln über den Schädel zu ziehen, weil sie jetzt ein faustgroßes Loch in ihrer Wand beseitigen musste.

„Schön“, sagte sie hin und hergerissen und ignorierte Wesleys Versuch, weitere Details seines morgendlichen Einkaufs hinzuzufügen. „Und jetzt mach die Bohrmaschine aus und komm erst mal mit, bevor du den Boden vollblutest.“

Wesley wartete stumm, bis sie den Verbandskasten geholt hatte, den sie wohl doch in den nächsten Tagen würde auffüllen müssen, und folgte ihr anschließend ins Büro. Sie zog einen zweiten Stuhl heran, sodass sie über die Ecke des Schreibtisches seinen Arm verarzten konnte.

Mit der alten Leselupe ihres Vaters vergewisserte sie sich, dass Wesley wirklich keine Splitter in der Schnittwunde hatte, ehe sie diese säuberte und ihm einen langen Pflasterstreifen auf den Arm klebte.

„Das hätten wir“, verkündete sie zufrieden und verlieh sich spontan einen Doktortitel, während sie die

Ränder des Pflasters auf Wesleys Haut glattstrich. „Wenn Frau Dr. ‚Rettung in letzter Sekunde' hierfür keinen Nobelpreis in Medizin bekommt, weiß ich es auch nicht."

„Soll ich die Bohrmaschine holen und für den riesigen Scheck über neun Millionen Kronen schon mal vorsichtshalber einen Haken hier im Büro anbringen, Frau Dr. Einhornpyjama?"

Sam wusste nicht, was sie mehr aufschreckte – dass Wesley zu vertraut auf ihren Scherz einging, dass ihr in dieser Sekunde klar wurde, dass sie noch ihren Pyjama trug oder seine Stimme; mit einem Mal belegter als die eines gefeierten Rockstars. Erst als sie den Kopf hob und seinen Blick einfing, fiel ihre Entscheidung auf Letzteres.

In seinen hellbraunen Augen erkannte Sam eine Leidenschaft und Sehnsucht, von der sie im Leben nicht gedacht hätte, sie jemals wieder zu sehen.

Langsam, gefangen im Bann seines Blickes, löste Sam ihre kribbelnden Fingerspitzen von seinem Unterarm und versuchte der Wärme Herr zu werden, die sich in ihrem Körper ausbreitete und in den letzten Jahren höchstens von einem selbstgebackenen Stück Apfel...

„Scheiße", keuchte Sam und sprang von ihrem Stuhl auf. „Der Apfelkuchen!"

Mit wenigen Schritten war sie den Flur entlanggerannt. Der typische Geruch nach verbrannten Backwaren schlug ihr bereits auf halbem Weg die Treppe nach oben zu ihrer Privatwohnung entgegen.

„Mist, Mist, Mist." Sam riss gerade die Ofentür auf, als ein kräftiger Arm sich um ihre Taille legte und sie gerade noch rechtzeitig davon abhielt, mit bloßen Händen nach dem heißen Backofenrost zu greifen.

„Mach schon mal das Fenster auf." Wesley schloss die Küchentür, damit der Rauch sich nicht noch weiter in Sams Wohnung verbreiten konnte. Anschließend nahm er eines der Spülhandtücher, das an der Wand neben dem Kühlschrank hing, holte den verbrannten Apfelkuchen samt Rost aus dem Ofen und stellte ihn auf dem Herd ab. „Sieht nicht so schlimm aus wie die Erdbeertorte für meinen sechzehnten Geburtstag. Weißt du das noch? Mit dem Tortenboden hätte man die Scheibe von Hughs Schmuckladen einwerfen können, um die Vitrinen auszuräumen."

Sam entging nicht, dass ihm beim Anblick des geschwärzten Kuchens, dessen weiches, apfeliges Inneres man bestimmt noch essen konnte, das Wasser im Mund zusammenlief.

„Nimm den", meinte sie lakonisch und hielt ihm einen Esslöffel hin, ehe sie in Richtung Küchentür ging und versuchte, einen Tobsuchtsanfall über seinen dreisten, erneut allzu vertrauten Tonfall zu verhindern, während er über den Erdbeerkuchen und damit über die Vergangenheit plauderte, als wären sie seit Jahren dickste Freunde.

„Wo willst du denn hin?", fragte Wesley mit vollem Mund leichthin und brachte das Fass damit endgültig zum Überlaufen.

„Das geht dich überhaupt nichts an, Wesley James Harlington!", schnauzte sie, schnappte sich ihre Handtasche samt Autoschlüssel und funkelte ihn böse an. „Und wehe, du schnüffelst in meiner Wohnung herum, während ich weg bin. Dann reiße ich dir die ...", begann sie und folgte mit dem Blick seiner Hand, die sich instinktiv über seinen Schritt gelegt hatte. „Genau die. Die werde ich dir abreißen.“

Kopfschüttelnd ging Sam in ihr Schlafzimmer, kramte frische Unterwäsche aus dem Schrank und schlüpfte in ihre bequemste Jeans und ein schlichtes grünes T-Shirt. Ihre wilden Locken zähmte sie mit einem Haarband, ehe sie zurück in den Flur ging, die Treppe nach unten stieg, das Café durch die Seitentür verließ und sich in ihr Auto setzte. Eigentlich hatte sie noch die alten Schriftzüge von den Fenstern entfernen wollen, ehe die Handwerker gegen Mittag eintreffen würden, um den graugrünen Teppichboden aus dem Gastraum zu entfernen und durch helle Bodenbeläge in Holzoptik zu ersetzen. Aber dank Mr. Superhandwerker durfte sie jetzt zum Baumarkt fahren, um sich Materialien zum Zuspachteln eines faustgroßen Loches in der Wand zu besorgen.

„Kannst du mich am Baumarkt absetzen?“

Sam zuckte zusammen, als Wesley ohne Vorwarnung die Autotür aufriss und sich schwungvoll auf dem Beifahrersitz niederließ. Verdattert sah sie zu, wie er seelenruhig den Sicherheitsgurt anlegte, während sie gereizt und ungeduldig auf das Lenkrad trommelte.

„Ich fahre allein zum Baumarkt.“

Jetzt war es Wesley, der verdattert dreinblickte. „Was ein Zufall, dass du heute ohnehin zum Baumarkt wolltest.“

„Ohnehin?“, fragte Sam entrüstet und trommelte intensiver auf dem Lenkrad herum. „Ohnehin, Wesley, wollte ich heute Vormittag in Ruhe den Apfelkuchen fertig backen, der dank dir jetzt hin ist. Ohnehin wollte ich danach damit anfangen den Teppich aus dem Gastraum zu entfernen, damit die Handwerker weniger Stundenlohn veranschlagen können. Stattdessen muss ich jetzt zum Baumarkt fahren, um anschließend das Desaster, das du an meiner Wand angerichtet hast, zu beseitigen."

„Ein Vorschlag zur Güte."

Sam vermied es tunlichst, den Kopf nach links zu drehen. Nur zu gut erinnerte sie sich an Wesleys süßen Dackelblick, der in Kombination mit seinem neuerdings äußerst markanten männlichen Kinn vermutlich noch unwiderstehlicher geworden war.

„Wir fahren zusammen zum Baumarkt und während du später den Teppich rausreißt, werde ich brav das Loch zuspachteln."

Sam ließ sich einen Atemzug Zeit, ehe sie den Wagen startete.

„Hast du mit dem Schlüssel, den Diana dir anscheinend ohne meine Erlaubnis gegeben hat, auch brav die Vordertür abgeschlossen?"

„Habe ich", sagte er kleinlaut.

„Dann von mir aus. Aber ich werde das Loch in der Wand beseitigen, während du auf dem Boden herumkrabbelst."

***

„Wo hattest du diese überdimensionale Bohrmaschine eigentlich her?", fragte Sam, während sie den Blinker setzte.

„Diana ..."

„Alles klar", fuhr Sam direkt dazwischen. „Diana hat dich zu jemandem gebracht, der ihr einen Gefallen schuldet, und dieser jemand hatte dummerweise nur seine Todesstern-Bohrmaschine zu Hause."

„Gruselig, oder?", fragte Wesley, der es wenig amüsant fand, wie sehr Sam sich auf die Größe der Bohrmaschine fixierte, und versuchte ihre spärliche Unterhaltung aufrechtzuerhalten, ehe Sam wieder verstummte und nur mürrische Laute von sich gab.

„Ich bin froh, dass du deinen Fehler einsiehst."

„Ich rede doch nicht von der Bohrmaschine. Ich meine, es ist gruselig, wie viele Leute in Paisley Diana einen Gefallen schulden."

„Als würde sie für die Mafia arbeiten", sagten Sam und Wesley gleichzeitig und es gefiel ihm, sie heute zum ersten Mal lächeln zu sehen.

„In dem Fall muss ich dir ausnahmsweise Recht geben." Sam setzte erneut den Blinker und bog in ein Industriegebiet ab. „Ich befürchte sogar, dass Diana höchstpersönlich der Pate besagter Mafia ist."

Als sie eine weitere Seitenstraße passiert hatten, erkannte Wesley das Werbeschild des Baumarktes in der Ferne und beeilte sich, ihr Gespräch weiter am Laufen zu halten.

„Du meinst, ihr Studium an der UWS ist reine Tarnung, während sie in Wirklichkeit in schummrigen Hinterzimmern mit illegalen Gefallen handelt?"

Sams lautes Lachen ließ es Wesley warm ums Herz werden und ihn unversehens neuen Mut schöpfen, dass es nicht unmöglich war, sich mit Sam auszusöhnen.

„Ich sehe es geradezu vor mir“, japste Sam. „Ein schummriges Hinterzimmer, ein runder Holztisch, an dem düstere Gestalten sitzen und mittendrin Diana, die Hände sinister reibend, während ihr Schatzmeister die monatliche Gefallens-Bilanz mit ihr durchgeht.“

„Eine dunkle Gasse. Diana lässig an die Mauer gelehnt, den Hut halb ins Gesicht gezogen, eine Reihe von niederen Handlangern um sich versammelt und ein am Boden kauernder Kerl, der verzweifelt um Hilfe bittet. Einen Gefallen für einen Gefallen sozusagen.“

Als Sam auf den Parkplatz des Baumarktes rollte, sich in eine der Parklücken stellte und ausstieg, musste Wesley sich schwer beherrschen, sie nicht lautstark aufzufordern, im Wagen bei ihm zu bleiben und den restlichen Tag weiterzufahren, so überwältigend fand er das Gefühl von Normalität zwischen ihnen. Umso erleichterter war er, als Sam ihre kleine Geschichte weiterspann.

„Was muss ich tun, damit Sie meinen ungeliebten Arbeitskollegen aus dem Weg räumen?“, fragte sie mit verstellter Stimme, nahm sich einen der Einkaufswagen und antwortete als Diana: „Erst einmal nichts, mein Freund. Aber irgendwann, und glaube mir, der Tag wird kommen, werde ich einen Gefallen bei dir einfordern und du wirst ihn mir erfüllen.“

Anerkennend pfiff Wesley durch die Zähne. „Wow, als hätte Diana die Worte höchstselbst gesprochen.“

Sam grinste und schob den Einkaufswagen durch die automatische Schiebetür. „Diana und ich sind wohl schon zu lange befreundet.“

„Wie lang ist zu lange?“ Ehe Wesley klar wurde, dass die Frage ein echter Stimmungskiller war, hatte er sie schon ausgesprochen und bereute es sofort, als Sam einen der Mitarbeiter des Baumarktes ansteuerte und sich an ihn wandte, statt ihm zu antworten.

„Entschuldigen Sie, wo finde ich Materialien, um ein etwa faustgroßes Bohrloch in einer einfach verputzten Wand zuzuspachteln?"

„Wollte die werte Gattin wohl nicht warten, bis der Herr im Haus die Sache in die Hand nimmt."

Wesley kam bei der unverfrorenen Bemerkung des pickeligen Praktikanten eigentlich gut weg, hätte dem Kerl für seine freche Bemerkung aber trotzdem am liebsten eine Ohrfeige verpasst und ihm die Meinung gegeigt. Um Sams Wut, die dank knirschender Zähne, finsterem Todesblick und knackenden Fingerknöcheln kaum zu übersehen war, aber nicht auf sich zu lenken, entschied er lieber abzuwarten und zuzusehen, wie Sam den kleinen Wicht auseinandernahm.

Wäre das Platzen einer Hutschnur akustisch wahrnehmbar, wäre ich jetzt taub, dachte er und beobachtete amüsiert, wie Sam ihre einhunderteinundsiebzig Zentimeter zur vollen Größe aufrichtete und dem Mitarbeiter den Zeigefinger gegen die Stirn stieß.

„Jetzt pass mal auf, du pickeliger Hosenscheißer mit dem peinlichen Möchtegernbartwuchs. Wenn du in deinem Leben je mehr willst, als dir auf den Unterwäschekatalog deiner Mutter einen runterzuholen, dann lass die dämlichen Machosprüche und behandle Frauen mit dem nötigen und verdienten Respekt."

Fast hätte Wesley Mitleid mit dem Jungen gehabt, der eindeutig feuchte Augen bekommen hatte.

„Hast du das kapiert?", fragte Sam und hörte auf, dem Mitarbeiter gegen die Stirn zu tippen.

„Ja, Miss", antwortete der Junge eingeschüchtert und knetete nervös seine Finger.

„Gut." Sam trat einen Schritt zurück. „Dann kannst du mir jetzt sicher sagen, wo ich die Materialen finde, die ich brauche."

„Selbstverständlich, Miss. Kommen Sie mit." Als habe man an einer Schnur an seinem Rücken gezogen, machte der Junge kehrt und führte Wesley und Sam zu verschiedenen Regalen, aus denen er holte, was Sam brauchte, während er ihr Fragen stellte und sie sachlich über die verschiedenen Möglichkeiten beriet.

„Vielen Dank, junger Mann. Und vergiss nicht, was ich dir vorhin gesagt habe."

Erst die Peitsche, dann das Zuckerbrot, dachte Wesley schmunzelnd. Ihm war klar, dass Sam absichtlich ,junger Mann' gesagt hatte, um ihre Ansage von vorhin zu untermauern. Als Sam sich allerdings nach vorne beugte und dem Jungen einen flüchtigen Kuss auf die Wange hauchte, woraufhin dieser bis über beide Ohren zu strahlen anfing, verging Wesley das Schmunzeln gehörig.

Noch während der Junge eifrig nickte und den Eindruck machte, er würde gleich vom Boden abheben und durch den Baumarkt schweben, griff Wesley nach dem Einkaufswagen, schob ihn an den beiden vorbei und grunzte ruppig: „Wir sollten hier nicht zu viel Zeit vertrödeln, so eine Wand spachtelt sich nicht von allein."

„Hey, jetzt warte doch mal."

Wesley verlangsamte seinen strammen Schritt in Richtung Kasse, bis Sam ihn eingeholt hatte.

„Ich wollte eigentlich noch in die Lampenabteilung, wenn ich schon mal hier bin."

„Und willst du da wirklich nach Lampen schauen, oder doch lieber noch ein paar Mitarbeiter beglücken?"

Sam richtete sich erneut zu voller Größe auf und malträtierte seine Brust mit ihren garstigen, spitzen Fingern. „Ob ich jemanden beglücke", äffte sie seinen Tonfall und seine Wortwahl nach, „oder nicht, geht dich überhaupt nichts an, Freundchen."

Damit ließ Sam ihn einfach stehen und verschwand in Richtung der Lampenabteilung.

„Scheiße", stöhnte Wesley. Er wusste, dass sein übertriebener Eifersuchtsanfall nicht nur äußerst lächerlich gewesen war, sondern dass er sich dadurch mal wieder eigenhändig ins Aus geschossen hatte.

Zerknirscht machte er sich mit dem Einkaufswagen auf in Richtung Lampenabteilung und trottete durch die einzelnen Gänge, bis er Sam gefunden hatte. Sie sah sich ein paar schlichte Wandstrahler an, die gut zu den Deckenlampen des *Cake 'n' Coffee* passten.

„Meinst du, die reichen für die vier Tische links und rechts im hinteren Bereich? Oder soll ich lieber solche nehmen?"

Wesley hatte nicht mehr damit gerechnet, dass Sam jemals wieder mit ihm sprach. Überrascht und erleichtert sah er sich ihre Auswahl an und überlegte.

„Die mit drei Armen könnten, je nachdem, welche Glühbirnen du verwenden willst, vielleicht zu hell sein."

„Mh", murmelte Sam und stellte die Verpackung zurück zu den übrigen. „Das war auch meine Befürchtung." Einen Moment überlegte sie noch, ehe sie nickte und vier der zweiarmigen Wandstrahler in den Einkaufswagen legte. „Gut, dann brauche ich noch passende Glühbirnen. Die habe ich auf dem Weg hierher am Übergang zur Teppichabteilung gesehen."

Wesley folgte Sam auf dem zielstrebigen Weg um drei Ecken und hin zu einem Regal mit Glühbirnen. Obwohl Wesley auf der Packung sah, welche Sockelform zu den Fassungen der Lampen passten, wartete er ab, ob Sam ihn um Hilfe bat oder nicht. Er hatte schließlich nicht vor, sie am Ende noch wütender auf ihn zu machen.

Keine Minute später war er froh, sich nicht vorlaut eingemischt zu haben. Nachdem Sam sich nämlich alle ausgestellten Glühbirnen angesehen hatte, nahm sie zwei davon und verglich die Nummern mit denen auf der Lampenverpackung. Anschließend packte sie acht der Glühbirnen ebenfalls in den Einkaufswagen.

„Wunderbar." Sam klatschte in die Hände. „Dann auf zur Kasse, damit wir noch den Teppich rausreißen können, ehe die Handwerker in drei Stunden kommen."

***

Auf der Fahrt zum *Cake 'n' Coffee* konzertierte sich Sam auf den Straßenverkehr und vermied es weiterhin, heiter mit Wesley zu plaudern. Was passierte, wenn sie ihre Anti-Wesley-Haltung aufgab, ohne jeden seiner Sätze auf die Goldwaage zu legen und ihn zurechtzuweisen, wusste sie jetzt schließlich.

Nichts Gutes. Es passiert nichts Gutes, grollte Sam innerlich und konnte es noch immer nicht fassen, dass Wesley sie wegen eines harmlosen Schmatzers auf die Wange eines fehlgeleiteten jungen Mannes derart unverschämt runtergeputzt hatte. Was bildete sich dieser Idiot eigentlich ein?

Als Sam eine Viertelstunde später den Wagen in der Seitengasse neben dem *Cake 'n' Coffee* parkte, hatte sie weiterhin keine befriedigende Antwort darauf gefunden und beschloss, es dabei zu belassen. Sie konnte schließlich nicht in Wesleys verqueren Kopf sehen und ansprechen würde sie ihn auf den Vorfall sicher nicht. Hatte sie ihm doch bereits klar und deutlich gesagt, was sie davon hielt.

Sam schloss die Seitentür des Cafés auf und schob den Holzkeil darunter. Anschließend öffnete sie den Kofferraum ihres Wagens und legte die Glühbirnen und die Materialien zum Spachteln in die mitgebrachte Stofftasche, während Wesley die Wandstrahler vom Rücksitz holte.

Sie holte noch einen Eimer und einen Messbecher mit Wasser aus der Küche des Cafés und verdrehte die Augen, als sie sah, wie Wesley mit einem Cuttermesser in der Hand unschlüssig in der Mitte des Gastraumes stand. Sofort malte sie sich aus, wie sie verzweifelt versuchte der Polizei zu erklären, dass Wesley sich eigenhändig mit dem Cuttermesser in zwei Hälften zerteilt hatte.

„Warte, bevor du anfängst und dich mit dem Ding umbringst." Sie stellte den Eimer auf den kleinen Ecktisch. „Außerdem ist dir hoffentlich klar, dass du die Spiegelscherben noch einsammeln musst, ehe du den Teppich rausreißt ... aber damit wartest du bitte auch, bis ich zurück bin." Sam konnte sich ebenso wenig vorstellen, dass die Polizei ihr glauben würde, Wesley habe sich ganz allein die gesamte Haut abgezogen, bei dem Versuch Glasscherben aufzuheben.

Sie ging noch einmal in die Küche, öffnete die Krimskrams-Schublade und holte das Paar Schnittschutzhandschuhe heraus, das als Zusatz in einem der scharfen Messersets gewesen war.

„Hier, für dich. Damit du dir nicht aus Versehen einen Finger abtrennst."

„Sehr witzig." Wesley nahm die Handschuhe und machte Anstalten, sie ungenutzt zur Seite zu legen.

„Das war kein Witz, Freundchen!" Sam nahm ihm die Handschuhe wieder ab und öffnete die Verpackung. „Ich lasse dich nicht in die Nähe von scharfen Glassplittern oder mit diesem Cuttermesser herumhantieren, wenn du nicht augenblicklich diese Handschuhe anziehst."

Jetzt war es an Wesley, mit den Augen zu rollen. Dennoch griff er nach den Handschuhen und zog sie an. „Zufrieden?"

„Ob du es glaubst oder nicht, wenn ich mit Sicherheit weiß, dass ich dich nicht nachher ins Krankenhaus fahren muss, einen deiner Finger in einer Schale mit Eis, ja, dann bin ich zufrieden."

Wesley winkte ab. „Papperlapapp. Was soll schon großartig …"

„Wage es nicht, passieren zu sagen." Sam erinnerte sich mit Grauen daran, dass der Halbsatz ‚was soll schon passieren' aus Wesleys Mund früher wie eine Initialzündung für Unfälle aller Art gewirkt hatten.

Was soll schon passieren, wenn ich auf den Baum klettere? Ein zweifacher Bruch des linken Unterarms.

Was soll schon passieren, wenn ich in kurzen Hosen Skateboard fahre? Eine Schürfwunde so groß wie ein halber Unterschenkel.

Was soll schon passieren, wenn ich mich an den Leuchter hänge, um herum zu schwingen wie ein Affe? Ein verstauchter Knöchel, fünf Minuten Ohnmacht und eine Platzwunde an der Stirn.

„Musstest du auch gerade an die Sache mit dem Leuchter denken?", erdreistete sich Wesley doch glatt grinsend zu fragen.

„Der Teppich reißt sich nicht von allein raus." Sam ließ Wesley und sein positives Schwelgen in Erinnerungen, die ihr nach wie vor einen Schauer über den Rücken laufen ließen, eiskalt abblitzen und wandte sich stattdessen dem Staubsauger in der Ecke zu.

Erst als sie den Sauger anschaltete und begann, das Loch in der Wand von feinem Putz und Staub zu befreien, murmelte Sam die Schimpfworte in ihren nicht vorhandenen Bart, die ihr auf der Zunge lagen.

Ohnmächtig! Da macht dieser Kerl Witze über seinen missglückten Affentanzversuch und hat anscheinend völlig vergessen, dass er geschlagene fünf Minuten ohnmächtig gewesen ist, dachte Sam und erinnerte sich an das bange Warten, bis der Rettungswagen endlich eingetroffen und seine Wunde im Krankenhaus genäht worden war. Mit vier Stichen.

Wie der junge Mitarbeiter im Baumarkt es ihr erklärt hatte, füllte Sam den Eimer mit der benötigten Menge an Wasser und ließ den Spachtel langsam einrieseln, während sie darauf achtete, dass keine großen Klumpen entstanden. Anschließend ließ sie die Masse einen Augenblick ruhen, ehe sie mit dem Umrühren begann.

Als sie fertig war, nahm Sam den ersten Schwung der entstandenen Masse auf die kleine Kelle und begann das Loch zuzuspachteln.

Bei dem Stichwort *junger Mitarbeiter* kochte in ihr erneut die Wut über Wesleys unangebrachtes Verhalten hoch, auch wenn sie sich eingestehen musste, den kleinen Eifersuchtsschub von Wesley einen Augenblick genossen zu haben. Aber das Unverständnis über seine Dreistigkeit überwog. Wenn jemand nicht das Recht hatte, sich wie ein eifersüchtiger Ochse aufzuführen, dann war es schließlich Wesley James Harlington.

Nachdem Sam das Loch vollständig zugespachtelt hatte, brachte sie alles, was im Gastraum nicht mehr gebraucht wurde, zurück in die Küche, den Flur und ihr Büro. Erst überlegte sie, einfach nach oben in ihre Wohnung zu gehen, sich auf die Couch zu lümmeln und die Seele eine Runde baumeln zu lassen, während sie sich eine neue Serie auf Netflix aussuchte. Dann aber überkamen sie erneut horrorhafte Unfallszenarien und sie entschied zurückzugehen, um Wesley beim restlichen Teppich zu helfen.

Kaum hatte Sam den Gastraum betreten, wünschte sie sich allerdings, sie wäre nach oben in ihre Wohnung gegangen. Das Shirt eng über den Rücken gespannt, kleine Schweißperlen auf der Schläfe, kniete Wesley auf dem Boden und zog mit aller Kraft an einer der halb gelösten Teppichbahnen, die er zuvor mit dem Cuttermesser vom restlichen Stoff geschnitten hatte. Und obwohl Sam nicht zu den Frauen gehörte, die bei jedem männlichen Attribut sabberten, konnte sie nicht aufhören dem Spiel seiner Oberarmmuskulatur zuzusehen.

Erst als Wesley den Kopf hob und zu ihr sah, zuckte Sam zusammen und tat panisch so, als sei sie gerade erst durch die Tür getreten.

„Kannst du mir kurz helfen?" Obwohl Wesleys Stimme ruhig klang, erkannte Sam sofort das unterdrückte Lachen, das von verdächtig zuckenden Mundwinkeln untermalt wurde.

Na wunderbar, dachte Sam und stapfte missmutig zu Wesley.

„Bis jetzt war das Rausreißen kein Problem, aber ich befürchte, hier ist dem Teppichverleger der Klebereimer umgefallen."

Sam ging in die Hocke und nahm die freie Ecke der Teppichbahn. „Auf drei. Eins, Zwei, Drei."

Gleichzeitig zogen Sam und Wesley am Ende des Stoffes.

„Oh, verdammt!", schrie Sam auf, als der Teppich sich durch die gemeinsame Zugkraft viel leichter vom Boden löste als gedacht. Durch den Ruck verlor sie das Gleichgewicht und plumpste unsanft auf den Hintern.

„Alles in Ordnung?", fragte Wesley, sprang auf und sah besorgt zu ihr.

„Nichts passiert", nuschelte Sam. Ihr Sturz war ihr vor allem peinlich, und so nahm sie zögerlich Wesleys entgegengestreckte Hand. „Danke."

Dass der Kontakt ihrer beiden Hände dabei viel zu lange andauerte, war ihr und musste auch ihm klar sein. Und obwohl alles in Sam sie davor warnte, hob sie den Kopf und blickte in Wesleys hellbraune Augen. Obwohl sie es kommen sah und hätte verhindern können, ließ sie zu, dass er den Kopf neigte und seine Lippen auf ihre legte. Obwohl sie es hätte besser wissen müssen, erwiderte sie seinen Kuss wie ein ausgehungerter Berglöwe.

Wie Wesley es geschafft hatte, sie durch den halben Raum zu schieben, war Sam schleierhaft, als sie kurz darauf die kalte Wand des Gastraumes im Rücken spürte. Doch statt darüber zu grübeln, schlang sie die Beine um Wesleys Hüfte, als er sie an den Oberschenkeln packte, während sie nicht aufhören konnte ihn zu küssen.

Nach Hause kommen, schoss es Sam wie schon in Edinburgh unwillkürlich durch den Kopf und sie schlang die Arme um seinen Nacken, zog ihn noch enger an sich.

„O Gott, mein Fuß!"

Als Sam und Wesley erschrocken die Köpfe zur Seite drehten, sah Sam Diana und Tommy im Rahmen der Eingangstür stehen. Diana hielt ihren linken Fuß mit der freien Hand umschlossen. Der Schmerz, den Tommys gigantische Quadratlatsche und sein durchtrainiertes Kampfgewicht verursacht hatten, war ihr ins Gesicht geschrieben. Ebenso wie die Scham, sie und Wesley beim Rummachen erwischt und gestört zu haben.

„Ich fahre dich sofort ins Krankenhaus", sagte Tommy und holte seinen Autoschlüssel aus der Hosentasche.

Verblüfft sah Diana Tommy an. „Wieso Krankenhaus?"

„Weil ich gerade ein Knacken gehört habe, als ich dir auf den Fuß getreten bin."

„Das war nicht mein Fuß, du Trampeltier, das war die kleine Plastikblume vorne auf einem meiner Lieblingsballerinas", antwortete Diana Tommy sanft tadelnd.

Sam nahm die Szene zwischen den beiden nur wie in Watte gepackt wahr, derart laut hörte sie das Blut durch ihre Adern rauschen. Sie schob Wesley von sich und kam unelegant auf dem Boden auf. Ihr Puls spielte noch immer presto und ihre Wangen brannten vor Lust und Scham zugleich. Keine Sekunde ließ sie den Fußboden aus den Augen. Sie konnte und wollte Wesley jetzt nicht in die Augen sehen.

„Ich hole dir trotzdem einen Stuhl", rief sie und nutzte die Gelegenheit, sich an Wesley vorbeizuzwängen. Schnell lief sie in ihr Büro, schloss die Tür und lehnte sich dagegen.

Noch immer spürte sie Wesleys Lippen auf ihren, schlug ihr Herz völlig aus dem Takt, beruhigte sich ihr Atem nur langsam. In ihrem Inneren tobte derweil eine regelrechte Schlacht zwischen einem Fluch, den sie über Tommy, Diana und ihr unsäglich schlechtes Timing legen wollte, und dem Wunsch, diesen verrückten, unvorhergesehenen und erotisch aufgeladenen Dauerkuss rückgängig machen zu können.

Sam wusste nicht, wie lange sie an der Tür ihres Büros lehnte, ehe sie einen der Stühle nahm und zurück zum Gastraum ging.

Was sie dort jedoch sah, ließ sie ihre Pläne für heute über den Haufen werfen. Wesley, der ausgelassen mit Diana kabbelte. Wesley, der lachend mit Tommy balgte. Wesley, der einfach umwerfend aussah.

Wesley, der in diesem Moment zu viel für Sam war.

Leise, ohne dass die anderen sie bemerkten, stellte sie den Stuhl ab und machte sich auf den Weg in ihre Wohnung. Dort angekommen, schlüpfte sie in bequemere Kleidung, legte ihre Schürze um und tat, was sie immer tat, wenn sie sich ablenken wollte. Sie begann zu backen.

18 EIN ABEND UNTER FREUN-DEN UND FREUNDINNEN

„Wow, Sam. Ich wusste gar nicht, dass du einen Groß-auftrag hast." Diana betrat Sams private Küche und staunte nicht schlecht über die Kuchen, Cakepops, Muffins und Kekse, die zum Teil auf dem Küchentisch und zum Teil im Kühlschrank standen, in den Sam gerade eine weitere Reihe Cupcakes stellte.

Es war spät geworden, doch obwohl es Diana seit Stunden unter den Nägeln brannte, nach oben zu Sam zu gehen und sie über den Kuss mit Wesley auszuquetschen, hatte sie bis jetzt gewartet. Sie kannte Sam und wusste, ein heimliches Wegstehlen bedeutete, dass man ihre Freundin eine ganze Weile in Ruhe lassen musste.

„Ich habe keinen Großauftrag." Sam schloss die Kühlschranktür und wischte sich die Hände an der Schürze ab. „Ich hatte einfach Lust zu backen."

„Für eine fünfzigköpfige Familie?"

„Wenn ich einmal angefangen habe, bin ich eben schwer zu stoppen. Ich dachte, das wüsstest du."

Diana, beim Anblick der saftigen und cremigen Leckereien nicht länger Herr über ihre Zurückhaltung, schnappte sich einen der hellen Muffins mit einer verdächtig nach Karamell aussehenden Zwischenschicht und einer rotglänzenden, nach Kirschen schmeckende Geleeoberseite.

„Mein Gott, die sind der Hammer." Diana war froh, dass sich auf Sams Lippen ein leichtes Lächeln abzeichnete. Nachdem sie und Tommy die beiden hungrigen Tiger vorhin im Gastraum überrascht hatten und Sam ohne ein Wort verschwunden war, hatte sie befürchtet, ihre Freundin in der denkbar miesesten Stimmung anzutreffen. Dabei hätten sie und Tommy es fast geschafft, unbemerkt aus dem Café zu schleichen, wäre dieser Tollpatsch ihr nicht auf den Fuß getreten. Schließlich hatten die beiden Tiger weder die Türglocke gehört, noch ihr Eintreten wahrgenommen.

„Mit dem Boden hat übrigens alles super geklappt, falls es dich interessiert", erzählte Diana schmatzend. „Tommy und Wesley haben noch den restlichen Teppich zusammen rausgerissen und den Handwerkern geholfen, wo sie konnten. Und ich habe alle mit deinem Apfelkuchen und Kaffee versorgt." Diana nahm sich einen weiteren Muffin. Sein Kern bestand aus einer Veilchencreme und auf das Topping waren weiße Schokosplitter gestreut. „Apropos Wesley", entschied Diana sich, das Pflaster mit einem Ruck abzureißen, statt die nächste Stunde um den heißen Brei herumzureden.

„Das war ein einmaliger Ausrutscher." Sam tauchte den letzten Cakepop in lilafarbene Schokolade.

„Ausrutscher?" Diana verschluckte sich beinahe an ihrem Muffin. „Das glauben doch du und zehn andere nicht."

„Es war ein Ausrutscher", beharrte Sam, während sie Sahne in eine Schüssel goss und den Mixer einsteckte.

„Und damit ist alles gesagt, was es zu dem Thema zu sagen gibt."

„Sam ..." Diana hatte kaum den letzten Bissen ihres Muffins im Mund, als sie sich schon umsah, was sie als nächstes verkosten konnte.

„Sam, was?", rief Sam über den plötzlich verdächtig lauter werdenden Mixer hinweg und runzelte die Stirn, als Diana den Stecker zog. „Sag mal, spinnst du?"

„Ich sagte eben: Sam, bitte sei doch vernünftig und gibt dem armen Mann wenigstens eine Chance."

„Eine Chance, was zu tun?" Sam löste die Rührstäbe aus dem Mixer und hielt sie ihrer Freundin samt der leckeren Lakritzcreme unter die Nase. „Sich zwei Wochen als Bauleiter aufzuspielen? Zwei Wochen den netten, hilfsbereiten Freund zu spielen? Mich flachzulegen, ehe er sich wieder nach London verpisst und sein Gigololeben führt?" Sie stemmte die Hände in die Hüften und sah Diana prüfend an. „Ist es das, was du willst? Bist du dann glücklich? Und turnt dich das irgendwie an? Oder hast du mit Tommy eine Wette über unerfüllte Wünsche nach perversen Sexpraktiken am Laufen?" Sie klatschte die Creme auf den Biskuitteig, den sie anschließend zu einer für ihre Verhältnisse schlampige Rolle eindrehte.

„Habe ich dir schon mal gesagt, dass du ebenfalls nicht in der Lage bist, ein sinnvolles Streitgespräch zu führen?" Diana schnappte sich die Schüssel und kratzte die übriggebliebene Creme mit dem Finger heraus. „Ich meine, wie kommst du auf die Idee, Wesley führe ein Gigololeben? Was sagt dir, dass er dich flachlegt und nach London abhaut? Und was, um Himmels willen,

sind unerfüllte Wünsche nach perversen Sexpraktiken? Das ergibt doch alles überhaupt keinen Sinn."

„Genauso wenig wie es Sinn ergibt, dass du plötzlich
auf Wesleys Seite bist und so tust, als sei ich die Böse,
weil ich ihm keine Chance geben will, was auch immer
zu tun."

„Ich denke nur ...", begann Diana und schluckte. Nicht
wegen dem Fingervoll Creme in ihrem Mund, sondern
weil sie nicht wusste, ob sie ihrer Freundin sagen sollte,
was sie gestern Abend mit Tommy besprochen hatte.
Sie hatte noch immer Angst, der Schuss könnte nach
hinten losgehen.

„Was willst du mir sagen?", fragte Sam.

„Etwas, von dem ich nicht weiß, ob ich es dir sagen
soll oder nicht."

Sam legte ein Zuckernetz über die Biskuitrolle und
wischte sich die Hände an der Schürze ab. „Tja, bei der
Entscheidung kann ich dir nicht ..."

„Wesley ist noch verliebt in dich und er will dich zurückerobern!", platzte es aus Diana heraus. Und ehe
Sam, die ungläubig den Kopf schüttelte, zu einer Erwiderung ansetzen konnte, plapperte sie wie ein Wasser-
fall weiter. „Auf der Jubiläumsfeier hat er deinen Namen gemurmelt und gesagt ‚Ich kann doch nicht einfach aufhören dich zu lieben' und als er sich in Tommys
Wohnung betrunken hat, hat er mehr oder weniger direkt zugegeben, dass es ein Fehler war, dich zu verlassen. Und ich glaube ... nein, ich fühle ... ich weiß, er ist
hier und hilft dir, weil er dir wieder näherkommen will.
Und seine Arbeit in London ist ihm egal, er hasst sie sogar. Und er gibt sich solche Mühe. Und er ist süß. Und
ihr passt sooo gut zusammen. Und eure Kinder werden

der Knaller. Und ..." Diana unterbrach ihren Redeschwall für einen Moment, als ihre Freundin sie mit
aufgerissenen Augen anstarrte. „Und meinst du nicht,
du könntest wenigstens darüber nachdenken, ihm eine
Chance zu geben? Was sagst du?"

Sam sah zur Seite aus dem Fenster, während sie ihre
Schürze abnahm und ihr Gesicht im Sekundentakt jede
menschenmögliche Emotion durchlief. Schließlich
sagte sie zögerlich: „Das waren eine Menge ‚und‘s."

„Aber was sagst du zu dieser genialen Nachricht?", beharrte Diana in der Hoffnung, Sam in die richtige Richtung zu schubsen.

„Ich weiß es nicht, Diana", erwiderte Sam und rieb
sich die Schläfen. „Ich weiß es wirklich nicht."

***

„Na? Wer schwebt denn da noch auf Wolke sieben?
Auf der Wolke voller leidenschaftlicher Küsse und hei-
ßem Gefummel?"

„Tommy, könntest du bitte aufhören mit dem Unsinn?", antwortete Wesley mit einer tadelnden Gegen-
frage, während er seinem Freund zusah, der entweder
versuchte einen fliegenden Engel nachzuahmen oder
sein Faible für Ballett entdeckt hatte. Eine andere Erklärung konnte es für Tommys gymnastisches Gehopse
durchs Wohnzimmer nämlich nicht geben. Außer vielleicht einen geistigen Totalausfall.

„Nur wenn du zugibst, dass es eine hammermäßige
Idee war hierzubleiben und dass dein Freund Tommy
einen Orden für außergewöhnliche Dienste in Liebes-
dingen verdient hat."

„Reden wir hier von dem gleichen Tommy, der eine goldene Himbeere für den dümmlichsten Auftritt des Jahres während einer leidenschaftlichen Szene bekommen sollte?"

Tommy hielt in der Bewegung inne und zwinkerte Wesley schelmisch zu. „Wir wollten uns euch zuliebe leise rausschleichen. Um euch nicht bei euren sportlichen Aktivitäten zu stören."

„Das hat ja wunderbar funktioniert", brummte Wesley, dem bei der Erinnerung an den Kuss, Sams süßes Kieksen, ihren Duft und das Gefühl genau dort zu sein, wo er hingehörte – wo er immer hingehört hatte – schmerzlich bewusst wurde, was er in den letzten Jahren vermisst, was ihn unglücklich gemacht hatte.

„Keine Sorge, Kumpel. Du wirst schon noch zum Stich kommen." Tommy klopfte Wesley aufmunternd auf die Schulter. „Und die ganze Herzenssache wird sich auch ganz von allein regeln, wenn Diana erst mit Sam geredet hat."

Das kurze, verräterische Zucken in Tommys Gesicht ließ Wesley stutzig werden. „Mit Sam über was redet?"

„Ähm. Nichts Wichtiges." Tommy kratzte sich am Hinterkopf und floh abrupt in die Küche. „Soll ich dir ein Bier mitbringen? Und willst du lieber Sour Creme Chips oder welche mit Salz und Essig?"

Wesley folgte ihm und lehnte sich in die Küchentür. Als Tommy sich umdrehte und ihn entdeckte, zuckte er zusammen.

„Mit Sam über was redet?", wiederholte Wesley.

„Wollen wir uns, statt uns von Streamingdiensten berieseln zu lassen, vielleicht nicht lieber anziehen und eine Runde Billard oder Darts spielen gehen? Um die Ecke bei *Rick's* gibt es im Keller eine Bar."

„Ich frage dich das jetzt nur noch einmal. Mit Sam über was redet?"

„Über dich."

„Jetzt lass dir nicht jeden Wurm einzeln aus der Nase ziehen, verdammt!", brauste Wesley auf, als Tommy keine Anstalten machte weiterzureden. Ihm schwante nichts Gutes.

„Sie redet mit Sam über dich und deine Gefühle. So, jetzt weißt du es."

Für einen Moment fehlten ihm die Worte. Dann fielen ihm jede Menge unschöne Bezeichnungen für den miesen Verräter ein, von dem er gedacht hatte, er sei sein Freund. Schlussendlich konzentrierte sich Wesley aber auf die beiden wesentlichsten Punkte. „Warum? Und wie können wir sie aufhalten?"

„Weil ich dachte, es wäre hilfreich."

„Das mit dem Denken solltest du dringend üben." Wesley fuhr sich mit den Händen übers Gesicht und unterdrückte einen frustrierten Aufschrei. Er hatte gewusst, dass es schwer genug werden würde, ein paar normale, vorwurfsfreie Momente mit Sam zu verbringen, geschweige denn ihr wieder nahezukommen. Aber wenn Sam jetzt erfuhr, was sein eigentlicher Grund war in Paisley zu bleiben, dann würde sie dichter machen als Fort Knox. „Du hast meine zweite Frage nicht beantwortet."

„Du kannst sie nicht aufhalten", gab Tommy die Antwort, die Wesley befürchtet hatte. „Diana hat mir geschrieben. Sie hat es Sam schon gesagt und die beiden machen jetzt einen Binge Watch Abend."

Wesley nahm Tommy das Bier aus der Hand und ließ sich mutlos auf den Küchenstuhl sinken. Das Glücksgefühl, das ihm Sams verträumter Blick auf seine Muskeln oder seinen Hintern beschert, ihm die nötige Kühnheit für den Kuss verliehen und durch Sams stürmische Erwiderung höchste Sphären erklommen hatte, war weg. An seine Stelle war ein anderes Gefühl zurückgekehrt. Eines, das ihm seit Tagen Bauchschmerzen bereitete. Ungewissheit.

19 DIE SCHLACHT AM BILLARD-TISCH

„Bereit für eine vernichtende Niederlage? Ähm, was wird das?", fragte Diana und musterte Sam von der Schlafzimmertür aus. „Hatten wir nicht gestern einstimmig entschieden, uns heute schick zu machen, um mal wieder einen denkwürdigen Billardabend bei *Rick's* zu verbringen?"

Sam blickte an sich hinunter. „Für den spärlich beleuchteten Keller reicht das doch."

„Eine viel zu große Jeans, die nur mit diesem potthässlichen Ledergürtel hält, und ein ausgewaschenes Bon Jovi-Shirt? Das würde nicht mal reichen, wenn du einen Stall hättest und heute der große Scheiße-Schaufel-Tag wäre."

Diana öffnete Sams Kleiderschrank, ignorierte den Protest ihrer Freundin und wühlte darin herum.

„Da ist sie ja!" Triumphierend hielt Diana eine schwarze, enge Jeans hoch, während sie die Blusen durchsuchte. „Und dazu das."

„Ich soll in einer knallengen Jeanshose und meiner Schluppenbluse aus grüner Seide zu *Rick's* gehen?" Sam legte die beiden Kleidungsstücke auf ihr Bett. „Und soll ich vielleicht noch ein paar unbequeme, aufreizende High Heels anziehen und in aller Voraussicht kein Höschen tragen?"

„Die Jeans lässt deinen Arsch zum Anbeißen aussehen und die Bluse ist schlicht und aufregend zugleich. Abgesehen davon betont sie perfekt das Grün deiner Augen und das Kupfer deiner Haare."

„Deswegen habe ich mir diese überteuerte Bluse überhaupt erst gekauft. Falls du dich nicht an deinen zwanzigminütigen Vortrag in der kleinen Boutique in Glasgow erinnerst." Sam griff nach ihrer sportlichen Umhängetasche und ließ die ausgewählten Kleidungsstücke unbeachtet auf dem Bett liegen, während sie Diana andeutete, dass sie jetzt ausgehfertig genug war.

„Vergiss es! So gehst du mir nicht aus dem Haus."

Dianas übertriebene Reaktion machte Sam stutzig. „Wieso nicht?"

„Weil wir gestern ausgemacht haben, dass wir uns schick machen. Und ich für meinen Teil habe mich an die Vereinbarung gehalten. Also wirst du das gefälligst auch tun." Diana nahm die Jeans und die Bluse vom Bett und streckte sie Sam entgegen. „Keine Widerrede. Ich will nicht, dass du wie ein Bauerntrampel aus dem Haus gehst."

Sam seufzte und blickte auf die seidene Bluse. „Na gut." Sie ging an ihren Schrank und zog ein schlichtes grünes T-Shirt aus dem Stapel. „Ich ziehe die Hose und das hier an. Und das ist mein letztes Wort."

Diana rümpfte zwar die Nase über das T-Shirt, nickte aber schließlich. „Wenn es sein muss, ist das grüne Shirt akzeptabel."

„Danke, Eure Majestät." Sam schlüpfte in die schwarze Jeans, ehe sie das T-Shirt wechselte und den Inhalt ihrer sportlichen Umhängetasche in ihre

schwarze Henkeltasche mit den kleinen Schleifen um-
räumte. „Ist das jetzt ausgehfein genug?"

„Mh. Du könntest deine Haare noch ..."

„Wir gehen jetzt, bevor ich dir die Tasche um die Ohren haue." Sam ging an Diana vorbei und nahm ihren
Autoschlüssel von der Kommode. „Hopp, hopp", rief sie
hinter sich und machte sich auf den Weg zu ihrem
Auto.

***

„Du falsche Natter!", zischte Sam, als sie und Diana
vor dem *Rick's* parkten und von einem vergnügt win-
kenden Tommy begrüßt wurden, neben dem ein betreten dreinblickender Wesley stand.

„Ich liebe dich auch, beste Freundin." Diana zwinkerte ihr zu, sprang förmlich aus dem Wagen und ließ
ihre Tür offen, während sie zu Tommy ging. Was Sam
jede Chance nahm, mit quietschenden Reifen davonzu-
brausen. Widerstrebend löste Sam ihren Gurt und stieg
ebenfalls aus.

Dass sie ausgerechnet einen Tag nach Dianas Offenbarung über Wesleys angeblich wahren Grund zu bleiben auf ihn treffen musste, schmeckte Sam überhaupt
nicht.

Wie sie erwartet hatte, war es ihr die gesamte Nacht,
nachdem Diana sich gestern verabschiedet hatte, nicht
gelungen einzuschlafen – mal wieder. Schlimmer als
ein außer Kontrolle geratenes Hamsterrad hatten sich
ihre Gedanken um die aberwitzige Idee gedreht,
Wesley könnte ihretwegen in Paisley geblieben sein.

208

Zuerst hatte sie Dianas Ausbruch als Fieberwahn ihrer Freundin abgetan, dann hatte sie es für einen mageren Versuch gehalten, ihr irgendeinen Unfug einzureden. Doch als sie gerade bereit gewesen war, die Sache als ‚auf Dianas Mist gewachsen‘ abzutun, hatte sich diese kleine nervige Frage in ihrem Kopf eingenistet. Was war, wenn Diana die Wahrheit gesagt hatte?

Ab diesem Moment hatte Sam gewusst, dass eine schlaflose Nacht vor ihr lag, und war aufgestanden, um weitere Köstlichkeiten zu backen; bis heute Morgen.

„Hey, hör mal.“

Sam dachte gar nicht daran sich zu Wesley umzudrehen und schloss stattdessen Dianas offengelassene Autotür.

„Ich hatte keine Ahnung, dass die beiden das hier ausgeheckt haben.“

„Das habe ich an deinem Gesichtsausdruck gesehen“, antwortete Sam knapp, schloss den Wagen ab und steuerte auf Diana und Tommy zu.

Sie war derart erleichtert gewesen, dass heute keine Termine für den Umbau des Cafés angestanden hatten, denn das hatte geheißen, dass sie und Wesley frühestens morgen aufeinandertreffen würden. Aber das Leben war anscheinend tatsächlich kein Wunschkonzert.

„Ich freue mich schon drauf, euch gnadenlos abzuziehen“, rief Tommy gerade, als Sam bei den beiden ankam.

„Oh, wie süß. Sam, hast du das gehört?“ Diana klopfte Tommy tröstend auf die Schulter. „Er meint, er könnte uns im Billard abziehen.“

Neben sich hörte sie Wesley auflachen. „Vergiss es, Kumpel. Niemand schlägt Sam im Billard.“

Seine plötzliche Ungezwungenheit brachte Sam zurück auf eine weitere Frage, die sie um den Schlaf gebracht hatte. Wusste Wesley, dass sie wusste, warum er hier war?

Um sich nicht verrückt zu machen, schüttelte Sam den Gedanken so gut sie konnte ab und versuchte sich darauf zu konzentrieren, auf der schmalen Treppe in die Kellerbar des *Rick's* nicht den Halt zu verlieren.

„Da seid ihr ja endlich, Tommy", rief Rick, der heute persönlich hinter der Bar stand und die Gäste bediente. „Ich dachte schon, ich habe dir den Tisch in der Ecke umsonst freigehalten."

„Tja, du weißt ja, wie die Mädels sind", erwiderte Tommy grinsend und wich einem Boxhieb von Diana aus.

„Nur zu gut." Rick stöhnte und fragte dann nach ihren Bestellungen. „Alles klar, kommt in wenigen Minuten, Leute."

„Ich bin übrigens seit einer guten Stunde fertig", maulte Diana, während sie an den anderen Tischen vorbeigingen. „Aber Sam, puh. Die konnte sich kaum entscheiden, was sie zu diesem besonderen Anlass Schickes anziehen soll."

Sam errötete unter Wesleys interessiertem Blick. Sie hätte ihrer Freundin am liebsten den Hals umgedreht, wollte es aber um jeden Preis vermeiden, noch mehr Aufmerksamkeit auf ihre Hose zu lenken, die ihr mit einem Mal viel zu aufreizend vorkam. Ganz zu schweigen von dem enganliegenden T-Shirt.

Gott sei Dank erstickte Rick mit seinem Tablett voller Getränke und den Schnäpschen aufs Haus das peinliche Thema.

„Auf einen schönen Abend!“, rief Tommy und kippte den Erdbeerlikör runter, ehe er sich schüttelte und die Billardqueues verteilte.

Sam tat es ihm mit dem Schnaps gleich und nahm sich zur Sicherheit gleich noch den von Diana. Schließlich hatte ihre Freundin ihn nach ihrer frechen Bemerkung ohnehin nicht verdient. So gut sie es konnte, wich sie dabei Wesleys Blicken aus.

„Ladys first“, bestimmte Diana und schubste Tommy mit ihrem Gesäß zur Seite. „Und mit Ladys meine ich Sam.“

Den Queue im Anschlag, beugte Sam sich nach unten, bis sie mit den Augen auf der richtigen Höhe war. Einen Moment hielt sie die Luft an und stieß den Queue gegen den Queueball.

„Wir haben dann wohl die Vollen“, frohlockte Diana, als sie sah, wie neben der Zweierkugel auch die Sieben in einem der Löcher verschwand.

Sam fokussierte die Vier an, die sie versuchte in der Ecke zu versenken.

„Knapp vorbei ist auch daneben.“ Tommy klatschte mit Wesley ab und nahm einen Schluck von seinem Bier, ehe er die Elf in die linke Mitte stieß. „Und jetzt die Dreizehn.“ Großspurig deutete er auf die rechte Ecke, machte die Rechnung allerdings ohne Diana, die sich neben ihn stellte und ihm die Hand auf den Hintern legte.

„Hey, das ist unfair.“

„Du kannst dich ja revanchieren“, feixte Diana und schaffte es ebenso wenig eine weitere Kugel einzulochen.

Als Wesley an der Reihe war, spornte Diana Sam an, ebenfalls für Ablenkung zu sorgen, was Sam mit einem lakonischen ‚Ich spiele fair' quittierte. Nachdem Wesley jedoch die dritte Kugel in Folge in trockene Tücher brachte, überlegte sie kurz, sich in seinem Blickfeld über die Lippen zu lecken und ihr Dekolleté mit sanftem Seitendruck ihrer Arme in Form zu bringen. So wie sie es früher häufig getan hatte, um Wesley abzulenken.

Sofort verdrängte sie die Überlegung jedoch wieder. Es wäre ja noch schöner, wenn sie hier für diese Flitzpiepe eine Peepshow veranstalten würde. Auch wenn die Flitzpiepe ein umwerfend männliches Seitenprofil hatte.

„Ich dachte schon, du beendest das Spiel, Alter." Tommy reichte Wesley sein Bier und stieß mit ihm an.

„Das ist deine Chance, wieder ranzukommen, Sam", jubilierte Diana und drückte Tommy und seine zum Schmatzer geformten Lippen von sich weg. „Keine Verbrüderung mit dem Feind."

„Der Feind in deinem Bett", schnurrte Tommy, umschlang Diana von hinten und legte den Kopf auf ihrer Schulter ab.

„Sucht euch ein Zimmer." Erneut lachte Wesley ausgelassen, während er direkt neben Sam stand und ihre Konzentration auf eine harte Probe stellte. Trotzdem schaffte sie es, zwei weitere Kugeln ins Ziel zu bringen und den Rückstand wettzumachen.

Nachdem Tommy keine Kugel versenkte und Diana immerhin eine schaffte, war es erneut an Wesley, der mit zweien den Vorsprung der Ladys pulverisierte. Doch was Wesley konnte, konnte Sam schon lange und scheiterte erst beim Versuch, die schwarze Kugel in eines der Löcher zu befördern.

„Das ist mein großer Auftritt“, verkündete Diana, nachdem Tommy zwar ebenfalls die letzte farbige Kugel geschafft, aber die schwarze verfehlt hatte.

„Gewonnen!“ Keine zehn Sekunden später führte Diana ihren berüchtigten Siegestanz auf.

„In der nächsten Runde spiele ich mit dir Sam. Sonst gewinne ich heute nicht ein einziges Mal.“ Tommy fing Diana auf, die sich ihm an den Hals warf, und ließ sich anschließend von ihr zum Tresen zerren, wo sie Getränke für die zweite Runde holten.

Sam schnappte sich eilig ihr Cocktailglas und fing an davon zu trinken, wann immer er aussah, als wolle Wesley etwas sagen. Nach vier großen Schlucken hatten sie das Glas allerdings geleert und suchte verzweifelt nach einer anderen Möglichkeit, außer zufällig auf die Toilette zu müssen, um Wesley am Reden zu hindern.

„Da hat aber jemand mächtig Durst.“ Erst als sich die blonde Frau Anfang vierzig in ihr Sichtfeld schob, erkannte Sam, dass gerade nicht Wesley mit ihr redete. „Hast du ein Problem damit, wenn ich mir deinen, ich hoffe Bruder, ausleihe, damit er mir zeigen kann, wie man so gut Billard spielt wie er?“

„Ähm …“, begann Wesley, aber Sam ließ ihm nicht die Chance, das Missverständnis aufzuklären.

„Klar, kein Problem. Er ist geradezu besessen davon, sein Billardwissen an die Frau zu bringen. Vor allem, wie man seinen Queue ordentlich behandelt und richtig damit zustößt. Oder was meinst du, Bruderherz?“

Sam bereute ihre doppeldeutigen Worte sofort, als sie das schalkhafte Blitzen in Wesleys Augen und sein ihr wohlbekanntes Schelmengesicht sah.

Noch während die Blondine irgendetwas sagte, das Sam völlig ausblendete, machte er plötzlich einen schnellen Schritt auf sie zu, zog sie an den Schlaufen ihrer Jeans zu sich heran und küsste sie, bis sie nach Luft rang.

„Dabei würde ich den Abend viel lieber mit dir verbringen, Schwesterherz", sagte er laut genug, dass die Blondine ihn hören konnte.

„Was seid ihr denn für kranke Irre?" Schnaubend dampfte sie ab.

„Bist du verrückt geworden?", zischte Sam und drückte sich von Wesley weg. Ihre Wangen glühten und das Herz schlug ihr bis zum Hals.

Sie war stinkwütend über Wesleys Überfall und gleichzeitig wollte sie am liebsten loslachen über seinen Spruch und den Abgang der Blondine. Sie war heilfroh, als Diana und Tommy mit den Getränken zurückkamen. Von Wesleys Aktion hatten sie offenbar nichts mitbekommen.

Wieder schnappte sich Sam gleich zwei der Erdbeerschnäpse und spülte ihre verwirrenden Gefühle runter.

„Der Abend ist noch jung", flüsterte Diana ihr zu und legte ihr den Arm um die Schulter.

„Exakt das ist das Problem." Sam nutzte einen unbeobachteten Moment und griff sich das Erdbeerschnapsglas, das Wesley noch nicht vom Tablett genommen hatte.

Ja, dachte sie. *Exakt das ist das Problem.*

***

„Ich rufe mir ein Taxi."

Wesley sah kopfschüttelnd zu, wie Sam ihr Smartphone aus der Handtasche holte. Noch immer konnte er nicht glauben, dass Diana und Tommy sich still und heimlich aus dem Staub gemacht hatten. Ihr Enthusiasmus und ihr Engagement in allen Ehren, aber die beiden hatten wirklich keinerlei Sinn für taktisches Feingefühl. Sonst hätten sie an Sams komischem Verhalten während des Billardspiels bemerkt, dass heute kein guter Tag für solchen Unfug war.

„Jetzt sei nicht albern." Er streckte ihr die Hand entgegen. „Und gib mir deinen Autoschlüssel."

Sam hielt mitten im Tippen inne. „Du hast getrunken."

„Das ist Blödsinn, Sam. Ich hatte einen Schluck Bier vor über vier Stunden. Ich habe die Flasche stehengelassen, nachdem du angefangen hast, die Erdbeerlikör-Welle zu reiten."

Erst schien es, als würde Sam unbeirrt an ihrem Plan festhalten, doch nachdem sie das Smartphone fluchend in ihre Tasche zurückgesteckt hatte, gab sie Wesley den Autoschlüssel. „Von mir aus."

Wesley schloss die Beifahrertür als erstes auf, damit Sam es sich nicht noch anders überlegte. Er wartete, bis sie eingestiegen war und schlug die Tür vorsichtig zu, ehe er sich hinters Steuer setzte.

„Kennst du überhaupt den Weg von hier zum Café?", fragte Sam unwirsch, sobald er den Wagen startete.

„Aye."

„Gut. Aber denk nicht, dass du mit meinem Auto weiter zu Tommy fahren darfst. Du rufst dir schön ein Taxi.“

Er wartete, bis sie sich angeschnallt und ihre Handtasche umständlich auf dem Boden des Wagens abgestellt hatte. „Aye.“

„Wesley, nur weil du in Schottland bist, musst du nicht reden wie ein Crewmitglied von Blackbeard.“

Wesley verkniff sich ein weiteres ‚Aye‘. Zu groß war die Angst, von Sam aus dem fahrenden Wagen geschubst zu werden. Ein Schmunzeln konnte er allerdings nicht unterdrücken.

„Was ist bitte so lustig, wenn ich fragen darf?“, fragte Sam gereizt. „Nein, nein, lass mich raten. Ha, ha, ha. Sam ist angetrunken. Ha, ha, ha. Und das ist super lustig. Ha, ha, ha.“

Wesley gluckste. „Du musst zugeben, dass es zumindest ein wenig lustig ist.“

„Ich wüsste nicht, wieso. Aber wenn du meinst, dann sollten sich unsere Wege jetzt besser trennen.“ Sam riss ihre Tasche vom Boden und tippte auf dem Display ihres Handys herum, bis es tutete. „Hallo, Taxiservice? Ich brauche ein Taxi. Wo ich bin?“ Sam sah aus dem fahrenden Auto. „Gerade sind wir an ein paar Bäumen vorbeigefahren.“

Wesley zog die Stirn kraus und versuchte Sams Zurechnungsfähigkeit einzuschätzen. Die frische Luft hatte sich deutlich auf ihren leicht angetrunkenen Zustand ausgewirkt; wie ein Funke auf einen mit Gas gefüllten Raum.

„Natürlich sitze ich in einem Auto. Deswegen rufe ich doch an. Ich brauche ein Taxi, weil ich eben nicht mehr in diesem Auto sitzen will. Warum? Darum!", brüllte Sam derart unvermittelt ins Telefon, dass Wesley am Straßenrand anhielt und ihr das Smartphone abnahm.

„Entschuldigen Sie. Meine Freundin ..."

„Ich bin nicht deine Freundin!"

„... hatte ein paar Gläser Erdbeerlikör zu ... Sam? Sam, wo willst du denn hin, um Gottes willen?" Wesley schnallte sich ab und stieg ebenfalls aus dem Auto. „Und jetzt läuft sie gerade weg", fuhr er frustriert fort, entschuldigte sich erneut und legte auf.

„Sam, jetzt warte doch." Wesley lief quer über den Rasen des Fountain Gardens, um Sam den Weg abzuschneiden, schaffte es jedoch nicht sie einzuholen, ehe sie den Great Fountain erreicht hatte und nach links abbog.

Als er einen Seitenblick auf eines der vier Walrösser warf, das er gerade zum zweiten Mal passierte, konnte er nicht umhin den Eindruck zu gewinnen, das tierische Element des Brunnens würde ihn angrinsen. Verübeln konnte Wesley es ihm nicht, schließlich war ihm bewusst, wie albern es aussehen musste, mitten in der Nacht hinter einer angetrunkenen Frau herzulaufen, die sich gerade nicht entscheiden konnte, wohin sie wollte und eine Ehrenrunde um den Brunnen drehte.

„Hab ich dich endlich." Schweratmend bekam Wesley Sam am Unterarm zu fassen und hinderte sie am Weiterlaufen. „Wo willst du denn hin?"

Sam wandte sich um und sah ihn mit großen Augen an; fast als wäre er derjenige von ihnen beiden, der nicht bei Sinnen war. „Nach Hause."

„Und was hältst du in dem Fall davon, wenn wir zurück zum Auto gehen und ich dich sicher zum Café fahre, anstatt dass du hier mitten in der Nacht allein herumrennst?"

„Nein."

„Nein?", wiederholte Wesley ungeduldig. Im ersten Moment wollte er Sam fragen, warum verflucht noch mal er sie nicht einfach nach Hause fahren konnte, entschied sich aber um. „Okay. Und was schlägst du vor, was wir jetzt tun?"

„Nicht wir. Ich", sagte Sam spitz und entzog Wesley ihren Arm. „Ich gehe jetzt nach Hause."

„So weit waren wir schon", versuchte Wesley es mit beruhigender, einfühlsamer Tonlage. „Ich kann es allerdings nicht verantworten, dich mitten in der Nacht betrunken durch Paisley streifen zu lassen. Was ist, wenn dir was passiert?"

„Dann bist du froh und kannst zurück nach London. Das ist es doch, was du willst."

Sams schnippischer Einwurf traf Wesley und er hoffte inständig, dass sie ihre Worte nicht ernst meinte.

„Nein."

„Nein?", wiederholte dieses Mal Sam und sah ihn unsicher an.

Wesley beugte sich nach vorne, legte seine Hände sanft auf ihre Taille und flüsterte ihr ins Ohr: „Nein, Sam. Das ist es nicht, was ich will. Und das weißt du seit gestern auch."

Als er sich widerwillig von Sam entfernte und ihr direkt in die Augen blickte, sah er etwas, das ihm den kleinen Funken Hoffnung zurückbrachte, der es in diesen Tagen schwer hatte, am Glimmen zu bleiben. Hadern. Er sah, dass Sam mit sich haderte und nicht die Ablehnung, die er befürchtet hatte.

Umso schwerer fiel es ihm, das durchzuziehen, was ihm als die einzige verbliebene Möglichkeit erschien, Sam zurück zum Auto zu manövrieren.

„Und nun werde ich diese eine Sache tun, wegen der du vor langer Zeit erst drei Tage nicht mit mir geredet und mir anschließend einen ellenlangen Vortrag über Höhlenmenschen gehalten hast.“

An Sams erschrockenem Gesicht erkannte Wesley, dass sie genau wusste, wovon er sprach. Ihr Versuch, ihm rückwärts auszuweichen, war jedoch zum Scheitern verurteil.

Mit einem Ruck hatte Wesley sie gepackt, sie über seine Schulter geworfen wie ein Neandertaler, und stapfte schweren Schrittes zurück in Richtung Auto.

„Lass mich runter, Wesley. Ich kann allein laufen“, jammerte Sam und boxte ihm in die Seite.

„Aber wirst du die vom Universum geschenkte Macht, einen Fuß vor den anderen setzen zu können, auch nutzen, wenn ich dich runterlasse, und brav mit mir zurück zum Auto gehen?“

„Von mir aus“, nuschelte Sam unwirsch und hörte auf ihn zu boxen.

Wesley ließ sie sachte herunter und passte auf, dass die leicht schwankende Sam sich auf den Beinen halten konnte, ehe er sie losließ. „Dann würde ich sagen, Ladys first“, sagte er und wollte warten, bis Sam sich in Bewegung setzte, als er unvermittelt spürte, wie sie sich bei ihm einhakte.

„Bilde dir bloß nichts ein“, sagte Sam und fügte kleinlaut hinzu: „Ich kann bloß nicht mehr geradeauslaufen, fürchte ich.“

Um nicht zu riskieren, dass Sam erneut einen Flucht-
versuch startete, behielt Wesley jedweden Kommentar
für sich und entschied sich solange zu schweigen, bis
sie das Wort ergriff. Was erst passierte, als er das Auto
in der Seitenstraße des *Cake 'n' Coffee* parkte und Sam
beim Aussteigen half.

„Rein schaffe ich es allein." Sam holte den Schlüssel
für die Seitentür des Cafés aus ihrer Handtasche. „Und
wenn du magst, kannst du ruhig doch mit meinem
Auto zu Tommy fahren."

„Ich bringe es dir morgen früh zurück. Versprochen."
Wesley sah zu, wie Sam zur Seitentür ging und den
Schlüssel ins Schloss steckte, wofür sie zwei Anläufe
brauchte.

„Okay, und …", begann Sam und Wesley befürchtete
bereits, sie würde ihren Satz nicht mehr beenden, als
sie sich noch einmal zu ihm umdrehte und ihm einen
flüchtigen Kuss auf die Wange gab. „… danke fürs Nach-
hausebringen."

20 EIN CAKEPOP FÜR MICH UND EIN CAKEPOP FÜR MICH

Am nächsten Morgen erwachte Sam mit höllischen Kopfschmerzen und einer sehr vagen Idee von dem, was gestern Abend passiert war. Neben ein paar Fetzen, die zusammen betrachtet absolut keinen Sinn ergeben wollten, klafften große Lücken, in die ganze Lebensgeschichten zu passen schienen.

Sie, Wesley, Diana und Tommy bei *Rick's*. Die diversen Erdbeerliköre, die sie getrunken hatte; teils aus Nervosität, teils zur Stressbewältigung. Die schier endlosen Runden Billard, alle von ihr gewonnen, egal mit wem sie zusammengespielt hatte. Und dann?

Den Kopf voller Fragen, schlug Sam die Decke zurück und schwang die Beine aus dem Bett. Nachdem sich das fiese Stechen in ihrem Kopf einigermaßen gelegt hatte, stand sie auf und schälte sich aus dem Shirt und der Jeans, zu der Diana sie gestern Abend überredet hatte. Wohlwissend, dass sie im *Rick's* auf Wesley treffen würde.

Apropos Diana, fiel es Sam wie Schuppen von den Augen, als eine der klaffenden Gedächtnislücken sich mit Bildern füllte.

Wütend holte sie ihr Handy aus der Hosentasche der Jeans und schrieb eine kurze Nachricht an ihre beste Freundin. Die Worte *‚Blöde Kuh!'* schienen ihr perfekt, um ihren Gefühlen über den schändlichen zweifachen Verrat am Abend zuvor Ausdruck zu verleihen.

„Das war von vorneherein ein abgekartetes Spiel", knurrte Sam, zog ihre Unterwäsche aus und holte eine frische Unterhose samt passendem BH aus dem Schrank. Währenddessen fragte sie sich, in wie weit Wesley in diese Posse involviert gewesen war. „Und was, um Himmels willen, ist passiert, nachdem wir das *Rick's* verlassen haben und Wesley mich unbedingt nach Hause fahren wollte?"

Kopfschüttelnd öffnete Sam die Schlafzimmertür und machte sich auf den Weg über den Flur ins Bad.

Als sie an der geöffneten Küchentür vorbeikam und daraus unvermittelt ein ‚Wow' ertönte, das von einem abgewürgten Pfiff ergänzt wurde, blieb Sam wie vom Donner gerührt stehen und sah in Richtung ihres Kühlschranks.

Einen Moment starrten beide sich an, bis Sam begriff, dass sie splitterfasernackt war, während Wesley mit halbvollem Mund den Blick nicht abwenden konnte. Quiekend sprang sie hinter die Wand, welche die Küche vom Flur trennte.

„Wesley James Harlington!", brüllte sie die Tapete an. „Was, verdammt noch mal, tust du in aller Herrgottsfrühe in meiner Wohnung?"

„Ähm …", stotterte Wesley. „Diana hat mich gebeten, ihr beim Runtertragen der Backwaren aus deinem Kühlschrank zu helfen. Wegen der Werbeaktion."

Mit hochgezogener Augenbraue hielt Sam sich mit den Händen am Türrahmen fest und streckte den Kopf in die Küche. „Welche Werbeaktion?"

„Na die, bei der ich und Wesley durch die angrenzenden Straßen und Wohnviertel laufen und einen Bollerwagen voller leckerer Törtchen, Kuchen, Muffins und Cakepops hinter uns herziehen, die wir verteilen, bevor du sie wegwerfen musst", hörte Sam neben sich und wandte sich zur Wohnungstür, wo Diana stand und grinste.

Sam funkelte ihre Freundin böse an und stemmte die Hände in die Hüften. „Und wann wolltest du mir von dieser Werbeaktion erzählen?"

„Sobald du deinen Rausch ausgeschlafen hast", antwortete Diana, ging an Sam vorbei und erdreistete sich doch glatt, ihr mit der flachen Hand auf den Hintern zu hauen. „Nettes Outfit, übrigens."

Sam streckte den Kopf zurück in die Küche und blickte erbost zwischen Diana, wie immer ohne jegliches Anzeichen eines schlechten Gewissens, und Wesley, der zumindest ein wenig beschämt dreinsah, hin und her.

„Wir …" Sie zeigte auf Diana. „… sprechen uns nachher noch. Und du!" Sie visierte Wesley an. „Du bist aus meiner Wohnung verschwunden, wenn ich gleich aus dem Bad komme."

***

Wesley trottete niedergeschlagen und Cakepop-kauend neben Diana her, die Passanten aller Altersklassen den leckeren Inhalt ihres Bollerwagens feilbot, sie probieren ließ und anschließend ordentlich die Werbetrommel für Sams Café und die baldige Wiedereröffnung rührte.

Bei der Vorstellung von Sam und ihrem nackten Körper lief Wesley ein siedend heißer Schauer über den Rücken. Es hatte ihn eine unmenschliche Selbstbeherrschung gekostet, in der Küche stehen zu bleiben, während sich Sam im Flur hinter der Wand versteckt hatte.

Ihr unmissverständlicher Rauswurf hatte dann allerdings schnell für die nötige Abkühlung gesorgt.

Es war zum Verrücktwerden. Wie eine Achterbahnfahrt, auf der sich Höhen und Tiefen rasant und unberechenbar abwechselten.

Das hitzige Zusammentreffen zwei Tage zuvor, das von Tommy und Diana unterbrochen worden war. Sams Erdbeerlikör-Frusttrinken, weil sie ihm und der Offenbarung über sein Bleiben in Paisley aus dem Weg hatte gehen wollen. Der heiße Kuss bei *Rick's*, für den sie ihn zumindest nicht an Ort und Stelle mit einem Billardqueue verprügelt hatte. Die irrwitzige Aktion mitten in der Nacht wegzulaufen, nur weil er am Telefon ‚meine Freundin‘ gesagt hatte. Sein persönliches Highlight: der sanfte Kuss auf seine Wange, der allein von Sam ausgegangen war. Und nun wieder der unmissverständliche Rauswurf. Es war wirklich zum Verrücktwerden.

Was ihm aber am meisten zu schaffen machte, war die Ungewissheit, ob Sam sich an den gestrigen Abend überhaupt erinnerte. Er hoffte es …

„Erde an Wesley. Ich sagte, du sollst nicht alle Cakepops wegfressen“, holte ihn Diana zurück in die Realität. „Außerdem hast du mir immer noch nicht erzählt, was gestern noch zwischen dir und Sam passiert ist, nachdem Tommy und ich uns zurückgezogen haben.“

„Zurückgezogen?“ Wesley schüttelte milde den Kopf. „Lass das bloß später nicht Sam hören. Sie war gestern Abend stinkwütend auf euch beide.“

„Stinkwütend genug, um sich schmollend in deine Arme zu flüchten?“, feixte Diana und bot einer älteren Dame ein Stück von Sams leckerem Apfelkuchen an, während sie ihren einstudierten Werbetext aufsagte.

„Flüchten trifft es ganz gut.“

Auf Dianas fragenden Blick erzählte er ihr, was am Abend zuvor geschehen war und wie er Sam im Fountain Garden hatte einfangen müssen.

Nachdem Diana sich die Lachtränen weggewischt und ein junges Paar mit ausreichend Leckereien und Infos versorgt hatte, blickte sie ihn eindringlich an. „Meinst du, der Abend gestern hat Sam wenigstens ein bisschen in Richtung deiner Arme rennen lassen?“

„Ich habe immerhin eine Art Gutenachtkuss bekommen“, antwortete Wesley vorsichtig und war nicht überrascht, dass Diana trotzdem vergnügt in die Hände klatschte.

„Das ist doch wunderbar!“, rief sie aus und drückte einer jungen Mutter einen Schokoladenmuffin in die Hand. „Ebenso wunderbar wie die Backkünste von Sam Cochrane, der Besitzerin des *Cake ’n’ Coffee*. Und hiermit laden wir Sie herzlich zur großen Wiedereröffnung ein.“ Sie hielt der Frau den selbstgemachten Zettel mit allen wichtigen Daten hin.

Wie alle anderen, die sie heute angetroffen und mit Sams Backwaren versorgt hatten, nahm die Frau den Zettel, als sie einen Biss in den Muffin gewagt hatte und ihre Augen anfingen zu strahlen.

„Nicht unbedingt", setzte Wesley ihr Gespräch fort, nachdem die Frau an ihnen vorbeigegangen war.

„Warum?", fragte Diana und begutachtete die Reste in ihrem Bollerwagen.

„Weil ich mir nicht sicher bin, ob Sam sich daran erinnert. Und falls sie sich nicht erinnert, hat sie auch ihren Beweggrund für den Gutenachtkuss vergessen, wenn du verstehst."

„Oh", seufzte Diana. „Das wäre allerdings über die Maßen schade."

Wesley blieb stehen und musterte Diana. „Was bedeutet das Amüsement, das dein Gesicht plötzlich ausstrahlt?"

„Dass Sam zu den Frauen gehört, die mit Gutenachtküssen knausern, als hätte sie für den Rest ihres Lebens nur ein bestimmtes Kontingent." Diana zwinkerte ihm spitzbübisch zu. „Das heißt, der Gutenachtkuss hatte für Sam eine tiefere Bedeutung als dir fürs Nachhausefahren zu danken."

***

„Was hast du dir nur dabei gedacht?", fragte Sam ihr Spiegelbild. Gerade hatte sie die Spiegel, die Wesley vom Flohmarkt besorgt hatte, erfolgreich an den vorgesehenen Plätzen im Gastraum aufgehängt.

Keine Sekunde vorher waren weitere Bilder vor ihrem inneren Auge aufgetaucht, die ihr Aufschluss über die Lücken des gestrigen Abends gaben. Bilder, die noch schlimmer waren als die Erkenntnis, dass sie in der Nacht aus ihrem Auto geflohen und wie eine Verrückte durch den Park um den Brunnen herumgelaufen war.

Sie hatte Wesley einen Gutenachtkuss gegeben!

Und das, obwohl sie noch lange nicht entschieden hatte, was sie davon halten sollte, dass er angeblich ihretwegen noch in Paisley war, dass er noch immer in sie verliebt sei und dass er sie gar zurückerobern wolle. Sollte es am Ende doch wie in einem dieser Liebesromane sein, in denen der Herr der Schöpfung nach Jahren merkt, dass er ein ziemlicher Trottel gewesen ist, als er das fantastische Mädchen verlassen hat? Und wenn es wirklich und wahrhaftig so war; was, um Himmels willen, sollte sie dann tun? Sollte sie ihm verzeihen und ihm – wie Diana es sich in den Kopf gesetzt hatte – eine zweite Chance geben? Wollte sie das? Oder vielmehr *konnte* sie das? Nach all der Zeit?

Verdrossen legte Sam die Bohrmaschine ihres Vaters beiseite und holte den Staubsauger.

Auf der einen Seite war sie nach wie vor verletzt, wenn sie daran dachte, wie ihre und Wesleys Beziehung vor Jahren geendet hatte. Wie er nach London abgehauen war und sie und ihren Vater im Stich gelassen hatte. Denn das war es, was im Grunde hinter der merkwürdigen Idee steckte, Wesley habe sie und das Café im Stich gelassen. Es war nicht das Café, sondern ihr Vater gewesen, den sie mit ihrem Ausbruch gegenüber Diana gemeint hatte. Wesley hatte sie und ihren Vater im Stich gelassen. Und sie wusste nicht, ob ihn das dafür prädestinierte, jemals eine zweite Chance verdient zu haben.

Auf der anderen Seite konnte sie nicht abstreiten, dass Wesley sich in den letzten Tagen alle Mühe gegeben hatte und dass die kurzen Augenblicke der Vertrautheit zwischen ihnen sie tief berührt hatten. Von der Anziehungskraft – oder wie Diana es formuliert hatte – der puren Leidenschaft und Natürlichkeit, ganz zu schweigen.

Als sie aus dem Augenwinkel bemerkte, wie jemand das Café betrat, schaltete sie den Staubsauger aus und setzte zu einer Erklärung an, dass und warum sie momentan geschlossen hatte. Doch ehe sie das erste Wort ausgesprochen hatte, erkannte sie, dass es Tommy war.

„Hi, Sam. Diana meinte am Telefon, ich könnte dir noch bei ein paar Kleinigkeiten zur Hand gehen, ehe morgen die Möbel kommen."

Sam konnte sich lebhaft vorstellen, dass der arme Tommy nach einer Nachtschicht auf Streife sicherlich anderes im Sinn gehabt und wie Diana ihn um den Finger gewickelt hatte.

„Was hat sie dir Schlimmes angedroht?", fragte sie und bekam ihre Antwort, als Tommy sich mit dem Zeigefinger über die Kehle fuhr. „So dramatisch? Was bekommt man eigentlich für eine Morddrohung?"

„Von Sozialstunden bis hin zu einer mehrjährigen Gefängnisstrafe. Kommt ganz darauf an. Aber in Dianas Fall gibt es lebenslänglich. Lebenslänglich Tommys Knuddel-und-Wuddel-Strafe."

Sam schüttelte liebevoll den Kopf. „Du solltest sie definitiv weniger verwöhnen."

„Ich werde mich bemühen", log Tommy und zwinkerte Sam zu. „Aber jetzt verrätst du mir erst mal, wobei ich dir helfen kann."

Sam lehnte den Handgriff des Staubsaugers an die Wand und deutete auf die großen Kartons in der Bedienecke. „Du könntest mir helfen, die neue Theke zusammenzubauen und ..." Sam zögerte einen Moment und betrachtete ihre Schuhspitzen, bis Tommy sich räusperte und sie mit Gesten zum Weiterreden animierte. „... ich brauche deine Hilfe wegen Wesley."

„Falls du willst, dass ich ihn für dich loswerde, vergiss es." Tommy hob abwehrend die Hände. „Das kann ich aus vielerlei Gründen nicht tun."

„Nein. Das ist es nicht. Ich muss einfach ein paar Dinge wissen." Sam hörte auf ihre Hände zu kneten und gab sich einen Ruck. „Für mich."

„Ich sehe, was ich für dich tun kann", begann Tommy und ging zu den Kartons in der Ecke. „Während ich sehe, was ich für diese Theke tun kann."

Sam folgte Tommy und reichte ihm die Anleitung, die sie bereits aus dem Hauptkarton gefischt und durchgelesen hatte.

„Gib Tommy einen Akkuschrauber", intonierte Tommy, „und er wird all deine Wünsche erfüllen, Amen." Sam nickte mit dem Kopf in Richtung des Akkuschraubers, den sie längst bereitgelegt hatte. Tommy nickte zufrieden und schnitt mit einem Cuttermesser den Deckel des größten Kartons auf. „Na, dann immer her mit deinen Fragen."

„Um ehrlich zu sein, habe ich nur eine Frage." Sam half Tommy, den Karton, die Kunststoffbänder und das Styropor von der linken Seite der neuen Theke zu entfernen. „Glaubst du, es wäre ein Fehler, nicht zumindest in Erwägung zu ziehen, Wesley den Hauch einer Chance zu geben?"

Tommy hielt inne und sah Sam ernst an. „Ja. Ja, das denke ich."

21 ZARTE BANDE

„Sam, bist du da?" Wesley klopfte ein zweites Mal an die Tür zu Sams Büro. Als er keine Antwort bekam, ging er zurück in die Küche des Cafés, spitzte die Ohren, ob Sam die Treppe von oben herunterkam, und schlich zum Kühlschrank.

Zu seinem Leidwesen hatten er und Diana gestern auf ihrem Streifzug durch die Umgebung jede einzelne Köstlichkeit verteilt, die er sich nicht schnell genug hatte einverleiben können. Allerdings – und er betete, dass er sich nicht irrte – sollten sich im Kühlschrank noch ein oder zwei Apfelkuchenstücke befinden, welche die Handwerker übriggelassen hatten.

Zu seiner Freude fand Wesley tatsächlich noch ein Stück. Die Ohren weiterhin in Alarmbereitschaft, schob er es auf einen Teller.

Eigentlich hatte er sich gestern, nachdem ihn dank des vielen süßen Gebäcks ein erbarmungsloses Sodbrennen gequält hatte, geschworen, nie wieder in seinem Leben ein Stück Kuchen anzurühren. Diesen mit heiligen Schwüren untermauerten guten Vorsatz hatte er jedoch beim Betreten der Caféküche und der Aussicht auf ein weiteres Stück des köstlichen Apfelkuchens sofort verworfen.

Warum müssen Sams Kuchen auch so verdammt gut sein?, dachte Wesley und musste sich bremsen, um den Apfelkuchen zu genießen, statt ihn wie ein Irrer herunterzuschlingen. Jeder Bissen ließ ihn ein wenig mehr an das Paradies glauben. Immer die bange Gewissheit, dass der letzte Bissen unweigerlich mit einem rasanten Sturz in Richtung Wehmut enden würde.

Wie schon am Tag zuvor fragte sich Wesley, warum sich nicht täglich unendliche Schlangen vor Sams Café bildeten, wie man sie aus den Reportagen über Gebäckkreuzungen in New York oder anderen Städten kannte. Keiner der Passanten, die er und Diana mit kleinen Leckereien gefüttert hatten, hatte nicht verzückt oder zumindest schwer begeistert ausgesehen. Und auch wenn längst nicht alle der Wiedereröffnung beiwohnen würden, war er sich am Ende ihrer Tour sicher gewesen, dass eine Menge Leute kommen würden.

Auf der anderen Seite hatte er erst eben den Kopf geschüttelt, als er das altbackene Schaufenster des Cafés näher in Augenschein genommen hatte. Betrachtete man die ausgeblichenen Schriftzüge, die unmoderne Gardinenleiste am oberen Rand, die matte, mit Blasen und kleinen Löchern überzogene Sichtschutzfolie und die in die Jahre gekommenen Holzrahmen, konnte man sich sehr gut vorstellen, was Passanten davon abhielt, dem Café einen spontanen Besuch abzustatten.

„Iss schneller“, hörte er unversehens eine Stimme hinter sich und zuckte ertappt zusammen. Als er sich umdrehte, stand Sam in der Tür zur Caféküche, in einem gelben Shirt und einer schwarzen Jogginghose, und schüttelte milde lächelnd den Kopf. „Wir müssen uns nämlich sputen, der Möbellieferant ist vorgefahren“, fügte sie im Weggehen hinzu.

Keine erhobene Stimme, keine gerunzelte Stirn, kein Vorwurf und sie hatte ihn nicht bei seinem vollen Namen genannt. Stattdessen hatte sie ‚Wir‘ gesagt.

Wir.

Wir.

Wir. Wir. Wir, wiederholte Wesley innerlich und spürte, wie sein Herz höherschlug, wie sich die feinen Härchen auf seiner Haut aufrichteten.

Beschwingt schob er sich die letzte Gabel in den Mund und stellte sie zusammen mit dem Teller in die Spülmaschine, ehe er Sam in den Gastraum folgte.

Dort trugen bereits zwei Männer Paket um Paket herein. Freundlich nickte er den beiden zu und stellte sich neben Sam.

„Da bist du ja." Sie hakte Paket vier auf der Lieferliste in ihrer Hand ab. „Und, hat der Apfelkuchen noch geschmeckt?"

„Vorzüglich." Er nahm eines der kleineren Pakete entgegen und brachte es zur Kuchentheke. „Du hast nicht zufällig auch für die Möbellieferanten einen gebacken?"

„Nein, du Fresssack, habe ich nicht."

Wieder huschte ein Lächeln über ihre Lippen und wieder spürte Wesley, wie sich der Rhythmus seines Herzens zu einem Vivacissimo erhob. Und anders als bei den Panikattacken, die er in seinem Mietauto und in Tommys Wohnung gehabt hatte, versetzte es ihn nicht in Angst und Schrecken. Stattdessen schickte es ihn auf eine imaginäre Reise, an deren Ende der berühmte Topf voll Gold auf ihn warten konnte.

Nachdem die Möbellieferanten ihren Auftrag für Sams Café erledigt hatten und alles vollständig war, verabschiedeten sie sich und machten sich auf den Weg zum nächsten Kunden, während Sam die Liste durchging und zusammen mit Wesley die Pakete an die richtigen Stellen brachte.

„Dann würde ich sagen, legen wir los." Wesley griff nach dem Akkuschrauber und sah zu Sam, als diese sich lautstark hinter ihm räusperte. „Was?"

„Also ...", begann Sam und zögerte, was Wesleys Laune weiter steigen ließ. Schließlich hatte sie ihm in den letzten Tagen allerlei Dinge rüde an den Kopf geworfen, ohne sich Gedanken darum zu machen, wie sie es ihm sagen sollte. „Ich finde, nachdem ich gestern gesehen habe, wie wenig du und der Akkuschrauber miteinander warm geworden seid, sollte lieber ich das Schrauben übernehmen."

„Wow. Das war vermutlich die höflichste Art, einen armen Kerl zu entmannen, von der ich je gehört habe." Obwohl es ihn wirklich ein klitzekleines bisschen traf, übergab er den Akkuschrauber an Sam und öffnete das Paket, in dem sich einer der neuen Tische befand.

„Na ja, du warst eben noch nie geschickt mit den Händen."

„Meinst du nicht eher: Du warst nie geschickt im Ausüben handwerklicher Dinge? Weil mit den Händen ..." Er ließ den Satz absichtlich unvollendet und ignorierte die Stimme in seinem Kopf, die sich unschlüssig war, ob er gerade einen Schritt zu weit gegangen war.

„Wesley James Harlington."

Verdammt, ich bin einen Schritt zu weit gegangen.

„Keine Ferkeleien am Arbeitsplatz." Sam sah ihn an und in ihren Augen blitzte der Schalk auf, den er so vermisst hatte. „Und ich bleibe bei meiner Aussage."

Wesley schluckte und widmete sich weiterhin dem Auspacken, um nicht seinem ersten Reflex nachzugeben, Sam an sich zu ziehen und ihr zuzuflüstern, dass er sie allzu gern vom Gegenteil überzeugen würde. Und als Sam neben ihn trat, die Gebrauchsanweisung nahm und nickend darin las, kam sich Wesley plötzlich wie ein pubertierender Teenager vor, der das schönste Mädchen der Schule nach einem Date für den Winterball fragen wollte.

Zum Glück war Sam immer gut darin gewesen, die Führung zu übernehmen und perfekte Abläufe zu organisieren, sodass er sich fürs Erste auf die Arbeit konzentrieren konnte.

Erst als Sam über einem der Tische, die sie aufgebaut hatten, lehnte und sein Blick auf ihren Knöchel und das neue Herztattoo darauf fiel, setzte er den Versuch einer normalen Konversation zwischen ihnen fort. „Hast du dich also doch noch getraut?"

„Das Tischbein anzuschrauben?", fragte Sam verwirrt.

„Dir ein Tattoo stechen zu lassen."

Wie erwartet wurde Sam bei der Erwähnung des Tattoos rot. Als er sich vor Jahren das Kleeblatt auf seiner Schulter hatte stechen lassen, war es nämlich eigentlich Sam gewesen, die an diesem Tag einen Termin beim Tätowierer gehabt und im letzten Moment gekniffen hatte. Er war nur eingesprungen, um Sam zu beweisen, dass es nicht so schlimm war, wie sie dachte. Geholfen oder vielmehr genutzt hatte sein Mut allerdings nichts.

„Das Tattoo war ein Punkt auf meiner Bucket-List", sagte Sam kleinlaut. „Und du weißt ja mittlerweile, wie beharrlich Diana sein kann."

„Die berühmt-berüchtigte Bucket-List, verstehe. Wie kam es eigentlich dazu?"

Über den Akkuschrauber hinweg erklärte sie ihm, dass es eine geheime Liste gewesen war, die sie just for fun geschrieben hatte. Leider hatte Diana sie gefunden und aus Spaß war bitterer Ernst geworden.

„Falls du dich mir anvertrauen willst, was die anderen Punkte angeht, zu denen Diana dich gezwungen hat, kein Problem. Ich habe mal gehört, geteiltes Leid ist halbes Leid."

Sam legte den Akkuschrauber beiseite und stellte zusammen mit Wesley den letzten fertigen Tisch auf. „Jetzt sind die Stühle dran."

Als sie den nächsten Karton auspackte, glaubte Wesley nicht mehr, etwas über die Bucket-List zu erfahren. Aber nachdem Sam erneut die Anleitung studiert hatte, überraschte sie ihn, indem sie locker über die Liste plauderte.

„Ich musste so lange zum Gitarrenkurs, bis ich drei Kinderlieder spielen konnte. Zumba, das kann ich dir sagen, ist nur was für Menschen mit Nerven wie Drahtseile. Instagram ist eine völlig überbewertete Plattform. Wandern, was ich, wie du weißt, liebe, ist allein viel schöner als in einer Wandergruppe. Bei einem Reggea-Konzert riecht der gesamte Raum innerhalb weniger Minuten süßlicher als Dads berühmter Vanillepudding. Curling sieht graziler aus, als man sich bei der Ausübung fühlt. Und man kann ein Tattoo bereits drei Minuten nach dem Stechen bereuen."

„Das nenne ich mal eine magere Ausbeute." Wesley reichte Sam die Packung mit den Schrauben und Nägeln. „Hat dir denn nichts von dem gefallen, was auf der Liste gestanden hat?"

„Doch", sagte Sam und klemmte sich eine Schraube zwischen die Zähne. „Der Wochenendtrip nach Paris war trotz Billigflug und miesem Hotel einfach ein Traum. Ich konnte mich gar nicht sattessen an den Leckereien in den kleinen süßen Läden und Cafés. Die Eclairs, die Madeleines, die Mille-Feuille, das Paris-Brest und die ganzen anderen Kleinigkeiten, deren Namen ich mir nicht merken konnte, die ich mir aber fleißig notiert habe." Sam öffnete einen weiteren Karton. „Wärst du an dem Wochenende mit in Paris gewesen, würde dir kein einziges Kleidungsstück in deinem Schrank mehr passen."

„Wir könnten doch an Weihnachten nach Paris fliegen."

Wie vom Donner gerührt hielt Wesley in der Bewegung inne und hätte sich am liebsten eigenhändig eine ganze Hundertschaft an Ohrfeigen verpasst. Was, bei allen guten Geistern, war nur los mit ihm? Musste er wirklich jeden Hauch einer Chance, sich mit Sam zu versöhnen im Keim ersticken, indem er den dämlichsten Stuss der Welt redete?

„Du bist echt ein unverbesserlicher Fresssack." Sams Worte konnten nicht darüber hinwegtäuschen, dass sich ihre Stimme und ihre Körperhaltung verändert hatten.

„Du hattest mich bei Eclairs", versuchte Wesley die Situation zu retten, dabei raste sie schon mit dreihundert Stundenkilometern auf eine Schlucht zu.

„Falls du glaubst, dass du mich mit Schmeicheleien dazu bringen wirst, dir französische Gebäcke zu kredenzen, dann vergiss es." Noch immer war die Lockerheit aus Sams Worten verschwunden, aber zumindest zitterte ihre Stimme nicht mehr. Und noch vor zwei Tagen hätte sie ihn angeblafft und sich in ihr Büro verkrochen oder ihn rausgeworfen.

Trotzdem musste er für den Rest des Tages höllisch aufpassen, nicht jeden idiotischen Mist laut auszusprechen, der ihm durch den Kopf schwirrte. „Ich wäre auch mit einem Stück Apfelkuchen oder einem dieser Bällchen am Stiel zufrieden."

Das Sitzkissen traf Wesley mitten im Gesicht.

„Die Bällchen heißen Cake-Pops. Und vielleicht backe ich einen Nusskuchen für alle, die heute fleißig mitgeholfen haben, anstatt Unfug zu quasseln."

Die Message konnte Wesley gar nicht missverstehen und obwohl er ihren schlichten Plausch genossen hatte, sagte er nichts mehr außer: „Dein Wunsch ist mir Befehl."

***

„Die Flachzange hat sie jawohl nicht mehr alle", brummte Sam vor sich hin, als sie den Nusskuchen in ihrer Küche anschnitt. „Wir könnten doch Weihnachten nach Paris fliegen", äffte sie Wesleys größenwahnsinnigen Mumpitz nach, der geklungen hatte, als spräche er von der selbstverständlichsten Sache der Welt. Am meisten aber ärgerte sich Sam darüber, wie verdammt süß sie den Vorschlag für ein paar Sekunden gefunden hatte, wie gerührt sie gewesen war, ehe ihre Mach-dir-nicht-zu-viel-Hoffnung-Alarmglocken geläutet hatten.

Sam seufzte und legte Teller und Gabeln zu dem Nusskuchen in den Weidenkorb.

237

Als plötzlich neben ihr ein ohrenbetäubender Freudenschrei ertönte, den sie einwandfrei Diana zuordnen konnte, nahm Sam den Korb und streckte ihn ihrer Freundin entgegen. „Den kannst du schon mal runterbringen. Ich komme gleich mit der Sahne nach."

„Ach, weißt du", begann Diana und Sam schwante Böses. „Wir brauchen den Kuchen heute Abend nicht mehr."

Sam prustete los und goss unbeirrt den Inhalt des Sahnebechers in eine ihrer Rührschüsseln. „Haben die wilden Horden des Thanos meine Gebete erhört und sich Wesley vorgeknöpft? Oder warum bitte brauchen wir keinen Kuchen mehr?"

„Wir alle beten deinen Kuchen an."

Dass Diana ihren Kuchen liebte, bewies die Tatsache, dass sie sich ein Stück aus dem Korb gefischt hatte und mit vollem Mund redete.

„Aber?"

„Aber Tommy und ich hatten heute noch keine richtige Mahlzeit."

„Hat eure Mami vergessen, euch ein Mittagessen einzupacken?", fragte Sam in überspitzt mitleidigem Ton.

„Sehr witzig." Diana schluckte das Viertelstück Nusskuchen herunter. „Was ich sagen wollte: Wir haben beschlossen, heute zu viert ins *Drunken Angel* zu gehen, um einen Burger zu essen."

„Oh, okay", sagte Sam. Irgendwie versetzte es ihr einen kleinen Stich, den Abend allein zu verbringen, obwohl sie sich bis eben genau das gewünscht hatte. „Dann wünsche ich euch viel Spaß."

„Ich sagte ‚zu viert', Sam." Diana legte ihr eine Hand auf die Schulter und dirigierte sie aus der Küche raus in Richtung ihres Schlafzimmers. „Und deswegen werden wir dich jetzt ordentlich herausputzen."

Als sie eine Viertelstunde später die Treppe zum Gastraum hinunterstiegen, fragte sie sich noch immer, wie Diana es geschafft hatte, ihre roten Locken in der kurzen Zeit zu bändigen und tatsächlich zu einer Frisur zu formen. Zumal Sam sich gute fünf Minuten geweigert hatte, erneut die schwarze, hautenge Jeans und dieses Mal die grüne Schluppenbluse anzuziehen, nur um am Ende zu verlieren.

***

„Hast du die Narbe noch?", fragte Diana amüsiert, nachdem Tommy die Geschichte von Wesley und dem Kronleuchter erzählt hatte. Sie lehnte sich nach vorne und nahm Wesleys Stirn in Augenschein, auf der noch eine winzige Spur der Platzwunde zu erkennen war. „Wegen der kleinen Wunde habt ihr damals so eine Panik geschoben?"

„Du vergisst, dass er fünf Minuten ohnmächtig war", erinnerte Tommy Diana.

„Außerdem bluten Wunden am Kopf wie Schwein", ergänzte Wesley.

Sam hörte dem Gespräch nur mit halbem Ohr zu. Seit sie das Café verlassen hatten, hatte sie tunlichst jeden Blickkontakt mit Wesley vermieden. Bei der Platzwahl hatte sie auf den Boden gestarrt, beim Bestellen ihres Lieblingsburgers und einer hausgemachten Kirschlimonade hatte sie sich hinter der Speisekarte versteckt und danach hatte sie die Blüten auf dem Salzstreuer gezählt. Bis jetzt mindestens einhundertmal. Ihren Chili-

239

Cheese-Burger und die Fritten hatte sie dabei kaum angerührt.

Zu stark kreisten ihre Gedanken um Wesleys Blick, als sie und Diana den Gastraum betreten hatten. Ein Blick, in dem dieses Begehren gelegen hatte, das sie von früher kannte und das binnen eines Wimpernschlages ihr Herz geöffnet hatte, als wäre ein leichtes Antippen alles, was es dazu brauchte.

„Ich muss mal kurz für kleine Dianas", hörte sie am Rande und nickte stumm, während sie sich zwei große Pommes in den Mund steckte, um nichts sagen zu müssen.

„Und ich bestelle noch eine Runde, oder?"

„Mh", nuschelte Sam auf Tommys Frage hin und griff nach zwei weiteren Pommes. Dabei verdrehte sie ihren linken Arm, um bloß nicht mit dem Ellbogen gegen Wesley zu stoßen, der auf der schmalen Sitzbank viel zu nah saß. Noch nie hatte Sam derart verkrampft ihre Knöchel unter dem Tisch übereinandergeschlagen, damit eine Berührung zwischen ihrem und Wesleys Oberschenkel zur absoluten *Mission: Impossible* wurde.

„Ich glaube, die beiden haben uns zum zweiten Mal in dieser Woche sitzengelassen."

„Aha." Sam dippte eine weitere Pommes in die Chili-Cheese-Sauce, die am Burger heruntergelaufen war, als sie plötzlich eine Hand auf ihrem Arm spürte.

„Sam, ist alles in Ordnung?"

„Aaabsoluuut. Waruuum?" Selbst in ihren Ohren klang sie wie das Paradebeispiel einer Person, die versuchte ihrem Gegenüber weiszumachen, es ginge ihr gut, obwohl das mitnichten stimmte.

„Ach, nichts. Ich wollte dich nur informieren, dass Diana und Tommy erneut abgehauen sind."

„Quatsch. Die beiden sind doch gerade erst losgegangen." Sam reckte den Kopf in Richtung der Bar, an der Tommy eigentlich auf eine weitere Runde Guinness warteten sollte.

„Das war vor fünf Minuten, Sam." Noch immer hatte Wesley seine Hand nicht von Sams Arm genommen.

„Vor fünf Minuten?" Sams Stimme überschlug sich fast, während sie fieberhaft zwischen der Toilette am linken Ende der Bar und der Theke hin und her sah und bemerkte, dass Wesleys Hand weiterhin auf ihrem Arm lag. Mit einem Mal fühlte sich ihre Haut siedend heiß an.

Wieso nimmt er seinen Arm nicht weg? Und warum sieht er mich plötzlich so komisch an?

Sam brach der Schweiß aus und ein unbestimmtes Gefühl schnürte ihr die Kehle zu. „Ich muss an die frische Luft", keuchte sie und sprang von ihrem Stuhl auf. Vor lauter Panik riss sie bei der Aktion den Teller nach oben, der Burger rutschte samt Pommes von der glatten Fläche und beides landete auf Tisch und Boden, während der Teller auf den Boden krachte und zersprang. Ohne ein weiteres Wort und mit hochrotem Kopf verließ Sam unter den fragenden Blicken der anderen Gäste das *Drunken Angel*.

Draußen angekommen, sog sie derart viel Luft in ihre Lungen, dass sie von einem Hustenanfall geschüttelt wurde. Gehetzt blickte sie sich nach links und rechts um und suchte fieberhaft nach Tommys Auto. Aber Diana und ihr Superbulle hatten sich tatsächlich erneut aus dem Staub gemacht.

„Das darf doch nicht wahr sein", fluchte Sam und lief los in Richtung der Hauptstraße. Als wäre Jack the Ripper ein Zeitreisender und hinter ihr her, überquerte sie eiligen Schrittes die Fahrbahn, ohne darauf zu achten, dass die Ampel für Fußgänger rot war, als sie unvermittelt ein starker Arm um die Taille packte und zurückriss, ehe sie auf der Motorhaube des hupenden Pizzalieferanten klebte.

„Herrgott, Sam, willst du dich umbringen?", brüllte Wesley sie an und schüttelte sie, bis er bemerkte, dass sich ihre Augen mit Tränen füllten. Der Schreck über den Beinahe-Zusammenstoß saß ihr gehörig in den Knochen. „Schon gut, Sam. Alles gut."

Obwohl sie noch immer das Gefühl hatte, wegrennen zu müssen, ließ Sam es zu, dass Wesley sie in den Arm nahm, und lehnte ihren Kopf an seine Brust. Und je länger sie dort verweilte und seinen unverwechselbaren Duft in sich aufnahm, desto ruhiger wurde sie.

Am liebsten wäre sie die ganze Nacht auf der Insel in der Mitte der Straße stehen geblieben und hätte sich von Wesleys Körperwärme und seinem festen Griff einlullen lassen. Hätte nicht ein besonders witziger Scherzkeks an der roten Ampel gehalten, gehupt und aus dem Auto gerufen: „Na, die haste ja wohl mal klargemacht, Bro!"

„Vergiss den Idioten", sagte Wesley und ließ Sam los. „Komm, ich bringe dich nach Hause."

Als die Ampel auf Grün schaltete, hielt er Sam die ausgestreckte Hand entgegen. Und auch wenn es eine weitere Ampelphase dauerte, griff Sam zögerlich nach seiner Hand und ließ sie erst wieder los, als sie sich vor dem Café verabschiedeten.

22 EIN BESUCH BEI DER ALTEN DAME

„Du siehst ziemlich fertig aus. Ist wohl gestern noch spät geworden." Tommy hatte bei Diana geschlafen und war gerade erst in die Küche gekommen, in der Wesley sein Müsli löffelte.

„Ich hatte eine Reihe von Albträumen, in denen Sam von einem Pizzalieferanten totgefahren wurde."

Auf Tommys fragenden Blick hin erzählte er, was am Abend zuvor passiert war.

„Also halten wir fest: Sam ist aus dem *Drunken Angel* gerannt und wäre fast überfahren worden, weil sie vor dir geflüchtet ist, und hat anschließend den ganzen Weg bis zum *Cake 'n' Coffee* deine Hand gehalten."

„Präzise Zusammenfassung, Herr Möchtegern-Inspector."

„Hey, hey, nicht frech werden, Freundchen." Tommy klang ganz wie ein Polizist, der einen unkooperativen Verdächtigen verhaftete. „Außerdem war ich längst noch nicht fertig. Nach der übrigens tatsächlich präzisen Zusammenfassung folgt nämlich üblicherweise eine Einschätzung der Lage. Und meine Einschätzung ist, dass wir es hier mit zwei positiven Anzeichen zu tun haben."

„Zwei?“, fragte Wesley. Außer dem Umstand, dass Sam seine Hand gehalten hatte, wollte ihm kein weiteres positives Anzeichen einfallen.

„Erstens und so klar wie Kloßbrühe: Sam hat deine Hand gehalten.“

„Wow, deine Beförderung sollte spätestens morgen auf deinen Tisch flattern.“ Wesley untermalte seine Bemerkung mit sarkastischem Klatschen.

„Zweitens“, fuhr Tommy unbeirrt fort. „Sie ist vor dir weggelaufen.“

Wesley stand auf und kippte die Reste des Müslis in den Ausguss. „Gerade hat sich das Beförderungsschreiben spontan selbstentzündet.“

„Verstehst du denn nicht?“ Tommy nahm Wesley die Schüssel aus der Hand, füllte sich Cornflakes hinein und holte die angebrochenen Milchpackung aus dem Kühlschrank. „Frauen, die neben Männern sitzen, von denen sie wissen, dass sie noch auf sie stehen, rennen nur dann weg, wenn man sie mit besagten Männern allein lässt, weil sie Angst haben, die jahrelang aufgebauten Mauern um ihre Herzen könnten einstürzen, was eine körperliche und seelische – aber vor allem körperliche – Vereinigung zur Folge hätte.“

„Würdest du den Satz bitte für mich wiederholen?“

„Du bist ein echter Penner, wenn du sarkastisch wirst.“ Tommy setzte sich an den Küchentisch, an dem auch Wesley wieder Platz genommen hatte.

„Und du schaust dir zu viele Beziehungsratgeberdokus mit deiner Freundin an.“

„Papperlapapp. Das weiß doch jeder“, meinte Tommy schmatzend, während aus seinem Mund Kaugeräusche kamen, als wären seine Cornflakes aus Glas. „Aber jetzt zurück zum wesentlichen Punkt: Sam hat deine Hand gehalten.“

„Okay, okay, Herr Inspector. Ich gestehe.“ Wesley streckte die Arme nebeneinander nach vorne wie ein Verbrecher, der auf das Klicken der Handschellen wartete. „Nur bitte, hören Sie auf, permanent das Offensichtliche zu wiederholen.“

„Wenn du nicht wissen willst, warum das fantastische Neuigkeiten sind, dann eben nicht.“ Tommy setzte ein Gesicht auf, als übe er für eine Oscar-würdige Vorstellung der beleidigten Leberwurst.

„Ich tippe mal ins Blaue.“ Wesley stützte die Ellbogen auf dem Tisch ab, faltete die Hände auf Kopfhöhe und lehnte sein Kinn dagegen. „Tommy und Diana, das infernalische Pärchen mit dem Hang zu schwülstig-dramatischen Verkupplungsversuchen, hat mal wieder einen famosen Plan ausgeheckt.“

„Falls du morgen nichts vorhast, kannst du mich zur Wache begleiten. Wir haben im Moment ein paar offene Stellen.“

„Lenk nicht ab.“ Wesley seufzte und wappnete sich für den Irrsinn, der da kommen mochte. „Erzähl mir lieber von eurem phänomenalen Plan.“

„Du besuchst diese Adresse.“ Tommy fischte einen zerknüllten Zettel aus seiner Hosentasche, von dem Wesley den Namen ‚Mrs. Walsh‘ und ‚Osprey Rd‘ samt einer Hausnummer ablas.

„Erstens: wieso? Und zweitens: Warum kommt mir der Name bekannt vor?“

„Mrs. Walsh ist die ältere Dame, die dem Kaffeekränzchen vorsteht, das du dank deines perversen Drangs, nahezu nackt in einem Café herumzulümmeln, vergrault hast."

Wesley warf einen erneuten Blick auf den Zettel und versuchte die Puzzleteile von Tommys kryptischer Mitteilung zusammenzusetzen. „Warte", sagte er, als ihn der Blitz der Erkenntnis mit der Wucht von Mjölnir traf. „Ich soll doch hoffentlich nicht zu dieser Schreckschraube Walsh gehen, um mich zu entschuldigen?"

„Genau das sollst du tun." Ehe Wesley zu Wort kam, fuhr Tommy fort: „Der Plan ist nämlich genial. Zum einen kannst du bei Sam punkten, weil du deinen Fehler wiedergutmachst, zum anderen verschaffst du ihr die Gelegenheit zu einem Probelauf vor dem großen Eröffnungstag."

„Glaubst du, dass Sam diese Mrs. Walsh und ihren Schreckschraubenclub überhaupt zurückhaben will?", fragte Wesley skeptisch. „Immerhin hat Diana mir erzählt, wie anstrengend die Runde sein kann."

„Sam liebt die älteren Damen, die am Kaffeekränzchen von Mrs. Walsh teilnehmen. Und was Mrs. Walsh betrifft, solange alles nach ihren Wünschen aufgetischt wird, kann man mit ihr gut auskommen."

„Bleibt noch die Frage, wie ich es anstelle, das Herz der Schreckschraube zu erweichen?"

„Mit deinem umwerfenden Charme, einer Menge Zukreuzekriecherei und dem unschlagbaren Angebot, als Erste in den Genuss zu kommen, das neue Konzept des *Cake 'n' Coffee* kennenzulernen, und das komplett für lau."

„Für lau?" Wesley zeigte Tommy den Vogel. „Ich kann doch Sams Dienste nicht gratis feilbieten, ohne dass sie davon weiß. In welcher Traumwelt lebt ihr beiden denn?"

Tommy winkte ab. „Keine Sorge. Sollte Sam wegen des Gratisprobelaufs sauer sein, geht die Idee auf unsere Kappe. Dann haben wir dir weisgemacht, dass Sam davon wusste."

„Ich weiß nicht recht." Wesley kratzte sich am Hinterkopf.

„Wie gesagt, keine Widerrede", sagte Tommy, trat hinter ihn und legte binnen zwei Sekunden sich und Wesley je ein Ende seiner Handschellen an. „Du hast das Recht, zu denken, was du willst. Aber alles, was ich dir hier und heute gesagt habe, wird vom hohen Gericht der Diana von dir verlangt. Des Weiteren hast du das Recht, zu deinem Walk of Shame einen unentgeltlichen Taxiservice aus dem Hause Tommy wahrzunehmen, und zwar genau jetzt und zu keinem anderen Zeitpunkt. Hast du das verstanden?"

Wesley schnaubte. Er konnte es nicht leiden, überrumpelt zu werden. „Darf ich mich wenigstens frisch machen, bevor du mich zum Schafott kutschierst?"

„Ausnahmsweise lasse ich in dem Punkt Gnade vor Recht ergehen." Tommy schloss die Handschellen auf. „Aber beeil dich gefälligst, ich muss danach nämlich zum Dienst."

***

Zwanzig Minuten später stand Wesley vor einem verklinkerten Einfamilienhaus. Hinter ihm der akkurat gestutzte Rasen, der sich zu beiden Seiten des

Steinweges Richtung Straße bis zu den identischen Nachbarsgrundstücken erstreckte.

Mit dem Finger zog er gerade eine zehnte Runde über dem Klingelknopf, der sich in der Mitte einer eisernen Platte mit der Gravur ‚Walsh‘ befand, als er Schritte in seinem Rücken vernahm.

„Wagen Sie es nicht, das Paket wieder einfach vor meiner Haustüre abzulegen!“, folgte eine erboste Ansage.

Das fängt ja gut an.

Mit geschlossenen Augen straffte er die Schultern und legte ein liebliches Gesicht auf, das Prince Charming Tränen des Neids in die Augen getrieben hätte, ehe er sich umwandte und zu Tode erschrak, als er sich ungefähr fünfundzwanzig älteren Damen gegenübersah.

Und es wird nicht besser.

„Sie sind nicht der unverschämte Kerl, der üblicherweise meine Pakete bringt.“ Um die Rednerin, die er sofort als die Schreckschraube erkannte, entstand ein Stimmengewirr.

„Bist du dir sicher?“, fragte Mrs. Walsh eine der älteren Damen, die ihren Spazierstock hob und auf ihn zeigte.

„Natürlich bin ich mir sicher. Ich habe einen kaputten Fuß und bin nicht blind. Das da ist der Nackedei aus dem *Cake ’n’ Coffee*.“

Wesley überkam das ungute Gefühl, sich gleich einer ganzen Reihe von Spazierstöcken gegenüberzusehen, die von älteren, harmlos aussehenden Damen geschwungen wurden, die es faustdick hinter den Ohren hatten und ihn einen Perversen schimpften, während sie ihn von Mrs. Walshs Grundstück verjagten.

„Sie sollten schleunigst meinen Grund und Boden verlassen, Sie perverser Triebtäter", verkündete Mrs. Walsh und holte ein aufklappbares, älteres Handymodell aus ihrer Handtasche. „Ich habe eines dieser neumodernen Telefone und rufe sonst die Polizei."

Du schaffst das, Wesley, beruhigte er sich. *Du bist geschult und verdammt gut darin, die härtesten Verhandlungspartner zu knacken. Da sollte doch eine Gruppe älterer Damen kein Problem sein.*

„Meine liebreizenden Damen", begann er in sanftem Tonfall und hob beschwichtigend die Hände. „Wenn Sie möchten, dass ich augenblicklich gehe, dann bin ich so gut wie weg." Er wartete bissige Zwischenrufe oder den erneuten Befehl zu Gehen von Mrs. Walsh ab und fuhr, als keine der Frauen sich mit ihrem Spazierstock auf ihn stürzte, fort: „Aber ich würde mich sehr darüber freuen, wenn Sie mir die Möglichkeit geben, mich zu erklären und – was viel wichtiger ist – mich aufrichtig für meinen peinlichen Auftritt im *Cake 'n' Coffee* zu entschuldigen."

Die fünfundzwanzig aufgeregt durcheinanderredenden Damen machten es Wesley unmöglich zu verstehen, was sie sagten, bis Mrs. Walsh nach einer gefühlten Ewigkeit mit ihrer schneidenden Stimme sagte: „Sie haben Glück. Der Großteil der Gruppe findet, Sie haben zumindest die Chance verdient, sich zu erklären." Sie ging an ihm vorbei und schloss die Fronttür zu ihrem Haus auf. „Aber seien Sie gewarnt. Wir sind keine leichtgläubigen Weiber, die Sie mit einer lapidaren oder schmalzigen Entschuldigung um den Finger wickeln können. Egal, für wie charmant Sie sich halten."

Wesley nickte stumm und wartete, bis Mrs. Walsh ihren Flur betreten hatte, ehe er einen Schritt zurücktrat und den anderen älteren Damen den Vortritt ließ.

Als er die Haustür hinter sich schloss und auf Anweisung die Schuhe auszog, ehe er das Wohnzimmer von Mrs. Walsh betrat, in welchem Stühle aus dem Esszimmer, der Küche und Klappstühle aus einer kleinen Kammer verteilt wurden, hatte er sich bereits für eine Taktik entschieden. Die einzige Taktik, die in dieser Situation funktionieren würde – die Wahrheit.

Nachdem die älteren Damen in Windeseile einen engen, muckeligen Stuhlkreis aufgebaut hatte, setzte er sich brav auf den Klappstuhl, den man für ihn bereitgestellt hatte.

„Nun, Mr. ...?"

„Harlington. Wesley James Harlington. Geboren und aufgewachsen in Paisley und wohnhaft in London."

Über das aufbrandende Gelächter rief eine der älteren Damen: „Wir sind hier nicht vor Gericht, Mr. Harlington!"

„Das werden wir sehen", fügte Mrs. Walsh hinzu und gebot ihrem Kaffeekränzchen zur Ruhe zu kommen. „Aber zuerst sollen Sie die Gelegenheit bekommen, sich zu erklären."

Wesley war selten nervöser gewesen als unter dem Blick der fünfundzwanzig Augenpaare. Er sammelte seine gesamte Berufserfahrung in puncto ‚strukturierte, übersichtliche und einfache Präsentationen' und begann mit der wichtigsten Sache des heutigen Tages. „Wie ich bereits draußen andeutete, bin ich nicht nur hier, um mich zu erklären, sondern auch um mich zu entschuldigen. Ich entschuldige mich hiermit für meinen mehr als blamablen, unangebrachten Auftritt im *Cake 'n' Coffee* vor einigen Tagen, der Sie alle, wie ich vermute, in unnötige Aufregung versetzt hat."

„Also ich hatte nichts dagegen, einen jungen Knackarsch bewundern zu dürfen", sagte eine der älteren Damen in die Runde und merkte erst, dass sie laut gesprochen hatte, als Mrs. Walsh sich räusperte und tadelnd den Kopf schüttelte.

„Gut, Mr. Harlington", wandte sich Mrs. Walsh anschließend an ihn. „So viel zu Ihrer Entschuldigung, die Sie souverän vorgetragen haben. Kommen wir nun zu Ihrer Erklärung."

Erneut sammelte Wesley sich, rief sich verschiedene Redeansätze in Erinnerung und entschied, dass es ihn vermutlich in einem sympathischeren Licht erscheinen lassen würde, wenn er frei aus seinem Herzen heraus sprach.

Eine Viertelstunde später, nachdem er seine und Sams gesamte Geschichte – wenige intime Details ausgenommen – erzählt hatte, waren die vierundzwanzig Blicke, in die das Glitzern romantischer Verzückung getreten war, weit weniger furchteinflößend geworden.

Nur Mrs. Walsh sah ihn weiterhin streng an und schien noch nicht zufrieden zu sein.

„Sie sagen, das Café wurde umgebaut?"

„Das wurde es und es ist ..."

„Es ist also einer dieser seelenlosen, modernisierten Orte geworden, denen jegliche heimelige Anmutung fehlt."

Wesley konnte nicht anders, er musste einfach grinsen.

„Finden Sie das amüsant?“

„Nein. Doch. Es ist … Würden Sie Sam kennen, wüssten Sie, dass sie dieselben Worte benutzen würde. Wissen Sie, als ich den Entwurf für das Café gesehen habe, war es, als befinde ich mich mitten in dem hellen, freundlichen Gastraum mit den modernen Farbakzenten in Verbindung mit den traditionellen Holzfarben des Bodens und der Möbel, den verspielten Kissen, den Spiegeln, den Tischdeckchen und den vielen anderen kleinen Details. Und wissen Sie, wie ich mich gefühlt habe? Als wäre ich zu Hause angekommen.“

Ja, dachte Wesley und die Erkenntnis traf ihn wie eine Ohrfeige. *Deswegen bin ich an dem Abend derart in Panik geraten. Weil mir unterbewusst sofort klar war, was ich zurückgelassen habe, als ich nach London abgehauen bin. Und wie sehr ich das kleine Café und seine verdammt süße Besitzerin vermisst habe.*

„So spricht nur jemand, der sein Herz verschenkt hat, junger Mann“, holte ihn die Stimme einer Frau neben sich zurück in den Stuhlkreis.

„Ja, oder?“, kam es von einer der anderen älteren Damen. „Und wie seine Augen geleuchtet haben, als er von Mrs. Cochrane und ihrem Aufeinandertreffen gesprochen hat.“

„Glaubt ihr, dass er sich nur rächen wollte, weil er Mrs. Cochrane insgeheim wiedersehen wollte?“

„Absolut! Sonst wäre er doch nach seinem Streich sofort zurück nach London gefahren und hätte nicht dafür gesorgt, dass sie ihre Pläne mit dem Café umsetzen kann.“

„Und er wäre bestimmt nicht extra hergekommen.“

„Meine Damen!“, durchschnitt die scharfe Stimme von Mrs. Walsh den Raum. „Ich bitte euch, nicht zu vergessen, dass wir nicht hier sitzen, um die Romanze der beiden jungen Leute zu analysieren.“

Als die Damen, wenn auch sichtlich widerwillig, verstummten, wandte sich Mrs. Walsh viel freundlicher als zuvor erneut an Wesley. „Ich vermute, dass die Entschuldigung und Ihre Erklärung nicht das Einzige sind, weswegen Sie hergekommen sind.“

„Nein, das waren tatsächlich nicht die beiden einzigen Gründe.“ Wesley war froh, dass die Damen aufgehört hatten, über ihn und seine Beziehung zu Sam zu reden, als wären sie zwei Charaktere aus ihrer liebsten Telenovela. „Ich wollte Sie als Wiedergutmachung für meinen unverschämten Auftritt zu einem für Sie kostenlosen Besuch im neuen *Cake 'n' Coffee* einladen. Noch vor der großen Wiedereröffnung. Damit Sie sich in Ruhe einen Eindruck vom neuen Look des Cafés machen können. Und wer weiß, vielleicht überdenken Sie ja Ihre Entscheidung, das Café in Zukunft zu meiden, noch einmal.“

„Weiß Mrs. Cochrane, dass Sie hier sind? Oder hat sie Sie gar geschickt?“ Mrs. Walsh sah ihm direkt und durchdringend in die Augen.

„Nein, Mrs. Walsh. Ich versichere Ihnen, dass Sam weder von meinem Besuch noch von meinem Angebot an Sie weiß.“

„Wenn das so ist, würde ich Sie bitten, einen Augenblick im Flur zu warten, damit wir uns besprechen können.

Wesley nickte stumm und verließ das Wohnzimmer. Im Flur betrachtete er die Bilder, die eine junge Mrs. Walsh und ihren Ehemann bei verschiedenen Aktivitäten zeigten. Erstaunlicherweise lächelte Mrs. Walsh auf jedem einzelnen der Bilder.

Daher rührt also ihre unnahbare Art, dachte Wesley.

Als fünf Minuten später die Tür zum Wohnzimmer geöffnet wurde, war er mittlerweile bei den Fotos neben der Haustür angekommen.

„Sie können reinkommen. Unser Urteil ist gefällt."

Also stand ich doch vor Gericht, dachte Wesley und hoffte inständig, dass die Vorsitzende Mrs. Walsh sich nach dem Geschworenenurteil richtete.

„Mr. Harlington", begann Mrs. Walsh in unheilvollem Ton und Wesley rutschte das Herz in die Hose. „Nach reiflicher Überlegung haben wir beschlossen ..."

Wesley starb zehntausend Tode, als Mrs. Walsh eine extra lange Kunstpause machte.

„... dem *Cake 'n' Coffee* noch eine Chance zu geben."

Wesleys Erleichterung hätte nicht größer sein können. Erfreut nahm er die Glückwünsche der älteren Damen entgegen, die ihm teilweise die Hand schüttelten, ihm zu seiner aufrichtigen Art gratulierten und ihre Freude und Neugier über das neue Konzept des *Cake 'n' Coffee* äußerten.

„Ich würde Sie dann zur Tür bringen", sagte Mrs. Walsh, nachdem sie sich Datum und Uhrzeit für das Kaffeekränzchen aufgeschrieben hatte.

Wesley schlüpfte in seine Schuhe und streckte Mrs. Walsh förmlich die Hand entgegen.

Mrs. Walsh, deren Blick einen Moment auf einem der Fotos haften blieb, hielt seine Hand fest. „Versauen Sie es sich nicht mit der jungen Mrs. Cochrane. Sie werden nämlich keine zweite Frau finden, die einen solchen Begeisterungssturm und solch eine Hingabe mit ihren Worten und Taten auslöst."

„Danke", antwortete Wesley. Vor Schreck über ihre liebenswürdigen Worte fiel ihm einfach nichts anderes ein. „Und danke, dass Sie Sam und dem *Cake 'n' Coffee* noch eine Chance geben."

„Ja, ja. Und jetzt runter von meinem Grundstück", sagte Mrs. Walsh in gewohnt ruppigem Tonfall und schlug ihm die Tür vor der Nase zu.

23 DIE HEILIGE DREISSIG

„Happy Birthday!", brüllte Diana und stürzte auf Sam zu, die in ihrer Küche die letzten Vorbereitungen für das Probeessen am Tag nach ihrem Geburtstag traf. Wie ein Tornado auf Speed drehte sie Sam im Kreis und schmetterte ein Geburtstagsständchen nach dem anderen.

„Wenn du so weitermachst, verbringe ich den restlichen Tag über der Toilettenschüssel und werde leider keine Möglichkeit haben, mich deinem Überraschungsprogramm heute Abend zu widmen", rief Sam scheinheilig.

„Wie immer wird dein netter Versuch genau das bleiben, ein netter Versuch." Diana ließ Sam los und zwinkerte ihr zu. „Du wirst heute Abend brav alles anziehen, was ich dir aus dem Schrank fische, und anschließend mit verbundenen Augen in dein Auto steigen."

„Muss das wirklich sein? Können wir nicht den Abend einfach bei Cocktails, Chips und Netflix in Pyjamas auf meiner Couch verbringen?" Sam setzte ihren besten Dackelblick auf.

„Auf keinen Fall!" Diana stieß Sam den Zeigefinger gegen die Schulter, als wolle sie ein Mordgeständnis aus ihr herauspressen. „Dafür haben wir zu viel Arbeit in deine Überraschung gesteckt."

„Wer ist wir?", fragte Sam und wappnete sich für die Antwort, die unausweichlich und zugleich beängstigend war – seit sie wusste, was Wesley in Paisley hielt, seit sie ihm einen Kuss auf die Wange gegeben, seit er sie davor bewahrt hatte überfahren zu werden, seit sie sich gewünscht hatte, seine Umarmung möge ewig dauern, seit sie seine Hand gehalten hatte. Seit das alles so kompliziert geworden war.

„Na, wer wohl?“ Diana seufzte. „Tommy, Wesley und ich. Aber vor allem Wesley. Du kannst dir gar nicht vorstellen, wie er sich ins Zeug gelegt hat für deine Überraschung. Die übrigens seine Idee war.“

„So wie es seine Idee gewesen ist, sich bei Mrs. Walsh zu entschuldigen und sie und das Kaffeekränzchen zu einem Probeessen einzuladen?“

„Absolut. Das war ganz allein seine Idee.“

„Diana …“ Sam sah ihre Freundin streng an, während sie die Augenbraue auf das Level ‚bei einer offensichtlichen Lüge ertappt‘ hob.

„Ach verdammt, Sam, wieso machst du alles so kompliziert?“, maulte Diana, schaffte es diesmal aber nicht, Sams Blick standzuhalten. „Okay, okay. Es war meine und Tommys Idee. Aber Wesley war Feuer und Flamme. Du hättest ihn hören sollen.“ Diana richtete sich zu voller Größe auf und stakste wie ein Gockel durch die Küche des Cafés. „Sagt mir nur wann und wo!“, intonierte sie mit tiefer Stimme. „Ich tue alles, um Sam zu helfen. Alles! Ich werde den höchsten Berg erklimmen, um Zutaten für ihre Backwaren zu pflücken! Werde ohne Sauerstoffflasche bis auf den Grund des Meeres tauchen, um die reinsten Salzkristalle zu ernten!“

„Ich glaube nicht, dass das so funktioniert“, warf Sam ein, kam aber gegen Dianas übersprudelnden Enthusiasmus nicht an.

„Ich werde den Drachen mit bloßen Händen erlegen, wenn er sie auch nur schief ansieht! Die Glut eines Vulkans werde ich ihr holen, um ihren himmlischen Ofen zu befeuern!“

„Das funktioniert auf keinen Fall.“

„Ich tue alles, um Sam zu helfen. Alles!“, wiederholte Diana. „Wenn ich noch einmal für den Bruchteil einer Sekunde ihre zarte Hand in meiner halten, noch einmal den köstlichen Nektar ihres Kusses kosten, noch einmal völlig verschwitzt durch die Laken ...“

„Diana!“, rief Sam ihre Freundin zur Räson.

„Komm schon, Sam.“ Diana kam auf sie zu und legte ihr von hinten die Arme um die Schultern. „Sei erwachsen und gib dich den Freuden möglicher zukünftiger Szenarien hin, die mit dir, Wesley, Bettlaken und jeder Menge akrobatischer Abenteuer zu tun haben.“

„Wenden wir unsere Aufmerksamkeit doch lieber den letzten Vorbereitungen für die Rückkehr der gestrengen Mrs. Walsh und ihrem zuckersüßen Kaffeekränzchen zu.“ Sam holte ihre Spritztüllen aus der Schublade. Über die Jahre hatte sie gelernt, Dianas Ausbrüche mit unverschämt gelassener Gleichgültigkeit zu bestrafen.

„Ich verstehe“, säuselte Diana und zwinkerte Sam zu. „Wir arbeiten unsere schmutzigen Gedanken lieber schnell weg, bevor eine von uns noch platzt.“

Sam entschied sich, die Strafe für Diana auf die Option des sturen Schweigens auszuweiten, und befüllte die Spritztüllen wahlweise mit einer Cremefüllung in den Geschmacksrichtungen Nussnougat, Veilchen und Erdbeer-Minze. Anschließend verteilte sie die Cremes gleichmäßig auf den Tarteletteböden und stellte die fertigen in den Kühlschrank.

„Genug geschwiegen?", fragte Diana nach einer Weile.

„Das kommt darauf an, ob du aufhören wirst, dich wie eine Irre aufzuführen."

„Du meinst wohl eher wie ein vor Romantik strotzender Liebesbote. Ach, komm", erwiderte Diana auf Sams Schnauben. „Du musst zugeben, du bist geschmeichelt, dass Wesley deinetwegen in Paisley ist."

„Nein", sagte Sam zögerlich.

„Ja, ja, ja."

„Ich weiß nicht was ich bin, verdammt noch mal!", blaffte Sam und warf das Tartelette, das sie mit der Hand zerbrochen hatte, auf einen Teller. „Bist du jetzt zufrieden?"

Diana wischte sich die mit Schokolade beschmierten Hände an ihrer Schürze ab. „Es geht nicht darum, ob ich zufrieden bin, Sam. Es geht darum, dass ich längst gemerkt habe, dass deine eine Hälfte Wesley noch eine Chance geben möchte und die andere nicht." Sie nahm Sam in den Arm. „Und als gute Freundin ist es meine Aufgabe, dir einen kleinen Schubs in die richtige Richtung zu geben."

„Dir ist aber klar, dass es einen Unterschied zwischen einem kleinen Schubs und einem Roundhouse-Kick gibt, oder?"

„Und du weißt, dass ich deiner Angst, Wesley könnte sich umentscheiden und zurück nach London gehen, mit nichts Geringerem als einem Roundhouse-Kick von Chuck Norris persönlich gegenübertreten muss?"

„Ja“, sagte Sam und sank in die Umarmung ihrer Freundin. „Ja, ich weiß.“

***

„Sind wir eigentlich noch in Schottland?“, fragte Sam und zupfte ungeduldig die Augenbinde zurecht, die sie seit einer geschlagenen halben Stunde tragen musste.

„Sehr witzig, du Scherzkeks“, erwiderte Diana vom Fahrersitz aus und hielt kurz darauf endlich an.

„Gott sei Dank.“ Sam stöhnte erleichtert und machte Anstalten, die Augenbinde abzunehmen.

„Schön anlassen, junges Fräulein!“ Tommys Stimme, die aus dem Nichts zu kommen schien, ließ Sam zusammenzucken. „Wir sind nämlich noch nicht ganz da.“

„Sag mir bitte, dass Diana nicht eine halbe Stunde quer durch Paisley gefahren ist und wir gerade vor deiner Haustür stehen.“ Sam hatte zwar den Eindruck gehabt, die letzten fünf Minuten eher über einen unbefestigten Weg als über Asphalt unterwegs gewesen zu sein, aber Diana konnte ebenso gut mehrfach über dieselbe holprige Straße voller Schlaglöcher gefahren sein.

„Du traust mir auch alles zu, was?“, empörte sich Diana und Sam hörte genau, wie Tommy vor Vergnügen gluckste. „Und du, hör auf zu lachen! So schlimm bin ich ja wohl auch nicht.“

Sehr zu Dianas Missfallen stimmte Sam in Tommys Glucksen mit ein.

„Hier links“, hörte Sam Tommy sagen und spürte, wie Diana den Wagen in die entsprechende Richtung lenkte. Seit sie Tommy an Bord hatten, war der Weg

261

noch holpriger geworden, sodass Sam mittlerweile auf einen Feld- oder Waldweg tippte.

„O mein Gott, das ist wunderschön", murmelte Diana irgendwann ergriffen.

„Schön, dass dir *meine* Geburtstagsüberraschung gefällt", sagte Sam ironisch und wollte noch hinzufügen, dass Diana damit jeglichen Anspruch auf ein Geschenk an ihrem eigenen Geburtstag verloren hatte. Aber in dem Moment, in dem sie die Augenbinde abnahm, verschlug es ihr die Sprache.

Die urige kleine Jagdhütte, umgeben von dichtem Wald, und die Bäume und Sträucher davor waren mit Hunderten von kleinen Lampen in allen Formen und Pastellfarben geschmückt worden, als würden unzählige Glühwürmchen umherschwirren. An der Balustrade der Veranda war eine Reihe Luftballons angebracht, auf denen ‚Happy Birthday, Sam' stand. Die restlichen Ballons waren überall auf der kleinen, umzäunten Lichtung verteilt. Auf der Veranda sah Sam einen gedeckten Tisch mit feinem Porzellan, mehreren Kerzenständern, einem Blumenbouquet und bunten Gläsern aller Art. Neben der Hütte, halb unter dem Carport aus Holz versteckt, war etwas aufgebaut worden, was Sam nicht sofort erkannte.

Ergriffen stieg Sam aus dem Wagen und watete durch das Meer an Ballons auf die Veranda zu, als eine große, warme Hand nach ihrer griff.

„Alles Gute zum Geburtstag, Sam."

Es gibt keinen Mann auf der Welt, der meinen Namen so aussprechen kann, dass es sich anfühlt, als würden sich alle Probleme mit einem Mal in Luft auflösen. Außer Wesley, dachte Sam und drückte automatisch seine Hand.

„Das ist einfach wunderschön“, hauchte sie und spürte, wie ihre Augen feucht wurden. Nicht nur, dass Wesley genau ihren Geschmack getroffen hatte, er hatte sich auch an einen ihrer größten Wünsche erinnert. Eine kleine Hütte im Wald, Lichter, Ballons, ein festlich gedeckter Tisch, gutes Essen, beste Freunde und …

„Ist das neben dem Haus etwa ein kleines Autokino?“, fragte Sam und zog Wesley hinter sich her. Und tatsächlich war unter dem Dach des Carports eine Leinwand aufgebaut und vor Tommys Auto stand ein Tisch mit einem Beamer. „Du hast wirklich an alles gedacht.“ Ehe sich ihre zweifelnde Hälfte melden konnte, ließ sie seine Hand los und umarmte ihn. „Danke.“

Erst als sie ihre Autotür zuknallen hörte, löste sich Sam hektisch von Wesley.

„Scheiße, Tommy“, schimpfte Diana. „Schon mal was von falschem Timing gehört?“

Tommys schuldbewusster Anblick ließ Sam herzhaft loslachen und schaffte es, ihr ein wenig die Anspannung zu nehmen.

„Wir wäre es mit einem Stück Kuchen?“

Irritiert sah Sam Wesley an. „Ich habe keinen gebacken, du Kuchenmonster“, sagte sie und schüttelte liebevoll den Kopf.

„Aber ich“, verkündete Wesley stolz und reichte Sam den Arm.

Zusammen machten sie sich auf den Weg zur Veranda, auf der Tommy und Diana auf sie warteten.

„Falls du übrigens Material für ‚Die witzigsten Homevideos‘ brauchst, ich habe Wesley mit dem Handy beim Backen aufgenommen.“ Tommy schwenkte sein

Smartphone provokant vor Wesleys Nase herum und beschwerte sich, als dieser danach schnappte und es in seiner Hosentasche verschwinden ließ. „Hey, das gilt als Diebstahl."

„Du bekommst es wieder, wenn du mir deine Pin gibst und ich das Video gelöscht habe."

„Und damit wäre der Tatbestand der Erpressung erfüllt."

„Die Arbeit bleibt auf der Arbeit, Tommy."

„Aber ..."

„Kein Aber." Diana streckte Tommy die Zunge raus. „Und jetzt will ich den Kuchen sehen!"

Beim Anblick dessen, was man mit viel Fantasie als Kuchen bezeichnen konnte, musste Sam sich schwer zusammenreißen, um nicht ebenso wie Diana lauthals loszugackern. Das, was vor ihr auf der silberfarbenen Platte stand, war schlimmer als der sprichwörtliche Unfall, bei dem man nicht wegsehen konnte. Überzogen war das ,Prachtexemplar' mit einer Schicht weißer Schokoladenglasur, die neben Löchern und Schmierstreifen jede Menge krisselige Stellen aufwies, auf die mit Sicherheit Wasser getropft war. Die linke Seite des ovalen Backwerks war gerade einmal halb so hoch wie die rechte Seite und mit schwarzer Glasur hatte Wesley ,Happy Birthday Sam' in einer Sauklaue geschrieben, die jedem Chefarzt Konkurrenz machte.

„Hauptsache, er schmeckt", sagte Sam, deren Kiefermuskeln drohten in den Streik zu treten, wenn sie nicht aufhörte sie krampfhaft anzuspannen, was dazu führte, dass Diana noch lauter lachen musste und auch Tommy sich schüttelte.

„Alter", keuchte Tommy nach einer weiteren Lachsalve und wischte sich eine Träne aus dem Augenwinkel. „Erzähl Sam, was du als Kuchenform genommen hast!"

„Eine Auflaufform", sagte Wesley zähneknirschend und schaffte es damit, dass auch Sam sich nicht mehr zusammenreißen konnte. „Ihr werdet es noch bereuen, euch so schändlich über mich amüsiert zu haben, wenn ihr erst von dem Kuchen gekostet habt!" Um seiner großspurigen Ankündigung die nötige Dramatik zu verleihen, schnitt Wesley ein riesiges Stück des Unfalls ab, legte es auf einen Teller und reichte es Sam.

Als Sam mit der Gabel auf den Kuchen drückte, stellte sie fest, dass er lockerer war als gedacht. Die Cremefüllung, die Schuld an der Schieflage war, roch angenehm nach Karamell.

„Wow, der schmeckt ja wirklich!", rief sie mit vollem Mund erstaunt aus, als sie den ersten Bissen nahm. Auf Tommys verschmitztes Grinsen, das ihren ersten Verdacht bestätigte, fügte sie hinzu: „Für eine Fertigbackmischung und eine Puddingcreme zum Aufrühren."

„Was habe ich dir gesagt?", triumphierte Tommy und streckte Wesley die Hand entgegen, der eine Zehnpfundnote hineinlegte.

„Du hast nicht im Ernst gegen Sam und ihre übermenschlichen Geschmacksnerven gewettet?" Diana schnitt sich ebenfalls ein Stück Kuchen ab.

Wesley zuckte mit den Achseln. „War einen Versuch wert." Um von seiner Schmach abzulenken, entkorkte er die Sektflasche und füllte vier Gläser. „Auf Sam und die nächsten gemeinsamen dreißig Jahre", sagte er, als alle ihre Gläser in den Händen hielten und kippte den

Sekt in einem Zug runter, als die anderen drei schlagartig mucksmäuschenstill wurden.

***

Ungeduldig und nervös beobachtete Sam, wie Tommy und Wesley in klischeehaftester Männer-Manier um den Beamer standen und versuchten, ihn zum Laufen zu bringen. Noch immer hörte sie dabei, wie Wesley von ‚den nächsten gemeinsamen Jahren‘ sprach und versuchte, über den leichten Anflug von Panik hinweg zu ergründen, was sie davon halten sollte. Doch sie schaffte es einfach nicht, einen klaren Gedanken zu fassen.

Schon gar nicht, als sie sah, wie Wesley und Tommy abklatschten und Wesley auf ihren Wagen zusteuerte.

„Jetzt setz dich schon", sagte sie, nicht frei von Anspannung, als er unschlüssig vor der Beifahrertür stehen blieb. „Ich will endlich den Film in Autokinoatmosphäre sehen." Die Packung Fertig-Popcorn hielt sie fest umklammert, während sie den Blick schnurgerade nach vorne in Richtung Leinwand richtete. Als nach ein paar Minuten der Feineinstellungen endlich die ersten Bilder ihres Lieblingsfilmes über die Leinwand flackerten, wenn auch leider in mittelmäßiger Qualität, atmete Sam erleichtert auf. Die nächsten 135 Minuten würde sie sich nämlich erst einmal nicht darum sorgen müssen, was sie zu Wesley sagen und was sie nicht zu Wesley sagen konnte, sollte oder durfte. Vor allem nach seiner merkwürdigen Ansprache, mit der er seinen missglückten Toast zu kaschieren versucht hatte. Noch immer versuchte Sam zu ergründen, wie er von

Glückwünschen über Delfine und Flipcharts bis hin zum Kalten Krieg gekommen war.

Aber irgendwie war es auch süß, wie er sich schwitzend um Kopf und Kragen geredet hat, dachte Sam und musste schmunzeln, bis erneut die Angst in ihr hochkroch, die Diana so treffsicher auf den Punkt gebracht hatte. Was, wenn Wesley auf einem kurzweiligen nostalgischen Trip war? Wenn er nur glaubte, noch in sie verliebt zu sein? Wenn sich die Geschichte wiederholen, wenn er zurück nach London fahren würde?

Nach Dianas tröstender Umarmung, während sie heute Morgen zusammen die restlichen Vorbereitungen für das Probeessen mit dem Kaffeekränzchen getroffen hatten, hatte sie lange über diese Angst nachgedacht und sich eigentlich entschieden, das Risiko einzugehen. Weil es Momente im Leben gab, in denen man alle Vorsicht über Bord werfen, in denen man verrückt sein und blind zugreifen musste, damit man am Ende das Leben nicht verpasste. Und jetzt?

Jetzt, nach seinem gutgemeinten Trinkspruch auf die nächsten gemeinsamen dreißig Jahre, hatten sich ihr Vorsatz und ihr wagemutiges Vorhaben wieder in einen Kokon aus Zweifeln gesponnen, der zu undurchdringlich war, um einem zarten Schmetterling die Freiheit zu schenken.

Es sei denn, man hieb mit einer scharfen Axt darauf ein, riss den Kokon entzwei, zog den Schmetterling heraus, warf ihn in die Luft und zwang ihn dazu, die Flügel auszubreiten und loszufliegen.

Das Pflaster kurz und schmerzlos abreißen, dachte Sam und zählte innerlich bis Drei, ehe sie kopfüber, blind und mit auf dem Rücken gefesselten Händen ins kalte Wasser sprang.

„Küss mich."

Es dauerte geschlagene zehn Sekunden, ehe Wesley sich neben ihr räusperte. „Wie bitte?", fragte er, seine Stimme voller Unsicherheit, Sehnsucht und Verlangen. Ein wenig wie Dr. Zölibat-Jekyll und Mr. Rumknutsch-Hyde.

„Na ja", begann Sam und spürte, wie sie instinktiv versuchte, das abgerissene Pflaster wieder aufzukleben. Aber nein, jetzt würde sie keinen Rückzieher machen. Sie wollte – zumindest dieses eine Mal – auf Dianas Rat hören und das Risiko eingehen. „Ich habe heute Geburtstag und werde dreißig Jahre alt."

O Gott, klingt das lahm, dachte sie.

„Und ein altes Sprichwort besagt: Wirst du an deinem dreißigsten Geburtstag nicht geküsst, werden deine Lippen über Nacht runzlig und staubtrocken."

Und das klingt, als wäre ich auf halluzinogenen Pilzen.

Noch immer fehlte ihr der letzte Funke Mut, Wesley direkt anzusehen. Stattdessen verfolgte sie, wie Fitzwilliam Darcy und Elizabeth Bennet sich auf dem Ball in Meryton zum ersten Mal begegneten. Wie die Sache mit den Vorurteilen und dem Stolz begann, der auch zwischen ihr und Wesley stand; gestanden hatte. Denn was, wenn nicht Stolz, das war Sam über ihren Grübeleien im Verlauf des Tages klargeworden, war schuld daran, dass sie und Wesley auseinandergegangen waren? Was, wenn nicht Stolz hatte sie davon abgehalten, ihn in London zu suchen, mit ihm zu reden, einen Kompromiss zu finden? Und was, wenn nicht Stolz hatte vermutlich Wesley davon abgehalten, zurückzukommen?

Plötzlich spürte Sam eine Hand an ihrer Wange und drehte den Kopf zu Wesley. In seinen hellbraunen Augen fand sie die gleiche Nervosität, die sie in seiner Stimme gehört hatte, die sie selbst durchflutete, als wären sie beide wieder Teenager.

„Bist du dir sicher?", fragte Wesley und brachte Sam zum Erröten. Dieselbe Frage hatte er ihr damals gestellt, als sie nackt auf ihrem Bett gelegen hatten und den nächsten großen Schritt in ihrer Beziehung gegangen waren.

„Ja", antwortete Sam und beobachtete Wesleys Lippen, die wie in Zeitlupe die ihren suchten. Sie spürte, wie eine verloren geglaubte Sehnsucht von ihr Besitz ergriff. Je näher seine Lippen kamen, desto intensiver wurde das kribbelige Gefühl, das sich in Sams Innerem wie ein wohliger, warmer Schauer ausbreitete.

„Stopp!", rief Sam unvermittelt und legte Wesley die Hand auf die Brust. „Nur küssen." Nachdem sie ihren Blitzgedanken ausgesprochen hatte, kam sie sich albern vor. Trotzdem fügte sie hinzu: „Du darfst mich nur küssen."

Statt einer verbalen Antwort ließ Wesley ihre Wange los und legte seine Hand über ihre auf seiner Brust. Sein Kopf bewegte sich keinen Millimeter mehr, doch seine Geste war Sam Antwort genug. Er hatte verstanden. Er überließ allein ihr die Entscheidung.

Und Sam entschied sich. Für einen Kuss. Einen Kuss, der verlorene, vergangene Zeit, eine Chance in der Gegenwart und eine Möglichkeit für die Zukunft zugleich war.

24 DAS PROBEESSEN

„Ich habe genau das Richtige gegen deinen Brummschädel", sagte Tommy und legte eine Packung Kopfschmerztabletten vor Wesley auf dem Tisch ab.

„Wofür sind die?" Wesley runzelte die Stirn und sah von seiner Müslischale auf. Er hatte gestern einen der schönsten Tage seit langer Zeit gehabt. Noch am heutigen Morgen spürte er das Brennen auf seinen Lippen, das Sams Kuss dort hinterlassen hatte; glaubte er, das Prickeln auf seiner Handinnenfläche, welches durch das Händchenhalten mit Sam nach dem Kuss ausgelöst worden war, würde nie wieder vergehen.

„Lies, was auf der Rückseite steht." Bei Tommys Grinsen schwante Wesley ein weiterer blöder Witz seines Freundes. Er hatte sich schließlich schon auf der Heimfahrt in der Nacht kaum noch eingekriegt.

„*Einzunehmen bei akutem Zerdenken romantisch einwandfrei gelaufener Dates*", las er laut vor und verdrehte die Augen. „Ich dachte, ich hätte gestern klargestellt, dass du und Diana recht damit hattet, dass ich im Eifer des Gefechtes zu viel nachgedacht habe."

„Zu viel nachgedacht nennst du das?" Tommy goss sich Milch über sein Müsli und setzte sich Wesley gegenüber. „*Oh Mann, glaubt ihr, Sam fand den Kuss schlecht, weil sie keinen zweiten wollte? Es kann doch kein gutes Zeichen sein, wenn sie danach kein einziges Wort sagt, oder? Obwohl sie meine Hand genommen und bis*

*zum Ende des Films gehalten hat. Das ist doch wiederum
ein gutes Zeichen, was meint ihr? Vielleicht hätte ich sie
noch mal küssen sollen. O Gott, was ist, wenn sie genau das
erwartet hat? Was ist, wenn ich mich zurückgehalten habe,
weil ich es allein ihr überlassen wollte, und sie denkt jetzt,
ich fand den Kuss nicht gut genug, um einen zweiten haben
zu wollen?"*, wiederholte er einen Teil des Redeschwalls,
mit dem Wesley ihn und Diana die gesamte Fahrt zuge-
textet hatte, nachdem sie Sam um zwei Uhr morgens zu
Hause abgesetzt hatten. „Ich würde eher sagen, du bist
dezent eskaliert. Schlimmer als eine männliche Jungfrau vor ihrem ersten Date."

„Ich war eben verunsichert."

„Das hat man kaum gemerkt", sagte Tommy mit vollem Mund. „Aber ich sage dir, der Abend war ein voller
Erfolg für dich. Zum einen haben Sams Augen mit den
Lampions um die Wette gefunkelt, als sie ihre Überraschung gesehen hat. Dann war sie weder verkrampft,
noch wegen irgendwas sauer auf dich, obwohl deine
Geburtstagsansprache ein echtes Desaster war."

Er stöhnte auf. „Ich wollte meinen Ausspruch über
die nächsten gemeinsamen dreißig Jahre, bei dem ihr
alle plötzlich still geworden seid, überspielen."

„Mit Delfinen und einer Geschichtsexkursion?"

„Mir ist spontan nichts Besseres eingefallen." Was un-
typisch für ihn war. Schließlich konnte er sich auf
seine genialen Fähigkeiten in der Kunst der Konversation immer verlassen. Aber sobald es um Sam ging ...

„Zum Glück hatte Diana nach fünf Minuten Mitleid
mit dir", meinte Tommy feixend. „Ich hätte dich nämlich noch ein paar Stunden weiterreden lassen."

„Wie ein wahrer Freund“, sagte Wesley ironisch und stellte seine leere Schüssel in die Spülmaschine.

„Ein wahrer Freund, der dich daran erinnert, dass wir in einer Viertelstunde mit den Frauen unserer Herzen verabredet sind.“

Überrascht sah Wesley auf die Uhr. „Scheiße, dann sollten wir uns beeilen, nicht dass Sam wütend auf mich wird. Meinst du, die Stimmung zwischen uns wird komisch sein? Gott, ich hoffe, dass ich nicht wieder irgendetwas Dummes sage.“

„Zu spät“, sagte Tommy und brach bei Wesleys fragendem Gesichtsausdruck in lautstarkes Gelächter aus.

***

Als sie zehn Minuten später neben dem *Cake 'n' Coffee* parkten und Wesley sich Tommys Standpauke über seinen rasanten Fahrstil zu Ende angehört hatte, spürte er eine Aufregung, die ihm über die Jahre fremd geworden war.

Sicherlich hatte er in London Dates gehabt und war für kurze oder längere Phasen mit Frauen zusammen gewesen, die er gemocht hatte, aber dieses schwindelerregende Gefühl war nie über ihn gekommen.

Beschwingt stieg Wesley aus dem Wagen und folgte Tommy durch die offene Seitentür zum Gastraum des Cafés, aus dem reger Lärm zu ihnen drang. Enttäuscht musste er allerdings feststellen, dass es Diana war, die durch den Gastraum wirbelte und die Tische eindeckte.

„Sam ist in der Küche“, flötete sie und zwinkerte Wesley zu. „Wenn ihr euch beeilt, könnt ihr euch noch eine Runde in der Vorratskammer vergnügen. Mrs.

Walsh und ihr Kaffeekränzchen kommen erst in einer Dreiviertelstunde."

„Sag stopp." Wesley machte eine La-Ola-Welle mit den Fingern und ließ die beiden Nervensägen stehen, während er sich auf den Weg in die Küche machte.

Dort angekommen, blieb Wesley an den Türrahmen gelehnt stehen und beobachtete Sam dabei, wie sie pfeifend verschiedene silberfarbene Platten mit ihren Köstlichkeiten bestückte. Und wie schon als er die Pläne für den Umbau gesehen hatte, taten sich vor seinen Augen Bilder auf.

Bilder von ihm und Sam, wie sie gemeinsam in der Küche standen und herumalberten. Sam, die ihm Sahne auf die Nase kleckste und ihm ein extra großes Stück Kuchen reichte. Er und Sam engumschlungen tanzend im Gastraum, nachdem das Café geschlossen hatte. Er und Sam in der Vorratskammer. Nackt, verschwitzt und ...

„Du könntest dich ruhig ein wenig nützlich machen", schreckte ihn Sam aus seinen Gedanken.

„Ähm, klar." Wesley stieß sich vom Türrahmen ab. „Was kann ich für dich tun?"

„Du könntest dich mit der Zaubermaschine vertraut machen, die mir von einem äußerst selbstsicheren Herrn regelrecht angedreht worden ist", wies Sam ihn an und deutete auf den Kaffeevollautomaten. „Dann kannst du nachher unter Einsatz deines Lebens das Kränzchen mit wohlriechendem Koffein-Nektar versorgen."

„Was ist denn aus dem Hightechgerät geworden, das hier vorher stand?", flachste Wesley und steuerte den

Kaffeevollautomaten an, der im Standby darauf wartete, endlich benutzt zu werden.

„Der wurde mir von einem hinterhältigen Besserwisser gestohlen", murmelte Sam schnaubend. Sie war eindeutig noch nicht hundert Prozent darüber hinweg, dass Wesley ihre geliebte Kaffeemaschine einfach beschlagnahmt hatte.

„Also ich habe gehört, dass es sich bei dem jungen Mann um einen wahren Helden handelt, der dich vor einer großen Torheit bewahrt hat."

„Junger Mann, dass ich nicht lache."

„Hey!", rief Wesley empört aus. „Ich darf doch bitten."

„Okay." Sam hielt einen Augenblick in ihrem emsigen Schaffen inne und musterte ihn mit kritischem Blick. „Ich lasse mich zu dem Kompromiss hinreißen, dass es sich bei dem Unhold um einen Mann mittleren Alters handelt, der sich recht passabel gehalten hat."

„Mittleren Alters? Na warte!" Wesley kam mit großen Schritten auf Sam zu. Ehe er sie allerdings zu fassen bekam, drehte sie sich blitzschnell in Richtung der mittlerweile vollgepackten Platten, schnappte sich einen Cupcake und drückte ihn Wesley kreischend ins Gesicht.

Doch Wesley machte trotz Vanillecreme im Gesicht noch zwei weitere Schritte und bildete mit den Armen eine Barriere, indem er sie links und rechts neben Sam auf der Arbeitsplatte ablegte. „So leicht kommst du mir nicht davon, Fräulein. Die Sauerei wirst schön du sauber machen." Er beugte sich nach vorne und flüsterte Sam ins Ohr: „Mit deiner Zunge."

„Puuh, Leute, ich störe euch echt ungern bei euren Schweinereien", meldete sich unversehens Diana von der Küchentür aus und ließ Sam und Wesley auseinanderfahren. „Aber Mrs. Walsh und ihr Kränzchen sind früher gekommen."

„Was auch sonst", fluchten Wesley und Sam gleichzeitig und nach einem intensiven Blick in ihre lindgrünen, schelmisch funkelnden Augen gab Wesley Sam einen flüchtigen Kuss auf die Lippen.

„Sucht euch später ein Zimmer." Diana schubste Wesley zur Seite und zog Sam am Ärmel hinter sich her in Richtung Gastraum. „Tut mir echt leid, aber du wolltest, dass ich dich sofort hole, wenn Mrs. Walsh da ist."

„Alles bestens", sagte Sam und warf ihm noch einen Blick über die Schulter zu.

Gut gelaunt folgte Wesley ihr in den Gastraum.

„Meine Damen, ich freue mich, dass Sie der Einladung zu einem Probeessen durch den schrägen Nackedei gefolgt sind." Sam wartete, bis das Gelächter der Damen abgeklungen war und wies ihnen nach einer herzlichen Begrüßung die Plätze zu, ehe sie die Bestellungen aufnahm und sich für die vielen Komplimente zu ihrem gelungenen Umbau bedankte.

Ihre Entscheidung, auf die übertriebene Höflichkeit und ängstliche Zurückhaltung zu verzichten, mit der sie Mrs. Walsh und ihr Kränzchen jahrelang begrüßt und bedient hatte, schien bei den Damen gut anzukommen. Ebenso wie ihre gemischten Gebäckplatten, die neuen Teesorten und Wesley und Tommy, die scherzend und schäkernd Kaffeetassen verteilten. Sogar Mrs. Walsh äußerte sich zufrieden mit dem Ergebnis des Umbaus und lobte ihre Lakritzmuffins und den fantastischen Milchkaffee.

Am Ende des regen Nachmittags verabschiedete Sam ein rundum zufriedenes Kaffeekränzchen und notierte sich den nächsten Termin, an dem die Damen ihrem Café einen Besuch abstatten wollten.

Während Sam an der Kuchentheke noch einen Auftrag für eine Geburtstagstorte annahm, begann Wesley das Geschirr von den Tischen in eine große Schüssel zu räumen.

Als er an sich und der Schürze, die Sam ihm geliehen hatte, heruntersah, kam es ihm geradezu absurd vor, dass es noch vor fünf Wochen sein einziges Bestreben gewesen war, den O'Sullivan-Deal in trockene Tücher zu bringen. Wie er geglaubt hatte, endlich zufrieden zu sein, wenn er nur diesen großen Abschluss schaffte, und wie sehr er sich geirrt hatte. Wie sehr er sich vor zwölf Jahren geirrt hatte, als er gedacht hatte, das große Glück würde nur ein Job bringen, in dem man massenhaft Geld scheffelte und Prestige und Ansehen erlangte.

„Danke."

Wesley blickte vom schmutzigen Geschirr in seiner Schüssel auf zu Sam. „Wofür?"

„Dafür, dass du dich bei Mrs. Walsh und ihrem Kränzchen entschuldigt und das Probeessen arrangiert hast." Sie nahm Wesley die volle Schüssel ab und reichte ihm eine leere. „Und für deine großartige Hilfe die letzten Tage", sagte sie über die Schulter, während sie das dreckige Geschirr in die Küche brachte.

„Wow." Diana kam aus dem Flur und pfiff leise durch die Zähne. „Wenn das mal kein gutes Zeichen ist, dann weiß ich nicht, was überhaupt gute Zeichen sind."

„Lass das doch mich machen", sagte Tommy und nahm Wesley die leere Schüssel wieder aus der Hand.

„Genau. Tommy und ich machen hier vorne alles klar Schiff und du hilfst Sam in der Küche." Diana legte Wesley die Hand auf den Arm. „Und keine Sorge, Tommy und ich bleiben hier vorne und werden *nicht* in die Küche kommen."

„Ehrenwort", ergänzte Tommy Dianas schräge Andeutung und rief Wesley hinterher: „Falls ihr allzu laut werdet, verkrümeln wir uns allerdings und ihr müsst den Rest allein aufräumen!"

Wesley betrat die Küche und wollte Sam schon fragen, ob sie in den Himbeerkäsekuchen, über dessen Reste Tommy in der Küche hergefallen war, eine nicht geringe Menge Haschisch eingebacken hatte, allerdings fand er den Raum leer vor. Die Schüssel, die Sam ihm abgenommen hatte, stand unausgeräumt neben der Spülmaschine.

Vielleicht ist sie im Büro, um die neuen Termine in ihrem Auftragsbuch festzuhalten, dachte er und wollte gerade auf dem Absatz kehrt machen, als er ein Schniefen aus dem Vorratsraum hörte.

„Sam?", fragte er und ging auf die halb offene Tür zu. Leise klopfte er an. „Ist alles in Ordnung bei dir da drin?"

„Ja", kam es zögerlich zurück. „Es ist alles in Ordnung."

„Darf ich reinkommen?" Vorsichtig schob er die Tür weiter auf. Sam saß auf einem Eimer in der Kammer und hielt ein Taschentuch in der Hand.

„Ist wirklich alles in Ordnung?" Er nahm sich einen zweiten Eimer aus dem Regal und setzte sich neben Sam.

„Ja. Nein. Doch", murmelte sie und schnäuzte in ihr Taschentuch. „Es ist … Ich bin einfach … glücklich."

„Und deswegen weinst du?" Er legte Sam die Hand auf den Rücken, traute sich jedoch nicht, ihr wie früher beruhigend darüber zu streicheln.

„Ich weine, weil ich … weil ich verwirrt bin."

„Verwirrt weswegen?"

„Wegen nichts", sagte Sam nach einer Weile und stand abrupt auf.

Doch so einfach wollte Wesley nicht aufgeben und ehe Sam aus der Vorratskammer schlüpfen konnte, hielt er sie an der Hand fest und zog sie zu sich. „Warum bist du verwirrt?", fragte er sanft.

„Weil ich glücklich bin", nuschelte Sam.

„Du bist traurig und weinst, weil du verwirrt bist, glücklich zu sein?"

„So ungefähr", schniefte Sam und sah unsicher zur Seite.

„Und bist du verwirrt darüber, glücklich zu sein, weil du glaubst, es nicht sein zu dürfen?", tastete Wesley sich an eine mögliche Erklärung heran. Dabei fiel es ihm schwer, sich nicht von der Tatsache ablenken zu lassen, dass sich Sams warmer Körper an seinem wie ein Vorgeschmack aufs Paradies anfühlte.

„Nein", antwortete Sam nach einer gefühlten Ewigkeit, in der Wesleys Puls sich in großen Schritten der Decke näherte, durch die er gehen würde, wenn er seine Aufmerksamkeit nicht auf etwas anderes lenkte als Sams weichen, begehrenswerten Körper und seine starken, wiedergekehrten – eigentlich nie erloschenen – Gefühle. „Ich habe alles Glück der Welt verdient, wie jeder andere auch."

„Aber?“, fragte Wesley und konnte nur mit Mühe verhindern, dass seine Stimme in ein Krächzen umschlug.

„Aber …“ Sam wand sich aus seiner Umarmung, schluckte schwer und sah ihn an. „… ich habe zu viel Angst, dass das Glück nicht von Dauer ist. Dass es noch einmal aus meinem Leben verschwindet, dass ich … dass ich es gehen lasse.“

Wesley verstand sofort und ergriff ihre Hände. „Du kannst es nicht noch einmal gehen lassen“, sagte er fest und neigte den Kopf. „Weil es nicht so dumm ist, noch mal aus deinem Leben zu verschwinden.“

Und in dem Moment, als seine Lippen Sams berührten und er die Welt um sich herum vergaß, gab es nur noch diese eine unerschütterliche Wahrheit für ihn.

Er würde nicht noch einmal gehen.

25 DER TAG DER WIEDERER-ÖFFNUNG

„Wieso rumorst du bitte wie ein Wilder in meiner Küche herum?", fragte Tommy gähnend. „Und warum bist du so verdammt gut drauf?" Er studierte einen Augenblick Wesleys zufriedene Gesichtszüge, ehe er seinem vor sich hin pfeifenden Freund auf die Schulter klopfte. „Ich verstehe, du und Sam habt es gestern noch ordentlich krachen lassen."

„Wenn du mit ‚es krachen lassen' meinst, dass wir den Gastraum und die Küche auf Hochglanz gebracht und die Handwerker verköstigt haben, die die neue Schaufensterbeschriftung angebracht haben, nur um danach das Schaufenster allein zu dekorieren, weil du und Diana euch wieder klammheimlich verpieselt habt ... ja, dann haben wir es ordentlich krachen lassen."

„Würdest du den Satz bitte für mich wiederholen?", fragte Tommy und duckte sich, als Wesley den Spülschwamm nach ihm warf.

„Anstatt mir für meinen blöden Scherz eine Retourkutsche zu verpassen, solltest du dich lieber auf die Standpauke vorbereiten, die Sam für dich und Diana geplant hat. Ich konnte sie mit Ach und Krach davon abbringen, Kostüme in Form von Muffins zu bestellen und euch beide zu zwingen, den gesamten Tag damit durch Paisley zu laufen, um mit Plakaten Werbung für die Wiedereröffnung zu machen.“

„Du bist ein wahrer …“

„Warte mit deiner Lobeshymne lieber ab, bist du das hier ausgepackt hast“, unterbrach Wesley ihn und hielt ihm eine beige Baumwolltasche hin. Amüsiert beobachtete er, wie Tommy die Tasche öffnete und protestierend stöhnte.

„Das ist ein Witz, oder?“

Die Hoffnung, die in seiner Stimme mitschwang, machte es Wesley schwer, nicht wenigstens einen Hauch von Mitleid zu empfinden. Auf der anderen Seite waren er und Diana selbst schuld.

Während Tommy das pastellrosafarbene T-Shirt aus der Baumwolltasche holte, in das er gerade so reinpassen würde, veränderte sich sein Gesichtsausdruck von Muss-das-sein in Was-habe-ich-dir-jemals-getan.

„Ich befürchte, Sam wird diesbezüglich nicht mit sich reden lassen. Vor allem, nachdem ihr uns gestern allein habt schuften lassen.“ Wesley bis sich auf die Lippen, als Tommy ihm die Vorderseite des T-Shirts entgegenstreckte. Die beiden Cupcakes mit den Kulleraugen, die lila Cremetoppings, die wie schlechtsitzende Haarteile aussahen und mintgrüne, wiederum mit Cupcakes verzierte Backmützen trugen, waren einfach zum Schießen. Und dass in einer Sprechblase ‚Du siehst zum Vernaschen aus‘ stand, machte es Wesley beinahe unmöglich, sich noch länger zusammenzureißen. „Aber einen schönen Mann wie dich kann bestimmt nichts entstellen.“

„Was, wenn ich dir sage, dass ich Sam zuliebe bei meinen Kollegen auf der Wache kräftig die Werbetrommel gerührt habe und mir bereits eine Menge Sprüche anhören musste, weil ich heute im *Cake 'n' Coffee* die Bedienung gebe?"

Statt einer Antwort schlug Wesley mit der flachen Hand auf den Tisch, während ihm Tränen in die Augen schossen. „Ich würde sagen, dass ich das unter ausgleichender Gerechtigkeit verstehe", sagte er und schnappte nach Luft.

Tommys Blick wurde düsterer. „Und was ist, wenn ich dir sage, dass einer der Kollegen, die heute vorbeikommen, ein echter Frauenmagnet ist, der uns im *Rick's* gesehen und sich unsterblich in Sam verliebt hat?"

„Dann werde ich die Nacht wohl in einer eurer Zellen verbringen und einen guten Anwalt brauchen", knurrte Wesley. Das Lachen war ihm schlagartig im Halse stecken geblieben.

„Du hast doch nicht gerade eine Straftat angekündigt?", fragte Tommy gespielt tadelnd und grinste nun seinerseits.

„Mach deinem Kollegen klar, dass Sam keine Option für ihn ist, dann passiert auch nichts."

Tommy klopfte seinem Freund lachend auf die Schulter. „Komm runter. Es gibt keinen Kollegen, der auf Sam steht. Ich wollte bloß deine dämliche Lache nicht mehr hören."

„Du verfluchter Schweinepriester!", rief Wesley Tommy, der pfeifend in Richtung Flur ging, hinterher, musste dann aber wieder grinsen.

Touché, dachte er. *Touché.*
Zugleich fiel die Anspannung, die der fiktive Konkurrent in ihm ausgelöst hatte, von ihm ab. Schließlich

hatten Sam und er gestern zwar einen intimen Moment geteilt und ihm war ein Stein vom Herzen gefallen, als sie ihm ihre Angst gestanden hatte – die Angst davor, dass er gehen würde –, aber das bedeutete noch längst nicht, dass sie wieder ein Paar waren, auch wenn er sich das von Herzen wünschte. Es bedeutete nur, dass sie auf einem guten Weg waren.

„Wesley!", rief Tommy hinter ihm. „Ich sagte, wir müssen los."

Als Wesley Tommy in dem hautengen Cupcake-Shirt sah, bekam er zum zweiten Mal an diesem Morgen einen Lachanfall.

Auf der Fahrt zum *Cake 'n' Coffee* hörte Tommy nicht auf, sich über das furchtbare T-Shirt zu beschweren, das zu eng war, kratzte und seine Männlichkeit infrage stellte.

Wesley hingegen gab lediglich eine Reihe von ‚Mhs' von sich und hörte Tommy nur bedingt zu, während er Sams Worte wieder und wieder durchging.

Aber ich habe zu viel Angst, dass das Glück nicht von Dauer ist. Dass es noch einmal aus meinem Leben verschwindet, dass ich es gehen lasse.

Der letzte Teil – *dass ich es gehen lasse* – wollte Wesley nicht mehr aus dem Kopf gehen. Nachdem er selbst erst kürzlich zu der Einsicht gelangt war, dass weder er noch Sam allein für ihre damalige Trennung verantwortlich, sondern sie beide starrköpfige Trottel gewesen waren, klang es für ihn danach, als ginge es Sam ebenso. Das verlieh seiner Zuversicht noch größere Flügel.

***

Sam war in aller Herrgottsfrühe aufgestanden, um die letzten Vorbereitungen für den großen Eröffnungstag zu treffen. Nun beobachtete sie mit einem zufriedenen Grinsen, wie Diana sich abmühte, das große Fenster des *Cake 'n' Coffee* von außen auf Hochglanz zu polieren.

„Ich tue alles, was du willst, wenn du nur aufhörst zu schmollen", hatte ihre Freundin heute Morgen gesagt und obwohl es nicht unbedingt notwendig war, hatte Sam es als angemessene Strafe empfunden, sie ordentlich schwitzen zu lassen. Mehr als angemessen, wenn man bedachte, dass Diana und Tommy sich gestern erneut von dannen gemacht und sie und Wesley mit der ganzen Arbeit alleingelassen hatten. Was nicht nur die doppelte Menge an Abwasch bedeutet, sondern auch das Dekorieren des kompletten Schaufensters unnötig in die Länge gezogen hatte.

Auf der anderen Seite ist es während des Schaufensterdekorierens zu einem zweiten Kuss gekommen, der noch heißer war als der erste, dachte Sam und spürte, wie ihre Wangen warm wurden. Wäre Wesley nicht ein solcher Gentleman gewesen, wäre sie vermutlich heute Morgen neben ihm aufgewacht.

Ein Blick auf die Uhr sagte Sam, dass sie Diana zwar erst in zwanzig Minuten erlösen musste, um im Zeitplan zu bleiben, aber ihr großes Herz ließ sie den Kopf durch die Eingangstür strecken und Diana verkünden, dass sie aufhören konnte.

„Was hast du eigentlich als Bestrafung für Tommy geplant?", fragte Diana, während sie den Eimer und die Lappen auf einem der Tische abstellte. „Lässt du ihn die gesamte Einrichtung des Gastraums umräumen, um dann festzustellen, dass du es doch lieber wie vorher haben willst?“

„Du hast gesagt, du tust alles“, antwortete Sam auf Dianas sarkastische Anspielung lakonisch. Lächelnd klärte sie ihre Freundin über den Partnerlook auf, den sie und Tommy am heutigen Tag tragen würden.

„Moment, das ist unfair“, entrüstete sich Diana und stemmte die Hände in die Hüften. „Tommy muss nichts weiter tun, als ein T-Shirt anziehen, und ich muss eine halbe Stunde wie eine Verrückte das Schaufenster putzen?“

„Dreh dich um und sag mir noch mal, dass ich unfair bin.“

„O Gott“, prustete Diana und biss sich auf den Finger, als sie Tommy aus dem Wagen steigen sah, sein Gesicht mürrischer als das von Grumpy Cat. „Tommy, Schatz, ich wusste gar nicht, dass du so schicke Teile in deinem Schrank hast. Das Shirt unterstreicht perfekt deinen Teint und lässt deine Augen regelrecht strahlen.“

„Das habe ich ihm auch gesagt, aber auf mich wollte er nicht hören. Vielleicht glaubst du mir jetzt“, sagte Wesley an Tommy gewandt und erwiderte seinen Stinkefinger mit einem Luftkuss.

Sam hatte sich derweil daran gemacht, all die leckeren Backwaren, die sie für die Wiedereröffnung gebacken hatte, in die Kuchentheke zu räumen, um sich von Wesley abzulenken, dessen Anziehungskraft sich über Nacht verdreifacht zu haben schien. Zumindest war das die einzige Erklärung, die ihr einfiel, als sich ihr Puls bei seinem Anblick auf Langlaufniveau beschleunigte.

„Soll ich einen von den grünen Cakepops zurück in die Küche bringen?"

Irritiert hielt Sam in ihrer Bewegung inne und sah Wesley an, der in den letzten Jahren wohl gelernt hatte, sich wie eine Katze anzuschleichen.

„Ich könnte mich natürlich auch opfern und ihn ..." Ehe Wesley zu Ende reden konnte, gab Sam ihm einen kräftigen Klaps auf die Finger, bevor er sich einen der Cakepops angeln konnte. „Ach, komm schon. Es sind vierundzwanzig rosa-, vierundzwanzig lilafarbene, aber fünfundzwanzig grüne Cakepops. Das stört meinen inneren Perfektionisten."

„Du meinst wohl, das stört deinen inneren Fresssack." Sam stellte den Cheesecake mit salziger Karamellkruste in die Kuchentheke. „In der Küche steht neben dem Kühlschrank ein Teller mit misslungenen Cakepops, Muffins und ..." Weiter kam Sam gar nicht. Kopfschüttelnd sah sie Wesley hinterher, der strammen Schrittes zur Tür ging und mit einem kleinen Freudenhüpfer aus dem Gastraum in Richtung Flur verschwand.

Wenn er so weitermacht, dauert es vermutlich kein halbes Jahr, ehe er sich in die Version von Wesley verwandelt, die ich mir noch vor ungefähr drei Wochen gewünscht habe, dachte Sam. *Zumindest was die enorme Plauze und das überdimensionale Doppelkinn betrifft.*

Sam lächelte bei dem Gedanken daran, dass diese Tatsache bedeutete, Wesley würde in einem halben Jahr noch hier bei ihr in Paisley sein. Nach seinen Worten vom Vortag – *weil es nicht so dumm ist, noch mal aus deinem Leben zu verschwinden* – spürte sie, wie die Angst sich zu lösen begann.

Ein weiterer Blick auf die Uhr sagte Sam, dass sie keine Stunde mehr hatten, ehe das *Cake 'n' Coffee* wiedereröffnen würde. Zügig, aber mit der nötigen Vorsicht räumte sie die restlichen Backwaren in die Kuchentheke und machte einen letzten prüfenden Rundgang durch den Gastraum.

***

„Herzlich willkommen im *Cake 'n' Coffee*", begrüßte Diana vier Stunden später strahlend ein junges Pärchen. „Was kann ich für Sie tun?"

Die Wiedereröffnung war ein solcher Erfolg, dass Sam gerade in der Küche rotierte und weitere Bleche mit Muffins, Cupcakes und einfachen Kuchen in die Öfen schob. Zum Glück hatte ihre Freundin auf sie gehört und zur Sicherheit die Füllungen und Toppings in rauen Mengen hergestellt. Schließlich war Sams Kühlschrank groß genug, um sie zur Not für morgen aufzubewahren. Aber Diana glaubte nicht, dass am heutigen Abend auch nur ein Klecks übrig sein würde.

„Wir wollten eigentlich gern ein Stück Kuchen essen und einen Kaffee trinken, aber es sind wohl keine Tische mehr frei."

Diana warf einen Blick über die Schulter zu Tommy und amüsierte sich einen Augenblick köstlich über seinen mageren Versuch, sich gegen die Witze seiner Kollegen zur Wehr zu setzen. Anschließend suchte sie nach Wesley. Ganz zur Freude des jungen Paares kassierte er just einen Tisch ab und verabschiedete die Gäste. „Wenn Sie einen Moment Geduld haben, dann räume ich Ihnen den Tisch dort hinten in der Ecke frei."

„Das wäre großartig", freute sich der junge Mann und folgte Diana gemeinsam mit seiner Freundin. Nachdem Diana und Wesley den Tisch in Windeseile abgeräumt und abgewischt hatten, nahm Diana die Bestellung aus der von Sam ausgedruckten Tageskarte entgegen. Als sie zurückkam, stellte sie dem jungen Paar dieselbe beiläufige Frage, die sie jedem Gast gestellt hatte. „Kannten Sie das *Cake 'n' Coffee* eigentlich schon vorher oder sind Sie erst durch die Wiedereröffnung darauf aufmerksam geworden?"

„Ich gehe fast jeden Morgen auf der anderen Straßenseite vorbei zur Arbeit", antwortete der junge Mann verlegen. „Ich dachte aber ehrlich gesagt, dass es in dem Laden mit dem altbackenen Schaufenster und den bunten Zetteln nur trockenen Kuchen und dieses scheußliche Gebäck mit Rosinen gibt." Bei dem Wort ‚Rosinen' schüttelte es den jungen Mann. „Aber vorhin rief meine Schwester bei mir an und hat mir vorgeschwärmt, wie lecker sie heute hier gegessen hat. Sie wollte gar nicht mehr damit aufhören. Da haben wir spontan beschlossen vorbeizukommen."

„Die Einrichtung und das neue Schaufenster sind übrigens entzückend und der Käsekuchen ist ein Traum", fügte seine Freundin mit vollem Mund hinzu.

„Ich werde das Kompliment an unsere Tortenfee und das Umbauteam weitergeben." Mit einem Zwinkern verabschiedete Diana sich und überließ das Paar seinen Gaumenfreuden.

Zurück in der Küche machte sie auf der Tafel an der Wand einen Strich hinter ‚Altbackenes Schaufenster'. „Ich würde sagen, so langsam zeichnet sich ein Sieger ab."

„Ich kann die fünfzig Pfund bereits riechen." Wesley machte ebenfalls einen Strich hinter ‚Altbackenes Schaufenster'.

„Du meinst fünfundzwanzig Pfund, mein Freund. Immerhin war dieser Punkt unsere Vermutung, nicht allein deine", verbesserte Diana ihn.

„Ja, ja", stöhnte Sam angestrengt und holte das schwere Blech mit den frischen Muffins aus dem Ofen. „Bevor ihr euch um die Krone des nervtötendsten Besserwissers prügelt, könnte mir einer von euch vielleicht helfen, die Muffins mit Kirschcreme zu füllen."

„Ich mache das!" Wesleys Stimme überschlug sich beinahe vor Begeisterung und Vorfreude darüber, später den Löffel ablecken zu dürfen. Sofern Sam ihn nicht zuerst erwischte und ihn unbarmherzig unter dem Wasserhahn abspülte, während sich sein Naschherz mit Wehmut füllte. Diana kannte das Gefühl nur zu gut.

„Welche Überraschung", murmelte Diana und machte sich eine Notiz auf ihrer imaginären Geschenkeliste – ein Jahresabo im Fitnesscenter für Wesley.

„Die Creme kommt aber in die Muffins und nicht in deinen Bauch." Sam hielt Wesley die Schüssel, die sie aus dem Kühlschrank genommen hatte, hin.

„Zu Befehl, zuckersüße Tortenfee."

„Im Moment fühle ich mich eher wie eine Improvisationsfee." Sam zeigte Wesley, wie man die Muffins füllte und nahm einen frischen Spritzbeutel für die Cupcakes, die Diana in dieser Sekunde aus dem Ofen holte. „Aber wer hätte auch damit gerechnet, dass ein Café, das sich jahrelang mit Mühe und Not über Wasser halten ließ, bei seiner Wiedereröffnung derart überlaufen ist?"

„Dieselbe Person, die eine Wette gewinnen wird, weil ihr klar war, aus welchem Grund viele Leute erst gar keinen Fuß in besagtes Café gesetzt haben", flötete Diana und stellte die Muffins vor Sam ab.

„Das ist Blödsinn", schnaubte Sam und schielte zu der Tafel. Langsam konnte auch sie nicht mehr glauben, dass es Zufall war, dass hinter ‚Altbackenes Schaufenster' dreimal so viele Striche waren wie hinter dem zweitplatzierten ‚Ich kannte das Café vorher nicht'.

„Ich würde eher sagen, das sind die Folgen des Generationenwechsels. Ich habe mich vorhin mit zwei jungen Frauen unterhalten", begann Wesley und Diana fühlte sich einmal mehr bestätigt, in den letzten Tagen die richtigen Entscheidungen getroffen zu haben, als Sam bei der Erwähnung der jungen Frauen unterbewusst eine Schnute zog. „Und die meinten ebenfalls, dass sie das Café nicht betreten hätten, weil sie es für altbacken hielten. Aber was viel wichtiger ist, sie haben mir ebenfalls erzählt, dass in dem Wohngebiet auf der anderen Straßenseite in den letzten Jahren jüngere Generationen eingezogen und viele ältere Bewohner bei ihren Verwandten oder in Altenheimen untergekommen sind, während wieder andere dem letzten Ruf der Naturgesetze gefolgt sind."

„Das würde zumindest erklären, warum die Gäste in den letzten Jahren immer weniger geworden sind", sagte Sam niedergeschlagen.

Wesley strich ihr über die Schulter, während Diana sich langsam zur Tür verkrümelte. „Lass mich raten, du machst dir erstens Vorwürfe, weil du nicht früher etwas unternommen oder wenigstens nachgeforscht hast? Und zweitens hast du Angst, dass es nächste Woche schon wieder genauso wie vor der Wiedereröffnung aussieht?"

„Als würdest du mich in- und auswendig kennen", murmelte Sam.

Wesley legte den Muffin, den er fertig gefüllt hatte, zur Seite und nahm Sam von hinten in den Arm. „Was Ersteres betrifft, du kannst dir gar nicht vorstellen, wie viele Leute in solchen Dingen den Wald vor lauter Bäumen nicht mehr sehen. Glaube mir, ich habe lange genug im ‚Tante Emma Bereich', wie wir intern sagen, gearbeitet. Und was Letzteres angeht, die Gäste draußen sind begeistert von dem, was du kannst und was du aus dem Café gemacht hast. Die werden sicherlich wiederkommen."

Sam seufzte. „Das hoffe ich. Schließlich will ich meine Schulden für den Umbau nicht am Ende mit sexuellen Frondiensten für die Allgemeinheit ableisten müssen."

„Streich das mit der Allgemeinheit und setz dafür ‚den Bürgen' ein und ich werfe sofort alle Gäste raus."

„Wesley James Harlington!" Sam lachte und sagte seinen vollen Namen zum ersten Mal völlig ohne Vorwurf oder Abneigung. „Du bist unmöglich."

Für Diana war Sams liebevoll-tadelnder Tonfall das Stichwort, sich endgültig und schleunigst vom Acker zu machen. Obwohl ihr Romantik-Fan-Ich am liebsten einen Stuhl ran gezogen und sich eine Schüssel mit Popcorn geschnappt hätte, um stundenlang zuzusehen, wie die beiden sich in die Augen sahen.

***

„Was für ein Tag", sagte Sam müde, aber glücklich, und schaltete ein weiteres Mal die Spülmaschine ein. Seit vor eineinhalb Stunden die letzten Gäste mit der Zusicherung auf einen weiteren Besuch das Café verlassen hatten, hatte sie zusammen mit Wesley, Diana und Tommy aufgeräumt. Doch obwohl Sam die Anstrengung, vor allem durch das zusätzliche Backen, in den Knochen spürte, war sie rundum zufrieden.

Nicht nur, dass die Wiedereröffnung ein voller Erfolg gewesen war, die meisten Gäste hatten sich zudem derart positiv und liebevoll über den neuen Look des Cafés und die angebotenen Gebäcke geäußert, dass Sam nun auch zuversichtlich war, was die weitere Zukunft des *Cake 'n' Coffee* anging.

Und dann war da noch Wesley. Wesley, der sich nicht gescheut hatte, sich die Finger schmutzig zu machen. Der im Gastraum herumgewuselt war wie ein Tornado. Der sich in der Küche weit weniger dumm angestellt hatte als gedacht. Der sich als wahrer Meister des Kaffeevollautomaten entpuppt hatte.

Wesley, der wie ein Fels in der Brandung rückhaltlos für sie da gewesen war und dessen flüchtige und nicht ganz so flüchtige Küsse Sam noch immer durch Mark und Bein gingen. Die in ihr den Wunsch nach mehr geweckt hatten. Nach viel mehr.

„Wir würden uns dann vom Acker machen, wenn es recht ist?"

Sam legte den sauberen Teller auf den Stapel zu den anderen und sah zu Diana. „Danke", sagte sie und blinzelte, während sie ihre beste Freundin umarmte.

„Dafür doch nicht", entgegnete Diana, in deren Augenwinkel sich ebenfalls eine Träne der Freude stahl. „Unter uns …" Sie sah mit konspirativem Blick hinter sich, um sicherzugehen, dass Tommy außer Hörweite war. „… für einen Tommy, dem zwei Kerle ihre Telefonnummer zugesteckt und dessen Kollegen sich nicht mehr eingekriegt haben, würde ich glatt noch mal eine Schicht dranhängen."

Sam legte den Kopf in den Nacken und musste herzhaft lachen. Tommy war aber auch wirklich ein Anblick für die Götter gewesen.

„Jedenfalls würden Tommy und ich jetzt zu mir fahren und Wesley vorher bei Tommys Wohnung absetzen. Es sei denn, du brauchst noch Hilfe."

„Bei einer bestimmten und ein klein bisschen pikanten Sache bräuchte ich wirklich eure Hilfe", antwortete Sam. „Könnten du und Tommy vielleicht eurem neuesten Hobby treu bleiben und … euch klammheimlich von dannen machen?"

Hätte Sam nicht gewusst, dass es unmöglich war, hätte sie geschworen, in Dianas Augen kleine Herzchen aufblinken zu sehen, während ihre Freundin wie irre zwinkerte und die Finger leise klatschend aneinanderschlug.

„Gibt es in der Küche noch was zu tun?", fragte Wesley in diesem Moment wie aufs Stichwort.

„Ja!", rief Diana derart schrill, während sie Pirouetten drehend auf Wesley zusteuerte und ihm kameradschaftlich gegen die Schulter knuffte, dass Sam sich fragte, ob es überhaupt eine Möglichkeit gegeben hätte, sich noch auffälliger zu benehmen. „In der Küche ist noch eine Menge zu tun! Aber ich schau mal vorne nach, da muss … noch Großreine gemacht werden!“, setzte sie hinzu und verschwand über den Flur Richtung Gastraum.

„Was war das?“ Wesley sah Diana hinterher und anschließend fragend zu Sam.

„Zu viel Zucker.“ Plötzlich nervös überlegte Sam panisch, ob es nicht besser wäre, Diana zurückzurufen. Schnell schnappte sie sich den Korb mit den Geschirrhandtüchern und floh in die Vorratskammer.

Wie ein General, der vor dem wichtigsten, kriegsentscheidenden Befehl stand, lief sie den Korb umklammernd in der Speisekammer hin und her.

Wieso nicht?, fragte sie sich. *Also ja? Nein? Doch. Unbedingt. Aber was, wenn? Lieber doch nicht? Auf jeden Fall! Vielleicht …*

„Ist alles in Ordnung mit euch beiden?“ Wesley streckte den Kopf durch die Tür. „Ihr habt euch doch nicht gestritten?“

„Alles supi.“ Sam löste ihre Hand von dem Korb und reckte den Daumen nach oben.

„Okay.“ Wesley wirkte nicht überzeugt, schien es aber hinzunehmen. „Wenn das so ist, was kann ich dir in der Küche denn noch helfen?“

„Nichts.“

„Meinte Diana nicht eben, es gäbe noch viel zu tun?“

„Gibt es.“

„Also doch. Und bei was genau kann ich dir jetzt in der Küche behilflich sein?“

„Nichts“, krächzte Sam und schaffte es nicht auszusprechen, was ihr auf der Zunge lag.

„Dann können Diana, Tommy und ich doch fahren?“

„Nein!“

Wesley runzelte die Stirn. „Als du eben ‚zu viel Zucker‘ sagtest, meintest du nicht zufällig dich?"

„Kein Zucker", murmelte Sam und presste den Korb wie einen Rettungsring an sich.

Wesley schob einen der am Boden stehenden Eimer zwischen Tür und Rahmen der Vorratskammer, packte Sam sanft an den Schultern und hielt sie davon ab, einen Marathon in ihrer Vorratskammer zu laufen. „Sam, was ist denn los?"

„Ich brauche keine Hilfe in der Küche", nuschelte Sam und nahm all ihren Mut zusammen. „Ich brauche Hilfe bei meinem Bett."

„Was ist damit?"

Am liebsten hätte Sam sich die Hand vor die Stirn geschlagen. „Es ist leer", hauchte sie und umklammerte den Korb in ihren Händen noch fester.

„Natürlich ist es leer, du bist ja schließlich ...", begann Wesley, ehe es endlich Klick machte.

Und noch bevor Sam wusste wie ihr geschah, nahm Wesley ihr den Korb weg und ließ ihn achtlos auf den Boden fallen. Anschließend umschloss er ihre Hüfte, hob sie hoch und warf sie sich über die Schulter.

Wieder ganz der Neandertaler, dachte Sam. Dieses Mal, das musste sie sich eingestehen, gefiel es ihr jedoch gut. Verdammt gut sogar.

Erst als sie vor Sams Schlafzimmer standen, ließ er sie wieder runter. Mit zitternden Fingern griff Sam nach der Klinke und öffnete die Tür. Ab da gab es kein Halten mehr. Für keinen von beiden.

Küssend und schwer atmend drängten sie in Richtung von Sams schmalem Bett, auf das sie Wesley schubste, ehe sie sich auf seinen Schoß setzte und ihm das Shirt über den Kopf zog. Sein tiefer, leidenschaftlicher Seufzer, als sie die Arme um seinen Hals schlang, und die offensichtliche Erregung, die Sam durch den Stoff ihrer beiden Hosen spürte, ließen auch ihr ein Stöhnen entweichen.

Jeder Millimeter, den Wesley die Hände weiter unter ihr T-Shirt schob, sandte ein berauschendes Kribbeln durch ihren Körper. Als er den unteren Rand ihres BHs erreichte, biss sie ihm vor Lust in die Unterlippe.

„Entschuldige", keuchte sie, erschrocken darüber, wie überwältigend stürmisch und zugleich vertraut sie auf seine Berührungen reagierte.

„Ich werde mich an anderer Stelle dafür revanchieren", flüsterte er ihr lüstern ins Ohr, ehe er ihr das T-Shirt auszog und mit den Lippen an ihrem Hals entlang bis zu den Ansätzen ihrer Brüste wanderte, während er die Hände unter ihren BH schob.

„Ich bitte darum", flüsterte Sam zurück und lachte auf, als Wesley knurrte: „Das wirst du."

Mit einem Ruck schob Wesley Sams BH über ihre Brüste und zog ihn ihr anschließend über den Kopf aus, ehe er seine Küsse vom Brustansatz aus bis zu einer ihrer Brustwarzen fortsetzte. Während er die Lippen darum schloss und zärtlich daran zu knabbern begann, nahm er die zweite zwischen die Finger und liebkoste sie abwechselnd oder gleichzeitig.

Instinktiv drückte Sam ihren Schoß enger an ihn, vergrub die Hände in seinen Haaren und zog ihn näher zu sich, um ihn anschließend ungeduldig von sich weg zu schieben, bis er mit dem Rücken die Matratze berührte.

„Wesley James Harlington“, befahl sie ihm mit belegter Stimme. „Zieh sofort deine Hose aus.“

Wesley lachte auf, während er sie packte, nun ihrerseits auf den Rücken drehte und auf einen Arm gestützt die Knöpfe ihrer Jeanshose öffnete. „Wesley James Harlington tut nur, was Wesley James Harlington will.“ Ihren halbherzigen Protest ignorierend, zog er ihr die Jeanshose aus und schob die Hand unter den Rand ihres Slips.

Sam warf den Kopf in den Nacken, als er mit den Fingern ihre empfindlichste Stelle suchte, während er die Lippen zuerst auf die Haut zwischen ihren Brüsten presste und sich anschließend in Richtung seiner Hand hinabküsste.

Zärtlich drang er in die Feuchte ihrer Lust ein und hatte die Finger kaum bewegt, als Sam sich aufbäumte, seinen Namen rausschrie und zitternd in die Laken zurücksank.

„Das war …“ Wesley grinste und warf sich neben Sam aufs Bett. Als er jedoch den Tränenschleier in Sams Augen sah, verkniff er sich seine versaute Bemerkung und legte ihr die Hand an die Wange. „Schon okay, das ist uns allen schon passiert“, witzelte er stattdessen und tat, als würde Sams schwacher Schlag gegen seine Brust höllisch wehtun.

Auch Sam legte ihre Hand an seine kratzige Wange und sah ihm tief in die Augen. „Das war wie nach Hause zu kommen“, sagte sie und errötete, als er ihren Blick ebenso intensiv erwiderte und eine Mischung aus Leidenschaft und Schalk darin aufblitzte.

„Ich will auch nach Hause kommen“, raunte er mit dunkler Stimme und Sam hatte das Gefühl, dass eine untrügliche Wahrhaftigkeit in seinen Worten lag, die weit über die sexuelle Doppeldeutigkeit hinausging.

„Dann komm", antwortete sie mit derselben Wahrhaftigkeit, rückte näher an ihn heran und fuhr mit der Hand über seine erregte Männlichkeit. Schnell fischte Wesley sein Portemonnaie aus der hinteren Hosentasche und fluchte, als er kein Kondom darin fand.

„Warte." Sam zwinkerte ihm zu, krabbelte halb über ihn und kramte einen Moment in ihrer Nachttischschublade herum. Als sie den Anflug von Eifersucht in seinem Gesicht sah, legte sie den Kopf schief und sagte achselzuckend: „Zwölf Jahre sind eine lange Zeit und wir sind beide erwachsen."

„Wenigstens bist du der perfekten Größe treu geblieben", murrte Wesley mit Blick auf die Kondompackung und schnappte sich Sams Hüfte, als sie durch ihren Lachanfall fast über ihm zusammenbrach.

„Sobald der Herr fertig ist mit Schmollen, würde die Dame sich überglücklich schätzen, wenn er sich noch mal um sie bemüht, wie es nie ein anderer zuvor geschafft hat", japste Sam, nachdem er sie mit grimmigem Blick zurück auf den Rücken gedreht hatte.

„Wusste ich es doch!", sprang er auf ihren Kokettierversuch an und Sam war heilfroh, dass sich seine Gesichtszüge wieder entspannten. Ehe er noch zu viel über ihre verflossenen Liebhaber – die sie allesamt an einer Hand abzählen konnte – nachdachte, zog Sam seinen Oberkörper zu sich und küsste ihn.

Instinktiv schlang sie die Beine um seine Hüfte und wanderte mit den Händen zu seiner Jeanshose, die sie ebenso schnell aufknöpfte wie er zuvor ihre. Ermutigt durch sein kehliges Stöhnen, wand Sam sich unter ihm hervor und wartete, bis er aufgestanden war, um seine Hose auszuziehen. Seine Unterhose zog Sam ihm derweil nach unten und nahm vor ihm auf der Bettkante sitzend sein Glied zwischen die Lippen.

„Oh, fuck, Sam", keuchte Wesley und schob sie nach wenigen Vor- und Zurückbewegungen von sich weg. „Wir wollen doch heute keinen zweiten Frühstart provozieren", sagte er nach Luft ringend und beobachtete angespannt, wie Sam sich langsam auf die Knie erhob.

„Setz dich", wies sie ihn an und dieses Mal gehorchte Wesley nur allzu gern.

Sobald er saß, nahm Sam das Kondom aus seiner Hand, öffnete die Packung und streifte es ihm über. Anschließend schwang sie ihr Bein über seine und legte die Arme wieder um seinen Hals. Wie in Zeitlupe ließ Sam sich auf ihn niedergleiten, während sich ihre und Wesleys Zungen umeinanderwanden.

Als Sam ihn ganz in sich aufgenommen hatte, verharrte sie einen Moment und suchte Wesleys Blick, der nicht aufhörte ihr in die Augen zu sehen, während sie langsam anfing, sich auf ihm zu bewegen.

„Du bist so wunderschön", hauchte er und fuhr mit den Fingerspitzen über ihre Wirbelsäule.

Sam hatte jedoch anderes im Sinn und dirigierte seine Hände zu ihren Brüsten. Als er sie mit festem und zugleich liebkosendem Griff umschloss, warf sie den Kopf nach hinten und stöhnte. Auf ihrer Stirn bildeten sich Schweißperlen, wie auch auf dem Rest ihres Körpers und mit jedem Stoß, bei dem Wesley ihr mit den Hüften entgegenkam, geriet sie erneut in völlige Ekstase.

„Oh, Wesley", entfuhr es ihr, als sie nach einer gefühlten Ewigkeit für eine Sekunde den Takt verloren. „Bitte, hör nicht auf."

Wesley löste seine linke Hand von Sams Brust, legte sie über ihre Scham und streichelte mit zwei Fingern erst neckend, dann fordernd über ihre empfindlichste Stelle.

„Oh, Gott, Wesley!" Sams Stimme war nicht mehr als ein dünnes, wollüstiges Wimmern und ihre sämtlichen Synapsen sprühten Funken, die ein weiteres, noch durchdringenderes Feuerwerk entfachten, in das sich nur wenige Sekunden später Wesleys erlösendes Stöhnen mischte.

Minutenlang lag Sam nach vorne gebeugt auf Wesleys Brust und barg ihren Kopf an seinem Hals. Beide versuchten sie, ihre Atmung wieder unter Kontrolle zu bringen. Beide sagten sie kein Wort und genossen den intimen Moment, der ihnen die Welt bedeutete, ohne dass der andere davon wusste, es höchstens erahnte, sich wünschte. Bis Sam bemerkte, dass ihre Arme begannen einzuschlafen, und sie von Wesley herunterglitt.

Fast schüchtern legte sie sich neben ihn und nahm seine stumme Einladung an, sich an ihn zu kuscheln.

Und während ihr die Augen zufielen, gebettet in seine Wärme und Nähe, fragte sich Sam, wann sie zum letzten Mal so verdammt glücklich und zufrieden gewesen war.

26 EIN LÜGNER UND EIN BRIEF

Das Gefühl hielt noch an, als Sam am nächsten Tag erwachte. Im ersten Moment erschrak sie über die leere Betthälfte und die fehlende Wärme, das Geräusch fließenden Wassers aus dem Badezimmer beruhigte sie jedoch und vom Glück der letzten Nacht erfüllt, ließ sie sich zurück in die Kissen fallen.

Ihr kam es vor, als wäre an diesem Morgen alles intensiver. Das Zwitschern der Vögel, das von dem Grundstück an der gegenüberliegenden Ecke und dem Saucelhill Park durch das geöffnete Fenster drang. Die ersten Sonnenstrahlen des Tages, die Sams aus der Decke hervorlugende Zehen kitzelten. Die leichte Sommerdecke auf ihrer nackten Haut, die Wesley am Morgen über sie gelegt haben musste, und der Duft seines Parfüms, der noch in der Luft lag, die es beinahe schafften, dass Sam erneut ins wohlige Land des Schlummers reiste.

Da sie allerdings auf einen weiteren betriebsamen Tag hoffte und nach Wesleys liebevollen Worten am Abend zuvor sogar damit rechnete, entschied sie sich aufzustehen. Zumal der Gedanke, sich ins Badezimmer zu schleichen und zu Wesley in die Dusche zu steigen, ihre Fantasie zum Übersprudeln brachte.

Auf Zehenspitzen überquerte Sam den Flur und hatte schon die Hand an der Türklinke zum Bad, als sie

Wesleys gedämpfte Stimme von der anderen Seite hörte.

Im ersten Moment wollte Sam sich in die Küche zurückziehen und sich einen Tee machen, um Wesley nicht in seiner Privatsphäre zu stören, doch als sie die Worte ‚Natürlich kann ich morgen im Büro sein‘ hörte, blieb sie wie erstarrt stehen.

„Ich komme so schnell wie möglich, Mr. Mansfield, das ist unter den Umständen selbstverständlich“, sagte Wesley, ehe es für einen Augenblick still blieb. „Nun, man könnte sagen, Ihre Anweisung, meinen Urlaub endlich zu nehmen, hat sich gelohnt“, sagte er fröhlich und Sam wurde mit einem Mal speiübel. „Sie können Ihrer Schwester sagen, dass ich ihr persönlich berichten werde.“ Erneut entstand eine kurze Pause, in der Wesley herzhaft auflachte. „Fantastisch, dann sehe ich Sie morgen zum vereinbarten Termin, damit wir alles Weitere besprechen können.“

Sam schwankte zurück in ihr Schlafzimmer und spürte nichts mehr außer all dem Elend, das sie durchlitten hatte, als Wesley vor zwölf Jahren aus ihrem Leben verschwunden, als er abgehauen war.

Jetzt würde er es wieder tun. Er würde gehen.

Sam saß auf der Bettkante, das Gezwitscher der Vögel wie Faustschläge in die Magengrube, die Sonnenstrahlen auf ihren Beinen wie ätzende Säure. Der Duft nach Wesleys Parfüm wie ein zynischer Freudentanz ihrer größten Befürchtungen, ihrer zuinnerst lauernden Angst.

Das Gefühl, dass eine untrügliche Wahrhaftigkeit in seinen Worten gelegen hatte, die weit über die sexuelle Doppeldeutigkeit hinausgegangen war, schlug ihr mit voller Wucht ins Gesicht und verhöhnte sie als dumme, naive Gans.

Als Sam hörte, wie die Badezimmertür geöffnet wurde, wischte sie sich die Tränen von den Wangen und ballte die Faust.

Dieses Mal werde ich nicht diejenige sein, die verlassen wird und schon gar nicht werde ich diesem Pisser die Genugtuung geben, zu sehen, wie sehr er mich verletzt, dachte sie zornentbrannt, stand mit gestrafften Schultern auf und zog ihren Pyjama an. Mit dem Stoff ihrer Sommerdecke tupfte sie sich die Augen trocken und öffnete anschließend die Schlafzimmertür in dem Moment, als Wesley davorstand.

Als habe sie nicht damit gerechnet, rempelte sie ihn an und tat, als sei sie überrascht. „Entschuldige", sagte sie gleichgültig. „Ich hatte nicht damit gerechnet, dass du noch da bist."

„Ich wollte dich eigentlich wecken", antwortete Wesley lächelnd. „Aber du sahst so niedlich aus, als du geschlafen hast."

„Du hättest ruhig gehen können." Er wollte sie umarmen, doch Sam drückte ihn von sich weg. „Außerdem kannst du dir deine Theaterspielerei sparen."

„Theaterspielerei?", fragte Wesley irritiert, als Sam an ihm vorbei Richtung Küche ging.

„Du bist so wunderschön, Sam. Du sahst so niedlich aus", äffte sie ihn nach und winkte über ihren Kopf nach hinten ab. „Den ganzen Schwachsinn, den Männer raushauen, um die Weiber weichzukochen und zu knallen."

„Weichzukochen und zu knallen?" Wesleys Furche auf der Stirn war mittlerweile tief genug, um dreißig

Völker auf die gegenüberliegende Seite des Meeres zu bringen, während er ihr hinterherlief.

„Du hast mich schon verstanden." Sam befüllte mit zitternden Händen ihren Wasserkocher.

„Ehrlich gesagt, verstehe ich gerade gar nichts."

Er versuchte nach Sams Hand zu greifen, aber sie entzog sie ihm und füllte stattdessen ein Teesieb mit losem Tee.

„Kannst du mir nicht sagen, was los ist oder was ich tun kann?"

Die Sanftheit in seiner Stimme ließ Sams Lippen beben.

Bleib stark, Sam, befahl sie sich. *Lass dich nicht noch einmal täuschen. Nicht ein drittes Mal.*

„Wieso tust du nicht das, was du am besten kannst?", sagte sie tapfer und legte all ihren Zorn in ihre Worte. „Wieso gehst du nicht einfach?"

„Sam, bitte", stöhnte Wesley, trat hinter sie und legte seine Stirn gegen ihren Hinterkopf. „Ich dachte, das hätten wir geklärt."

„Natürlich dachtest du das, schließlich macht das alles so viel leichter für dich." Erneut entfernte sich Sam von ihm und verließ die Küche, um ihn nicht mehr ansehen zu müssen. Doch leider folgte er ihr auch ins Wohnzimmer.

„Ja, klar. Jetzt erzähl mir noch, dass dir die letzte Nacht nichts bedeutet hat", forderte er in mittlerweile gereiztem Tonfall.

Doch obwohl sein Versuch sie zögern ließ, hatte sich Sam bereits zu sehr in ihrem Stolz verrannt, um gänzlich zu verstehen, was Wesley damit sagen wollte.

„Du meinst das bisschen Herumvögeln?"

„Herumvögeln?!" Wesley wurde immer lauter. „Das kann nicht dein Ernst sein, Sam."

„Das ist mein voller Ernst." Um ihre Aussage zu unterstreichen, sah sie ihn direkt an. „Ich habe es dir gestern gesagt. Wir sind erwachsen. Und Erwachsene vögeln eben ab und zu." Sie schluckte, straffte erneut die Schultern und verlangte tonlos: „Und jetzt tu mir und dir den Gefallen und geh."

„Du willst also unbedingt, dass ich gehe?", schnauzte er ungläubig.

„Ja", sagte sie mit aller Kraft, die sie noch aufbringen konnte. „Geh nach London. Geh dahin, wo du hingehörst. Geh und sieh nicht zurück. Wie du es damals getan hast, als du erkannt hast, dass ich, Dad und das Café nicht mehr gut genug für dich sind."

Wesley verharrte weiterhin an Ort und Stelle, sah sie einen Moment lang stumm an und atmete dann tief ein. „Es war die Idee deines Vaters, dass wir beide nach London gehen, verdammt noch mal", sagte er grollend. „Er hat mich regelrecht angefleht."

„Wie soll ich das verstehen?", fragte Sam und verschränkte die Arme vor der Brust. Im ganzen Leben hätte ihr Vater nicht solchen hanebüchenen Unsinn mit Wesley ausgemacht, ohne ihr etwas davon zu sagen.

„Ich habe mit deinem Vater über unsere Pläne und Wünsche gesprochen und er war von der ersten Sekunde an begeistert. Begeistert von der Vorstellung, seine Tochter würde eine Konditorschule besuchen, eine unglaubliche Ausbildung machen und darüber vielleicht die fixe Idee vergessen, in seine Fußstapfen zu treten." Wesley sah ihr fest in die Augen und seine Stimme klang klar und aufrichtig.

„Das ist doch Blödsinn!", rief Sam aufgebracht und glaubte ihm kein Wort. „Es stand immer fest, dass wir das Café übernehmen. Zumindest, bis du beschlossen hast, dich zu verpissen. Und das war sicherlich nicht Dads Entscheidung, sondern allein deine!"

„Es mag meine Entscheidung gewesen sein", zischte Wesley zwischen zusammengebissenen Zähnen. „Aber es war die Idee deines Vaters. Er hat mir damals geraten, ich solle gehen, weil er die irrsinnige Idee hatte, dass deine Liebe zu mir stark genug wäre, um endlich deine eigenen Träume zu verfolgen und dein eigenes Leben zu leben, anstatt zu versuchen, seinen Traum aus dem Dreck ..."

Das Klatschen von Sams Hand auf Wesleys Wange musste in ganz Paisley zu hören gewesen sein.

„Rede nie wieder so über den Traum meines Vaters!", brüllte sie ihn an.

„Das waren seine Worte, Sam. *Seine.*"

Tränen sammelten sich in Sams Augen, doch sie würde sie nicht rauslassen. Es war Wesleys Schuld. Ganz allein Wesley Schuld. Also sagte sie, so ruhig sie konnte und mit nicht fehlinterpretierbarer Ablehnung: „Aber gegangen bist schlussendlich du. Und das solltest du auch jetzt tun."

Dann hielt sie den Atem an, wandte sich von ihm ab und starrte aus dem Fenster.

Erst als sie hörte, wie ihre Wohnungstür krachend zufiel und Wesley die Treppe hinunterging, holte sie tief Luft und ließ den Tränen freien Lauf.

„Ich bleibe gern hier, Sam. Wirklich“, wiederholte Diana am Abend zum zehnten Mal. Sie hatte Sam den gesamten Tag besorgt in der Küche des Cafés beim Backen und Vorbereiten zugesehen. Wie die anderen Male zuvor schüttelte Sam den Kopf.

„Ich brauche nur Zeit für mich allein, dann wird alles wieder gut.“

Das bezweifelte Diana stark, doch sie wusste, dass sie es jetzt schlimmer machen würde, wenn sie Sam drängte.

„Okay, dann sehen wir uns morgen?“

„Natürlich“, sagte Sam und schenkte Diana ein Lächeln, das so schief war, dass es selbst ihr klar sein musste.

Zum Abschied gab Diana ihrer Freundin einen Kuss auf die Stirn und umarmte sie eine volle Minute, ehe sie zu ihrem Auto eilte und sich auf den Weg zu Tommy machte. Ihr Freund hatte ihre Befürchtung am Telefon bestätigt. Wesley war nach London abgereist. Wortlos und mit feuchten Augen. Und genau das war es, was Diana stutzig machte. Es passte einfach nicht zu Sams Schilderungen.

***

Als Sam bis mitten in die Nacht hinein keinen Schlaf finden konnte, stand sie auf, um sich mit der einen Sache abzulenken, die immer funktionierte – Backen. Zumal sich gezeigt hatte, dass die Wiedereröffnung tatsächlich ein voller Erfolg gewesen war. Denn auch heute waren zahlreiche Gäste und Laufkundschaft in ihr Café gekommen, wenn auch nicht die Masse, die am Tag der Wiedereröffnung aufgelaufen war. Dafür hatte sich ihr neues Auftragsbüchlein, das Diana ihr geschenkt hatte, mit einigen Namen und Terminen gefüllt.

Alles in allem hätte Sam der glücklichste Mensch der Welt sein müssen, doch Wesleys Verrat und seine verletzenden Worte, seine Anschuldigungen, seine Lügen hatten ihr jede Freude genommen.

Müde und doch schlaflos schlurfte Sam die Treppe nach unten und schaltete das Licht in der Küche des Cafés ein. Aus der Schublade mit den Backbüchern und Rezepten holte Sam ihren eigens gestalteten Ordner mit den handgeschriebenen Rezepten heraus, als ihr einfiel, dass das neueste – Eclairs mit einer Lavendel-Aprikosen-Creme – noch in der untersten Schublade ihres Büros lag.

Da Sam plötzlich Lust bekam, die Eclairs auf die heutige Tageskarte zu setzen, legte sie den Ordner beiseite und ging ins Zimmer nebenan. Dort setzte sie sich auf ihren Bürostuhl, fischte nach dem Schlüssel für die untere Schublade und holte das Rezept heraus.

Als sie jedoch die Schublade schließen wollte, hakte sie plötzlich, obwohl sie erst zur Hälfte zugeschoben war.

„Na super", murmelte Sam. „Es hat gerade noch gefehlt, dass die einzige abschließbare Schublade in diesem vermaledeiten Haus kaputt geht." Genervt zog sie die Schublade wieder auf und leuchtete mit der Taschenlampe ihres Smartphones dahinter. Sehen konnte sie durch den schmalen Schlitz allerdings nicht viel, auch nicht, als sie das Smartphone hindurchschob.

Deshalb beschloss Sam, die Schublade mehrmals auf und zu zu machen, in der Hoffnung, das Klemmen würde sich von allein erledigen. Je öfter sie jedoch die Schublade vorzog und zurück bis zur Hälfte zuschob, desto ungeduldiger wurden ihre Bewegungen und desto größer wurde ihre irrationale Wut, die in Wirklichkeit eine gänzlich andere Ursache hatte. Bis Sam mit einem unflätigen Fluch und einem aggressiven Ruck die Schublade nach vorne über die Schiene herausriss und das Teil krachend auf den Boden schlug.

„Verfluchte, verdammte, vermaledeite Scheiße!“, brüllte Sam und trat ungehalten gegen die Schublade, die durch den halben Raum schoss und gegen die Wand prallte. Dass dabei die Front der Schublade abbrach, machte sie nur noch wütender.

Völlig außer sich sprang sie von ihrem Stuhl hoch und stieß mit dem Knie unsanft gegen die Kante des Schreibtisches, was eine weitere Schimpftirade zur Folge hatte, bei der selbst Piraten rote Ohren bekommen hätten.

Erst als Sam ein Kratzen im Hals spürte, schluckte sie die restlichen Worte herunter und ließ sich matt und mit Tränen in den Augen auf den Stuhl zurücksinken.

Eine Weile saß sie schluchzend da, die zu Fäusten geballten Händen auf die Knie gepresst, ehe sie sich einigermaßen beruhigt hatte und beschloss, der Ursache für das Schubladendesaster auf den Grund zu gehen.

„Ein Briefumschlag?“, hauchte sie kopfschüttelnd, als sie den halb zerfetzten, halb zerdrückten großen Briefumschlag mit verstärkter Rückfront zwischen Schiene und Holz herausgezogen hatte. „Ein scheiß verdammter Briefumschlag!" Erneut spürte Sam, wie ihre Emotionen hochkochten und sie wollte den Umschlag schon zornig in den Papiereimer werfen, als ihr Blick auf drei Worte fiel, die ihre Beine weich werden ließen.

Ehe sie noch in Ohnmacht fallen konnte, setzte Sam sich auf ihren Stuhl und betrachtete stirnrunzelnd den Schriftzug *Wesley James Harlington* in der unverkennbar verschnörkelten Handschrift ihres Vaters. Mit zitternden Fingern entwirrte sie das Papierstück und glättete den eingerissenen Umschlag. Neben Wesleys Namen befanden sich auf der Vorderseite eine Adresse und eine Briefmarke. Auf der Rückseite stand als Absender der Name ihres Vaters.

Bedächtig, beinahe ängstlich öffnete Sam die Überreste des zugeklebten Umschlages und holte den Brief heraus.

Lieber Wesley,
es ist lange her, aber ich hoffe, dass du dich noch an den guten, alten Henry erinnerst. Falls nicht, wird sich diese Nachricht in fünf Sekunden selbst zerstören und du musst deine Zeit nicht damit verschwenden, den Brief eines alten, dummen Mannes zu lesen.

Sam schluckte und legte den Brief für einen Moment auf den Schreibtisch. Ihre Lippen umspielte ein Lächeln über den typischen Witz ihres Vaters, ihre Augen füllten sich mit Tränen ob der Niedergeschlagenheit, die sie zwischen den Zeilen herauslas. Nachdem Sam sich ein Taschentuch aus der oberen Schreibtischschublade genommen hatte, atmete sie tief durch und nahm den Brief wieder zur Hand.

Vermutlich fragst du dich in diesem Moment, was der alte, dumme Mann nach all der Zeit von dir will. Und weil ich nie ein Mensch der vielen Worte gewesen bin, mache ich es an dieser Stelle kurz: Ich werde sterben.

Sam schlug die Hand vor den Mund und brauchte einen Moment, ehe sie weiterlesen konnte. Es war zwar schon eine Weile her, dass sie ihren Vater zu Grabe getragen hatte, aber erstens bedeutete das nicht, dass der Schmerz vergangen war und zweitens war es, als würde sie die Worte, die ihr Vater niemals laut ausgesprochen hatte, zum ersten Mal aus seinem Mund hören. *Ich werde sterben.*

Da ich annehme, dass es dir von Herzen leidtut, denn anders habe ich dich nicht in Erinnerung, danke ich dir für deine Anteilnahme, möchte dir aber zugleich gestehen, dass ich diesen Brief aus rein eigennützigen Gründen verfasse. Denn weißt du, Wesley, es ist, wie man sagt; wenn man den Tod vor Augen hat, dann sieht man viele Dinge im Leben anders. Man denkt über so vieles noch einmal nach, aber vor allem gesteht man sich endlich all die Fehler ein, die man im Leben gemacht hat. Die unwesentlichen, die kleinen, die großen und nach langem Hadern und Verdrängen schließlich die unverzeihlichen.
Und das bringt mich zu dir. Denn auch wenn ich mich glücklich schätzen kann, nicht viele Fehler im Leben gemacht zu haben, so gibt es doch diesen einen – diesen unverzeihlichen – Fehler, nicht nur ein dummer, alter Mann,

sondern vor allem ein feiger, ängstlicher alter Mann gewesen zu sein.

Nun bin ich doch zu einem Mann der vielen Worte geworden, aber ich muss gestehen, es fällt mir nicht leicht, der bitteren Wahrheit ins Auge zu sehen, geschweige denn sie auszusprechen.

Vielleicht erinnerst du dich noch an die Briefe, die ich dir vor Jahren nach London hinterhergeschickt habe. Die Briefe, in denen ich meine Idee mit London für gescheitert erklärt habe. In denen ich dich erst gebeten und später angefleht habe, zurück nach Paisley zu kommen. In denen ich dir am Ende Vorwürfe über Vorwürfe gemacht habe, ehe ich entschieden habe, dir keinen weiteren Brief mehr zu senden.

Diese Briefe waren der unverzeihlichste Fehler meines Lebens.

Weißt du, Wesley, als du fortgegangen bist, weil ich dich dazu überredet habe, weil ich dir im Grunde geschworen habe, dass Sam sich besinnen wird, dass ich sie notfalls dazu zwingen würde, habe ich all das wahrhaftig vorgehabt.

Und als du weg warst und Sam am Boden lag, habe ich ihr die Hand gereicht, sie aufgebaut und hätte schwören können, dass sie sich besinnt und dir nach London folgt.
Doch als ich merkte, dass ich nichts weiter mehr hätte tun müssen, als ihr direkt auf den Kopf zuzusagen, dass sie

gefälligst endlich ins Auto steigen und zu dir fahren soll, bekam ich es mit der Angst zu tun.

Angst, allein zu sein. Angst, dass ihr euch entscheiden könntet, in London zu bleiben. Angst, dass ich keine Rolle mehr in eurem und vor allem in Sams Leben spielen könnte. Und statt mich wie ein liebender Vater zu verhalten, habe ich meine Bedürfnisse über euer Liebesglück, euer Lebensglück gestellt und feige geschwiegen.

Hier hatte ihr Vater eine Leerzeile eingefügt, ehe er mit deutlich schwächerer Schriftführung weiterschrieb.

Ich werde dich an dieser Stelle nicht um Verzeihung bitten, Wesley, weil ich weiß, dass der alte, feige, egoistische Mann es nicht verdient hat. Zumal ich mich noch immer nicht traue, meiner geliebten Tochter in die Augen zu sehen und ihr zu gestehen, was ich getan habe; was ich nicht getan habe.
Stattdessen nutze ich die Tatsache aus, dass man einem sterbenden Mann keine Bitte abschlagen kann, und flehe dich an: Falls nur die geringste Chance für euch beide besteht, bitte komm zurück. Bitte.

Dein Henry.

„Oh, Dad", wisperte Sam mit tränenerstickter Stimme und legte den Brief erneut vor sich auf dem Schreibtisch ab. Ihr Blick fiel dabei auf das kleine Foto, das sie zwischen die Post-its und die Plexiglasbox geklemmt hatte und das sie und ihren Vater zeigte. Sie im Alter von zehn Jahren mit einer Backmütze für Kinder, Kopf an Kopf mit ihrem Vater. Beide hatten sie einen dicken Cremeklecks auf der Nase und mit Mehl bestäubte Gesichter.

Sam ließ den Tränen freien Lauf und hielt das Taschentuch fest umklammert. In ihr tobte ein Kampf zwischen Gut und Böse, ob der Offenbarung, die der Brief ihres Vaters ans Licht gebracht hatte. Zum einen war sie wütend auf Henry, denn Dinge zu verschweigen, kam für Sam einer Lüge gleich. Zum anderen konnte sie ihn verstehen, immerhin war ihr Dad am Ende des Tages ein Mensch gewesen. Ein Mensch, der Fehler gemacht hatte wie jeder andere.

Sam hauchte einen Kuss auf ihren Zeigefinger und drückte ihn gegen die Plexiglasbox. „Ich verzeihe dir, Dad", sagte sie mit leiser Stimme.

Noch während sie überlegte, ob sie verpflichtet war, den Brief im Namen ihres Vaters abzusenden, fiel ihr Blick auf eine Zeile, die ihr bereits beim ersten Lesen Kopfzerbrechen bereitet hatte. ‚Die Briefe, in denen ich meine Idee mit London für gescheitert erklärt habe.‘

Wesley hat also nicht gelogen, dachte sie. *Oder eher, wenigstens nicht gelogen.*

Und als sie gerade sarkastisch klatschen wollte, weil es Wesleys Verrat nicht im Mindesten aufwog, dass er nicht auch noch gelogen hatte, war es, als würde sie durch die Zeit und mitten in ihren Streit zurück katapultiert.

Jetzt erzähl mir noch, dass dir die letzte Nacht nichts bedeutet hat, hörte sie Wesley sagen und spürte denselben Impuls, der sie am Morgen hatte zögern lassen. Doch dieses Mal konnte sie ihn nicht mehr ignorieren.

Diesmal begriff sie, was Wesley in diesem Moment eigentlich gesagt hatte. Nämlich, dass ihm die Nacht etwas bedeutet hatte.

Sam schüttelte sich und versuchte die Zweifel zu zerstreuen.

Er ist derjenige, der gegangen ist. Zum zweiten Mal.

Du willst also unbedingt, dass ich gehe?

Erschrocken sah Sam zur Seite, aber Wesley stand, anders als es ihr vorkam, nicht direkt neben ihr.

„Natürlich will ich das nicht", murmelte Sam, doch plötzlich fiel es ihr schwer, sich selbst zu glauben. Wieso hatte sie ihn eigentlich nicht mit dem, was sie aus dem Badezimmer gehört hatte, konfrontiert? Wieso hatte sie so schnell geurteilt?

„Ich mache mich jetzt nur verrückt, weil ich Dads Brief gefunden habe." Sam fuhr sich fahrig durch die Haare und versuchte ihre Gedanken zu ordnen, wurde jedoch von weiteren Satzfetzen überflutet.

Aber ich habe zu viel Angst, dass das Glück nicht von Dauer ist. Dass es noch einmal aus meinem Leben verschwindet, dass ich ... dass ich es gehen lasse, hörte sie sich sagen.

Du kannst es nicht noch einmal gehen lassen, antwortete ihr Wesley, während er ihr in die Augen sah und sie keine Lüge darin entdecken konnte. *Weil es nicht so dumm ist, noch mal aus deinem Leben zu verschwinden.*

„Wieso bist du dann gegangen?", rief Sam ungehalten und knallte mit der flachen Hand auf den Schreibtisch, als sie eine weitere, vielleicht die wichtigste Erkenntnis traf. „Und wieso zum Teufel habe ich dich gehen lassen?"

Es ist, als hätten wir beide nichts aus unseren Fehlern gelernt, dachte sie, griff nach dem Brief ihres Vaters und las die letzte Zeile immer und immer wieder. *Falls nur die geringste Chance für euch beide besteht, bitte komm zurück. Bitte.*

Falls nur die geringste Chance für euch beide besteht.

Falls nur die geringste Chance für euch beide besteht.

Falls nur die geringste Chance für euch beide besteht.

„Verfluchter Wesley James Harlington", knurrte Sam und entsperrte ihr Smartphone.

„Sam?", meldete sich nach einigem Klingeln Diana am anderen Ende der Leitung schläfrig. „Ist alles in Ordnung?"

„Kannst du morgen den gesamten Tag das Café übernehmen und bei irgendeiner armen Seele einen Gefallen einfordern, damit sie dir hilft?"

„Sam, was ist los?"

„Kannst du oder kannst du nicht?"

„Natürlich kann ich morgen die Herrschaft über dein Café an mich reißen. Aber Sam, sag mir jetzt bitte was los ist? Geht es dir gut?"

„Ich fahre nach London", antwortete Sam knapp und legte auf.

27 DIE ZWEITE ZWEITE CHANCE

„Mr. Mansfield empfängt Sie jetzt, Mr. Harlington.“

Wesley nickte dem Rezeptionisten zu und stand auf. Auf dem Weg zu Mr. Mansfields Büro ging er an der großen Glasscheibe zwischen Empfangsraum und Flur vorbei und erschrak vor seinem Spiegelbild. Er sah aus, als habe er tagelang nicht geschlafen.

An der Tür zu Mr. Mansfields Büro angekommen, klopfte Wesley und wartete, bis sein Chef ihn hereinbat.

„Mr. Harlington“, begann Mr. Mansfield. „Schön, dass wir uns noch einmal persönlich sehen. Setzen Sie sich ruhig.“

Wie am Morgen zuvor am Telefon, war Wesley irritiert darüber, wie gelassen sein Chef reagierte. Immerhin hatte er seine Kündigung per E-Mail eingereicht.

Während Wesley Mr. Mansfields Aufforderung nachkam und sich auf einen der breiten, bequemen Besuchersessel setzte, klopfte es hinter ihm an der Tür. Ohne auf ein ‚Herein‘ ihres Bruders zu warten, betrat Mrs. Mansfield den Raum.

„Ihr beiden habt doch nicht ohne mich angefangen?“

„Natürlich nicht, meine Liebe.“

Mrs. Mansfield umrundete den Schreibtisch ihres Bruders und kam, ganz wie es ihre Art war, direkt auf den Punkt.

„Was hat Sie zu Ihrem Kündigungsschreiben veranlasst, Mr. Harlington? Eine einschneidende, lebensverändernde Begebenheit oder eine Frau?"

„Agatha!", sagte Mr. Mansfield mit gespielter Strenge. „Musst du wieder gleich mit der Tür ins Haus fallen?"

Wesley blickte derweil verunsichert zwischen den beiden hin und her. Eigentlich hatte er sich dafür gewappnet, dass sein Chef ihn in einem persönlichen Gespräch von seinem Vorhaben abzubringen versuchte. Schließlich hatte er angenommen, ein wertvoller Mitarbeiter zu sein, auf den man nicht verzichtete wollte.

„Glauben Sie mir, Mr. Harlington, ich lasse Sie sehr ungern gehen", brachte Mr. Mansfield Wesley, der sich ernsthaft fragte, ob sein Chef Gedanken lesen konnte, noch mehr aus dem Konzept. „Und nein, ich kann keine Gedanken lesen."

„Sind Sie sich sicher?"

„Manchmal bin ich mir tatsächlich nicht sicher. Aber dann fällt mir ein, dass das alles Hokuspokus ist, während Menschenkenntnis erwiesenermaßen existiert." Mr. Mansfield öffnete einen blauen Hefter vor sich auf dem Schreibtisch. „Und weil ich mich rühmen kann, eine exzellente Menschenkenntnis zu besitzen, habe ich diese Papiere bereits fertiggestellt, als Sie vor ein paar Tagen um eine Verlängerung Ihres Urlaubs gebeten haben."

„Gib nicht so an", bemerkte Mrs. Mansfield augenrollend, während Mr. Mansfield Wesley die besagten Papiere reichte.

„Sie wussten, dass ich kündigen will, noch bevor ich gekündigt habe?", fragte Wesley verblüfft, als er die

Papiere in Augenschein nahm. „Manche behaupten ja, Hellseherei wäre durchaus im Bereich des Möglichen."

Mr. Mansfield winkte ab. „Das war nicht weiter schwer zu erraten."

„Jetzt dürfen Sie sich was anhören", verkündete Mrs. Mansfield stöhnend, umrundete den Schreibtisch erneut und setzte sich auf den anderen freien Sessel davor.

„Sie haben im letzten Jahr das übliche Prozedere durchlaufen", fuhr Mr. Mansfield unbeirrt fort. „Sie haben sich nicht mehr die ein oder zwei üblichen Tage alle vier Monate frei genommen, haben sich ohne durchzuatmen von einem Deal in den nächsten gestürzt, haben mehr und mehr Überstunden angehäuft und immer weniger Arbeit an die zuständigen Mitarbeiter delegiert. Erst dachte ich, Sie hätten, wie die meisten auf einem hohen Posten wie dem Ihren, Angst vor der jüngeren, hungrigen Konkurrenz in den eigenen Reihen. Aber ich habe Sie die letzten Wochen beobachtet, Mr. Harlington." Mr. Mansfield räusperte sich und sah Wesley entschuldigend an. „Was ich dabei gesehen habe, habe ich erst ein paar Mal erlebt. Und jedes einzelne Mal hat es mit einer Kündigung geendet."

„Darf ich fragen, was Sie gesehen haben?", fragte Wesley. Er hatte nicht die geringste Ahnung, was Mr. Mansfield aufgefallen war. Ihm selbst war es jedenfalls offensichtlich entgangen.

„Ihre leeren Augen, Mr. Harlington", antwortete Mr. Mansfield erstaunlich knapp.

„Was mein Bruder damit meint, ist, in den Augen unserer Mitarbeiter sieht man alles Mögliche. Begeisterung, Siegeswillen, Frust, Ärger, Neid, und so weiter.

Doch sobald die Augen leer werden, dauert es kein halbes Jahr, ehe uns eine Kündigung ins Haus flattert. Mal bevor, mal nachdem die betroffene Person einen Zusammenbruch erlitten hat." Mrs. Mansfield seufzte. „Im Normalfall leider eher danach."

„Sie können sich also glücklich schätzen, dass Sie …"

„Ja, ja", unterbrach Mrs. Mansfield ihren Bruder. „Und jetzt verraten Sie mir endlich, ob eine Frau für Ihre Kündigung verantwortlich ist oder nicht."

„Ich rate Ihnen, ihre Frage zu beantworten", meinte Mr. Mansfield schmunzelnd. „Sonst wird meine Schwester Sie bis in Ihre Träume verfolgen."

„Die eine Frau", sagte Wesley lächelnd und kam zum ersten Mal in den letzten Minuten zu Wort. „Es ist die eine Frau."

„Ich wusste es!", rief Mrs. Mansfield jubilierend und streckte ihre Hand über den Schreibtisch aus. Mr. Mansfield öffnete seine Geldbörse, holte eine Einpfundnote heraus und reichte sie seiner Schwester.

„Sie haben eine Wette darüber abgeschlossen, aus welchem Grund ich kündige?", fragte Wesley gespielt entrüstet.

„Eine kleine Schwäche unsererseits", sagte Mrs. Mansfield schulterzuckend. „Aber lassen Sie sich gesagt sein, wir hätten uns auch unter anderen Umständen für Sie gefreut."

Auf Wesleys verwirrten Blick fügte Mr. Mansfield hinzu: „Wie gesagt, die meisten kündigen erst, wenn sie im Krankenhaus gelandet sind. Und so ungern wir einen kompetenten, intelligenten, loyalen und vor allem ehrlichen Mitarbeiter wie Sie verlieren, Mr. Harlington, so liegt uns Ihr Wohl doch mehr am Herzen." Mr.

Mansfield legte sich den Finger an die Lippen. „Aber verraten Sie das bloß nicht den anderen. Sonst herrscht hier in wenigen Wochen völlige Anarchie."

„Keine Sorge, ich werde schweigen."

„Oh, das werden Sie", sagte Mrs. Mansfield grinsend und deutete auf die Kündigung, die Wesley nach wie vor in der Hand hielt. „Steht alles da drin."

„Verstehe." Wesley nickte wissend. Er erinnerte sich gut an den seitenlangen Einstellungsvertrag.

„Dann bleibt nur noch eine Sache zu klären." Mr. Mansfield holte ein weiteres Schriftstück aus dem blauen Hefter, klemmte es auf die Vorderseite und reichte Wesley beides.

„Das kann ich nicht annehmen", sagte Wesley und starrte auf die sechsstellige Summe, die auf dem Scheck notiert war.

„Papperlapapp." Wieder winkte Mr. Mansfield ab. „Sie wissen ganz genau, dass die Summe ein Witz ist gegen das, was der O'Sullivan-Deal uns in den nächsten Jahren einbringt."

Bei der Vorstellung konnte Wesley sich ein Grinsen nicht verkneifen.

„Sehen Sie, genau das meine ich." Auch Mr. Mansfield grinste, stand auf und reichte Wesley die Hand. „Ich wünsche Ihnen für die Zukunft alles erdenklich Gute, Mr. Harlington."

„Das wünsche ich Ihnen ebenfalls." Die beiden Männer schüttelten sich die Hand und verabschiedeten sich, während Mrs. Mansfield ebenfalls aufstand und sich bei Wesley unterhakte.

„Mich werden Sie so schnell nicht los. Zumindest nicht, bis Sie mir auf dem Weg nach unten mehr von dieser einen Frau erzählt haben.“

***

Als Wesley eine Stunde später das Foyer seines Appartementkomplexes betrat, überlegte er zum hundertsten Mal, ob er nicht doch umdrehen und sofort zurück nach Paisley fahren sollte. Aber die samt Pausen achteinhalbstündige Fahrt zurück nach London und die Tatsache, dass er in der Nacht kein Auge zubekommen hatte, ließen den Restbestand seiner Vernunft, der nicht ‚fahr zu Sam‘ in Dauerschleife skandierte, die Oberhand gewinnen.

Wenn er nicht im Straßengraben landen wollte, musste er sich zumindest für drei oder vier Stunden aufs Ohr legen, ehe er nach Paisley aufbrach und der dickköpfigen Liebe seines Lebens ordentlich die Meinung geigte.

Noch immer hatte er keinen blassen Schimmer, was am gestrigen Morgen plötzlich in Sam gefahren war. Was sie dazu veranlasst hatte, derart aus der Haut zu fahren und so dermaßen daneben zu liegen.

„Entschuldigen Sie, Mr. Harlington“, unterbrach eine ihm unbekannte Stimme seine Gedanken. Erst als Wesley nach rechts blickte, erkannte er die junge Dame wieder, die ihren Job als Rezeptionistin in seinem Appartementkomplex zwei Tage vor seinem Urlaub angetreten hatte. „Ich möchte Sie nur vorwarnen, dass zwei Personen vor Ihrem Appartement auf Sie warten. Und eine davon ...“ Sie zögerte und starrte verlegen auf ihre

Schuhspitzen, ehe sie herausplatzte: „Eine davon ist von der Polizei. Ein gewisser Sergeant Ward aus Paisley. Ich habe mir seinen Ausweis zeigen lassen und mich bei der zuständigen Polizeiwache rückversichert. Er ist dort tatsächlich als Polizist angestellt, doch weder er noch seine Kollegin am Telefon wollten mir sagen, worum es bei seinem Besuch bei Ihnen geht. Da er mir allerdings keinen Durchsuchungsbefehl zeigen konnte, habe ich ihn und die Frau auf Ihre Etage und auf die dortige Sitzgruppe verwiesen." Sie beugte sich über die Rezeption und winkte Wesley verschwörerisch zu sich heran. „Falls Sie abhauen wollen, ich habe Sie nicht gesehen. Und die ..." Sie deutete auf die Kamera in der Ecke. „Wird gerade ersetzt und funktioniert erst nächste Woche wieder."

Wesley sah sich verschwörerisch um, griff in seine Aktentasche und hielt die Hand darin, während er sagte: „Keine Sorge, ich kümmere mich um die beiden."

Als die neue Rezeptionistin daraufhin kreidebleich wurde, zeigte er ihr den Inhalt seiner Aktentasche, zwinkerte ihr zu und klärte sie darüber auf, wer Tommy Ward war.

„Tut mir leid, aber die Gelegenheit, so einen Satz zu sagen, hat man nicht alle Tage." Er zuckte entschuldigend mit den Achseln und ließ sich seine Post von der jungen Dame geben. „Und danke, dass Sie mich vorgewarnt haben. Ich glaube, der alte Griesgram Jamerson wäre stattdessen hinter mir hergeschlichen und hätte meine Festnahme für seine Privatsammlung gefilmt", sagte er im Weggehen und wunderte sich nicht, als die junge Dame hinter ihm herrief: „Das hätte er mit Sicherheit."

Als Wesley in den Aufzug stieg, packte er die Post ungelesen in den Aktenkoffer und wappnete sich auf dem Weg nach oben für die anstehende Kopfwäsche von Diana und Tommy.

Seufzend – er hatte sich schließlich auf die ein oder andere Stunde Schlaf gefreut – trat er aus dem Aufzug.

„Tommy? Diana?", rief er, während er über den Flur in Richtung der Sitzecke am anderen Ende ging. „Keine Chance mich zu überraschen, ich wurde vorgewarnt."

„Da bist du ja endlich." Tommy kam ihm gähnend entgegen, boxte ihm fester als hoffentlich gewollt gegen die Schulter und drängte sich an ihm vorbei zum Aufzug.

„Was wird das, wenn es fertig ist?", fragte Wesley, während Tommy den Aufzug rief.

„Viel Glück, Alter. Und versau es nicht", flüsterte Tommy und trat in den Aufzug. „Schreibt mir, wenn ihr alles geklärt habt. Ich mache derweil London unsicher."

„Was zum Henker?" Wesley starrte Tommy einen Moment durch die geschlossene Aufzugtür hinterher, als er hinter sich Sam sagen hörte: „Hi, Wes."

Während er sich zu Sam umdrehte, fiel die Müdigkeit mit einem Mal von Wesley ab und seine Synapsen führten wahre Freudentänze auf. Sam war hier, sie war zu ihm gekommen!

Mit schüchternem Blick sah sie ihn an, während sie die Finger knete; ihre Augen leicht gerötet.

Und obwohl er überlegte, Sam zur Strafe für ihren verrückten Ausbruch ein wenig zappeln zu lassen, konnte er einfach nicht anders. Wortlos trat er auf sie zu und nahm sie in den Arm. Barg den Kopf an ihrem Hals und versank in ihrem süßen Duft und ihrer Nähe.

Erst als er hörte, dass Sam schniefte, ließ er sie los, nahm sie an der Hand und ging mit ihr in sein Appartement.

Nachdem er sie zur Couch geführt und ihr ein Glas Wasser geholt hatte, saßen sie schweigend nebeneinander, hielten sich an der Hand und wussten beide nicht, wie sie anfangen sollten. Bis Sam den Brief ihres Vaters aus der Handtasche zog und ihn Wesley reichte.

„Den habe ich hinter der Schublade meines Schreibtisches gefunden. Er ist für dich. Von meinem Dad", sagte sie leise und fügte hastig hinzu: „Aber deswegen bin ich nicht da. Also, nicht ausschließlich. Ich meine, der Brief hat mir die Augen für Dinge geöffnet, die ich eigentlich hätte wissen müssen. Die ich hätte verstehen müssen. Aber ich war so wütend, weil ich gehört hatte, dass du zurück nach London fahren willst und ..."

„O Gott, bin ich dämlich." Wesley stöhnte und drückte Sams Hand. „Ich frage mich seit gestern Morgen verzweifelt, was plötzlich in dich gefahren ist und wäre im Leben nicht auf die Idee gekommen, dass du mich im Badezimmer hast telefonieren hören. Dass du deswegen dachtest – denken musstest –, dass ich wieder gehe." Er blickte sie direkt an. „Sam, das ist alles ein großes Missverständnis."

„Du wolltest also gar nicht nach London fahren, bevor ich dich regelrecht dazu getrieben habe?", fragte Sam vorsichtig.

„Doch. Nein. Also, nicht so, wie du denkst." Wesley holte den blauen Hefter aus seiner Aktentasche und zeigte Sam die Kündigung. „Ich hatte meinen Chef per Mail über meinen Entschluss zu kündigen informiert. Er hat mich daraufhin an dem Morgen angerufen und darauf bestanden, dass ich persönlich erscheine. Ich hatte angenommen, dass er mich überreden will zu bleiben, und wollte die Sache so schnell wie möglich abhaken. Damit ich mich ganz dir, dem Café und uns widmen konnte." Er sah ihr erneut in die Augen. „Ich hoffe, du glaubst mir, wenn ich dir sage, dass ich vorhatte, dir sofort davon zu erzählen."

„Aber dann habe ich mich aufgeführt wie eine Furie und unverzeihlich schlimme Dinge gesagt." Sie fuhr sich ungläubig mit den Händen übers Gesicht und schüttelte den Kopf.

„Den ersten Teil lasse ich so stehen", sagte Wesley grinsend. „Unverzeihlich finde ich allerdings zu harsch und würde eher für extrem dumme Dinge plädieren."

„Extrem, extrem dumme Dinge", murmelte Sam.

„Extrem, extrem, extrem dumme Dinge." Wesley legte ihr die Hand an die Wange. „Aber jetzt bist du hier und das ist alles, was zählt."

„Heißt das, du kannst mir noch einmal verzeihen, dass ich dich regelrecht vergrault habe, obwohl du mir deutlich zu verstehen gegeben hast, dass ...?" Sam zog die Lippe zwischen die Zähne und schluckte.

„Ich dich noch immer wie verrückt liebe?"

„Ja", wisperte Sam.

„Kannst du mir denn verzeihen, dass ich ins Auto gestiegen und nach London gefahren bin, ohne dir zu sagen, dass ich mich nicht so leicht von dir wegschubsen lasse und mich nichts in der Welt davon abhalten wird, in Paisley zu bleiben und dir gewaltig auf die Nerven zu gehen?"

„Das tue ich, wenn du mir verzeihst, dass ich dich schon wieder habe gehen lassen."

„Das tue ich, wenn du mir endgültig verzeihst, dass ich vor zwölf Jahren weggegangen bin.“

„Das tue ich, wenn du mir endgültig verzeihst, dass ich dich auch vor zwölf Jahren habe gehen lassen.“

„Das tue ich, wenn du mich heiratest, am besten morgen.“

Es dauerte einen Augenblick, bis die Worte zu Sam durchsickerten. „Wesley James Harlington! Das ist erstens nicht witzig und zweitens keine adäquate Form für einen Antrag.“

„Samantha Cochrane, hör endlich auf so kratzbürstig zu sein und sag einfach Ja.“

„Na gut!“

28 SPÄRLICH VERPACKT UND BUNT GEPUNKTET

Vier Monate später

„Wes, wo bleibst du denn?", fragte Sam ungeduldig und wechselte zum gefühlt hundertsten Mal ihre Position auf dem riesigen, weichen Himmelbett. Sitzen, liegen, aufrecht, halbaufrecht, auf dem Rücken, auf der Seite. Sam konnte sich nicht entscheiden, was die richtige Position war, um auf ihren frisch gebackenen Ehemann zu warten, nachdem der sich vor über fünf Minuten, mitten bei ihrem Vorspiel, entschuldigt und ins Badezimmer des luxuriösen Hotelzimmers verkrümelt hatte.

Und jetzt saß Sam hier, seit dem Morgen verheiratet, in ihrem grünen, edlen Satinkleid, das Wesley die Augen aus dem Kopf hatte ploppen lassen, als sie vor dem Standesamt aus dem Auto gestiegen war, und fieberte ihrer Hochzeitsnacht entgegen, als hätten sie und Wesley in den letzten Wochen nicht jede Menge versaute Liebe gemacht. Unmengen und Unmengen an versauter Liebe in ihrem Bett, nun ihr und Wesleys Bett, seitdem er bei ihr eingezogen war.

Jede freie Minute zwischen dem immer besser florierenden und beliebteren Café, den Treffen von jetzt zwei Kaffeekränzchen und den Aufträgen, die Sam an Land gezogen hatte, hatten sie genutzt.

Sam lächelte, als ihr einmal mehr bewusst wurde, wie glücklich sie seit ihrer Fahrt nach London war und wie sehr sie sich auf die Zukunft freute. Eine Zukunft, von der sie vor nicht allzu langer Zeit nicht einmal mehr zu träumen gewagt hatte. Eine rosige Zukunft für ihr Café. Und eine Zukunft mit Wesley. Eine Zukunft voller Liebe, Leidenschaft und …

„Bist du bereit?", fragte Wesley und Sam entschied sich für die Position: sitzend und leicht nach hinten gelehnt. „Für das Schärfste, was du jemals gesehen hast?"

„Du hast so lange gebraucht, ich bin schon fertig", flachste Sam und grinste schelmisch, als Wesley argwöhnisch aus dem Badezimmer zu ihr herüberlugte. „Kommst du jetzt endlich her? Oder soll ich einen Escort-Service anrufen?"

„Wehe dir!" Wesley streckte den Arm aus dem Bad und drohte ihr mit dem Finger.

Als Sam sah, dass sein Arm nackt war, fragte sie konsterniert: „Warst du jetzt ernsthaft geschlagene zehn Minuten im Badezimmer, um dich auszuziehen?"

„Warte es ab, Mrs. Harlington." Auch auf Wesley Lippen zeichnete sich ein Grinsen irgendwo zwischen amüsiert und lüstern ab.

„Mrs. Wesley James Harlington, wenn ich bitten darf", schnurrte Sam und winkte Wesley mit dem Finger zu sich, während sie sich lasziv mit der Zunge über die Lippen fuhr.

Als sie ihn allerdings gerade mit sexy dunkler Stimme auffordern wollte, endlich aus dem Badezimmer zukommen, sprang Wesley bereits ins Zimmer und rief laut: „Tada!"

Ihr Lachen musste im gesamten Hotel zu hören sein.

„O Gott, du hast das Ding noch?", japste Sam und konnte nicht aufhören, den bunt gepunkteten, schlappohrigen Kuschelhasen mit den pinken Knopfaugen anzustarren, dessen Kopf Wesley mit einem feurigen Hüftschwung hin und her wackeln ließ.

„Natürlich!" Wesley verschränkte die Arme hinter dem Kopf und intensivierte seinen Hüftschwung, während er einen Kussmund machte und die Augen schloss. „Ich habe mir das scharfe Teil für einen besonderen Moment … hey!"

Grinsend ließ Sam das Smartphone wieder sinken.

„Ich schicke das Bild an all meine Kontakte!", quiekte Sam, als Wesley auf sie zugesprungen kam, sie an der Flucht aus dem Bett hinderte und versuchte ihr das Handy abzuluchsen.

„Erinnere dich daran, was ich mit dem anderen Foto gemacht habe, als ich es unter deinem Bett gefunden habe", drohte er ihr sinister lachend und schnappte sie sich.

Sam erinnerte sich lebhaft an den Aschehaufen in ihrer Küchenspüle. „Du wirst es doch wohl nicht wagen, mein Smartphone zu verbrennen?"

„Unser Smartphone", antwortete Wesley, während Sam ihr Smartphone zwischen den vielen Kissen versteckte. „Was dein ist, ist nämlich jetzt auch mein."

„Aber nur, solange du es findest!", triumphierte Sam und zeigte Wesley ihre leeren Hände.

Doch Wesley hatte längst anderes im Kopf, als das Foto von sich in diesem intimen Hasen-Adamskostüm zu löschen.

„Das werde ich schon noch", raunte er Sam ins Ohr und drückte sie an sich. „Spätestens, wenn du morgen früh nicht mehr aus dem Bett kommst, weil ich dich mit meinen ehelichen Pflichten beglückt habe, bis die Sonne aufgeht." Ehe Sam etwas erwidern konnte, legte er ihr den Zeigefinger auf die Lippen und machte ‚Pscht', wie er es bei ihrer ersten Begegnung nach Jahren getan hatte. Ihr protestierendes Schnauben ignorierte er. „Ich liebe dich, Mrs. Wesley James Harlington", sagte er mit belegter Stimme und küsste Sam, bis sie nur noch schwer atmend hauchen konnte: „Ich liebe dich auch."

NACHWORT

Liebe Leserinnen und Leser,

wenn ihr bis hierhin gekommen seid, dann habt ihr euch von Sams ruppiger und bisweilen raubbeiniger Art nicht abschrecken lassen. Und das freut mich von Herzen. Denn die Figur Sam so zu schreiben, wie ich es gemacht habe, war auch ein kleines Wagnis. Schließlich wird nur allzu oft verlangt, dass man nach außen brav lächelt, während man innerlich zerbricht. Selbst wenn, wie in Sams Fall, eine gesamte Lebensgrundlage unaufhaltsam auf einen Abgrund zuzurasen scheint und man von Sorgen und Zukunftsängsten schier erdrückt wird. Aber genau das wollte ich für Sam eben nicht. Ich wollte, dass eine Figur, die mit dem Rücken zur Wand steht, auch nach außen ausstrahlt, was sie innerlich quält. Dass sie Fehler im Umgang mit den Menschen um sich herum macht, die ihr nicht sofort bewusst sind. Dass sie Schritte vorwärts, aber eben auch rückwärts macht. Dass sie helfende Hände aus- und auch mal verbal um sich schlägt. Schießt sie dabei ein oder zweimal etwas übers Ziel hinaus? Ganz sicher. Denn das gehört zu einem authentischen Lernprozess, den ich beiden Hauptfiguren mitgeben wollte, dazu. Und während Wesley einen schnelleren, aber eben auch ganz anderen, Lernprozess durchläuft, habe ich Sam mehr Zeit eingeräumt, damit sie die schweren Päckchen, die sie trägt, nach und nach ablegen kann, um die Hände, die ihr gereicht werden, ergreifen zu können. Und um zu merken, dass es auch für sie ein Licht am Ende des Tunnels gibt.

In diesem Sinne: Nehmt gestresste (aber natürlich auch alle anderen) Menschen in eurem Umfeld öfter in den Arm und schlagt Hände nicht zu leichtfertig weg.

Ich wünsche euch von Herzen nur das Beste,
eure Alexa Foxx